à mon petit Alain avec tout

Roll

200
CP

UN

CADET DE NORMANDIE

AU XVIIᵉ SIÈCLE

FORTUNÉ DU BOISGOBEY

Un Cadet de Normandie

AU XVIIᴱ SIÈCLE

Illustrations
d'ADRIEN MARIE

HUITIÈME ÉDITION

PARIS
LIBRAIRIE DELAGRAVE
15, RUE SOUFFLOT, 15
1924

I

COMMENT LE PETIT HILARION FUT PRIS POUR UNE FILLE

COMMENT LE PETIT HILARION FUT PRIS POUR UNE FILLE

AR une belle matinée de juin de l'an de grâce 1652, tout était en liesse au château de Tourville, en Cotentin.

L'antique demeure seigneuriale avait pris un air de fête qui lui allait assez mal, car elle datait du moyen âge et elle avait encore l'aspect rébarbatif des forte-resses de ce temps où nos pères guerroyaient contre les Anglais, envahisseurs de notre pays. Mais, ce jour-là, le manteau de lierre de ses vieilles tours verdoyait joyeusement sous le soleil printanier qui illuminait les vitres des fenêtres ogivales du manoir; les bannières arborées sur les créneaux flottaient au vent qui soufflait de la mer prochaine, et, à travers la cour d'honneur, allaient et venaient des valets en grande livrée et des paysans dans leurs habits des dimanches.

La châtelaine attendait la visite d'un hôte aussi qualifié qu'elle-même, et ce n'était pas peu dire.

Lucie de la Roche-Foucauld, fille d'Isaac de la Roche-Foucauld, marquis de Montendre, était, depuis cinq ans, veuve de César de Cotentin, comte de Tourville et de Fismes, premier gentilhomme de M. le prince de Condé, — le grand Condé, qu'il avait servi dans toutes ses campagnes, à Rocroy, à Fri-bourg, à Nordlingen.

De son mariage avec ce digne et vaillant soldat il restait à la noble veuve trois fils et quatre filles. Lucie, l'aînée, avait alors dix-neuf ans ; le plus jeune de ses fils, Ange-Hilarion, chevalier de Tourville, avait dix ans. Il était né au château pendant que son père défendait la Bourgogne contre les ennemis de la France, et il n'avait jamais quitté sa mère, qui s'était entièrement consacrée à l'éducation de ses sept enfants.

Quoique considérable, le bien de la maison de Tourville y suffisait tout juste, et la comtesse souhaitait vivement de marier ses filles, dont trois étaient en âge d'être unies à des gentilshommes de leur rang. Vivant loin de la cour et du monde, elle n'avait guère d'occasions de les produire ; mais, en 1652, les choses se passaient à peu près comme à présent, et il ne manquait pas de douairières dont l'unique occupation consistait à engager et à conduire des négociations matrimoniales. Il s'en était trouvé une pour arranger le mariage de l'aînée avec un seigneur fort bien apparenté, et fort accommodé, comme on disait alors, c'est-à-dire fort riche : Michel d'Argouges, comte de Gouville, qui était un Normand et même un voisin. Cette intermédiaire de qualité lui avait fait des ouvertures qu'il avait fort bien accueillies, quoiqu'il n'eût jamais vu ces demoiselles. Il ne demandait pas mieux que de s'allier à une famille dont la noblesse remontait aux croisades, car un Cotentin de Tourville avait combattu en Égypte aux côtés du roi saint Louis. Mais M. de Gouville était un esprit singulier, on dirait maintenant un original, et, avant de se présenter, il avait mis pour condition qu'il aurait le choix entre les trois demoiselles de Tourville, Lucie, Hélène et Marie.

La quatrième, Françoise, était beaucoup trop jeune pour concourir.

La condition avait été acceptée gaiement, parce que la comtesse, ne l'ayant pas prise au sérieux, comptait que le choix tomberait sur l'aînée, qui en était bien digne par sa beauté, sa grâce et ses vertus.

Le jour de la présentation était arrivé. Tout le monde, au château, était sous les armes : la comtesse et ses filles en grand habit, dans le grand salon, et près d'elles leur aumônier, le respectable abbé Pirou, qui était en même temps le précepteur du petit chevalier de Tourville, seul rejeton mâle de sa race qui fût présent, ses deux aînés achevant leurs études au collège des pères jésuites de Caen.

L'écuyer de la comtesse attendait dans la cour l'arrivée de M. de Gouville, qui devait venir à cheval avec sa suite. Et, au milieu de la longue et large avenue qui précédait le manoir, se tenaient en sentinelle deux gamins postés là pour signaler le cortège dès qu'il apparaîtrait au tournant du chemin public : deux gars du Cotentin, reconnaissables à leur teint rosé et à leurs longs cheveux couleur de filasse.

Ils ne se ressemblaient que par là, car l'un était long comme un jour sans pain, et l'autre était trapu comme un basset à jambes torses. Le grand avait la mine réjouie ; le petit avait l'air sombre et le regard en dessous.

Dans cette presqu'île normande que la mer entoure de trois côtés, il y a deux races : les paysans et les marins. Les deux gars n'étaient pas de la même.

Jean Gavray, le gars trapu, était le douzième enfant d'un sabotier de la forêt de Briquebec qui ne gagnait pas de quoi nourrir sa trop nombreuse lignée. Guillaume Marcouf, le gars aux longues jambes, avait eu pour père un pilote de Saint-Waast, mort à la mer.

Tous deux avaient été recueillis chez la comtesse par charité, mais ils n'y avaient pas eu même fortune ; car Jean gardait les vaches dans les champs, tandis que Guillaumet, devenu le compagnon de jeux du chevalier de Tourville, ne sortait que pour l'accompagner dans ses courses folles à travers les landes et les bois, ou sur les grèves qui n'étaient pas très éloignées du château ; parfois même sur mer, dans un canot emprunté à des pêcheurs de la côte, car le chevalier raffolait des expéditions nautiques, bien que pas un de ses nobles aïeux n'eût navigué. Ils étaient tous d'épée, ces nobles descendants d'un des compagnons de Guillaume le Conquérant, mais ils n'avaient jamais servi que sur terre les ducs de Normandie et, plus tard, les rois de France. Cela tenait peut-être à ce que la marine militaire n'existait guère avant le siècle où Louis XIV fit de la France une grande puissance navale.

2.

C'est à quoi ne songeaient pas du tout les deux gars qui guettaient dans l'avenue l'arrivée du comte de Gouville.

Jean pensait au plantureux repas qu'on allait offrir sous la grange aux paysans de la comtesse; il pensait surtout aux tonneaux de cidre qu'on allait mettre en perce pour les désaltérer. Jean se pourléchait d'avance à l'idée de faire bombance et ripaille; car il était fort goulu, et, précoce ivrogne, il lui arrivait souvent de boire plus que de raison.

Guillaumet pensait à son jeune maître et s'étonnait de ne pas l'avoir aperçu de toute la matinée.

Ce n'était pas la coutume du petit chevalier de Tourville de rester au lit si tard. D'ordinaire, il se levait dès l'aurore, il descendait à demi vêtu dans la cour, où il trouvait son fidèle Guillaumet; ils partaient ensemble et, avant l'heure où commençaient les leçons du bon abbé Pirou, ils avaient déjà sauté beaucoup de fossés, franchi beaucoup de haies et déniché beaucoup de pies, car M. le chevalier se plaisait à monter aux arbres les plus hauts, et il était à ce jeu d'une adresse sans égale, comme à tous les autres exercices du corps. C'était justement la saison des nids, et, la veille, Guillaumet en avait découvert trois dans une châtaigneraie, pas très loin du château. Il lui tardait de les montrer à M. Hilarion, et il comptait bien l'y mener après la fête. Mais il ne voyait toujours pas poindre le comte de Gouville et sa suite.

« Il ne se presse pas, ce *biau* seigneur, grommela Jean Gavray. V'là midi passé, et j'ai grand'faim.

— Et grand'soif, pas vrai? demanda en riant Guillaumet.

— Oui, dame!... et qui sait quand nous dînerons?... avant que les maîtres aient fini de bâfrer dans la grande salle, on ne nous baillera pas tant seulement un coup de cidre. Ils s'en gaussent bien que nous restions le ventre creux jusqu'à temps qu'ils se soient rempli la panse!

— Tais-*té*, méchant gars! Tu sais bien que les gens de Mme la comtesse sont mieux nourris que pas un de ceux des bourgs à dix lieues autour d'ici. Et tu ne mangeais pas tant quand tu taillais des sabots dans la forêt,

— *P't'être ben,* mais je faisais ce que je voulais.

— Moi, je suis joliment content d'être au château, et pourtant je me plaisais bien à Saint-Waast, du vivant de mon pauvre père.

— Pardine !... au château tu es le petit chien du chevalier... On te soigne comme on soigne le roquet de la comtesse. Ça ne m'irait pas, ce métier de valet. Je veux être mon maître, et je ne vieillirai pas ici. Je m'enrôlerais plutôt comme soldat que de continuer à garder les vaches.

— Tu ne serais pas plus libre, et tu ne serais pas si bien traité. Moi, j'aime mieux obéir à M. Hilarion qu'à un sergent, et quand il ira à Paris pour apprendre à servir le roi, je voudrais bien qu'il m'emmenât avec lui.

— Eh bien, s'il t'emmène, tu auras là, par ma foi ! un beau maître, et le roi sera bien servi!... Il ne fera pas grand'peur aux ennemis, ton M. le chevalier... Il a l'air d'une fille.

— Bon ! il n'a pas de barbe au menton, mais il a du courage comme un vieux soldat. L'autre jour, dans le bois de la Bellière, nous avons rencontré un loup : au lieu de se sauver, il lui a couru dessus, et si je ne m'étais pas jeté au-devant, il se serait fait étrangler. Quand nous sommes rentrés, Mᵐᵉ la comtesse l'a grondé bien fort, mais, après, elle l'a loué de sa bravoure.

— Et le loup t'a mordu au bras, ricana Jean Gavray. Ça se passe toujours comme ça : aux seigneurs les compliments ! à nous les coups ! »

Guillaumet ne releva point ce sarcasme du gars envieux, qui lui prêchait perpétuellement la révolte et qui ne parvenait pas à le convertir à des idées peu répandues alors parmi les paysans de la basse Normandie. Monté, pour voir de plus loin, sur le tronc d'un gros arbre récemment coupé, Guillaumet, qui s'était fait un abat-jour avec sa main, regardait attentivement vers le bas de l'avenue, et il s'écria tout à coup :

« Voilà M. le comte et ses gens qui entrent dans le chemin creux,... les plumes de leurs chapeaux dépassent la haie;... courons avertir M. de Fougerolles, l'écuyer de Mᵐᵉ notre comtesse.

— Vas-y, si tu veux, répliqua Jean ; moi, je reste ici ;... peut-être qu'en passant le sire de Gouville me jettera un quart d'écu. »

Guillaumet n'entendit pas : Guillaumet était déjà loin. Lancé à toutes jambes, il tenait à bout de bras son bonnet de laine et il l'agitait en l'air comme un drapeau, pour annoncer l'hôte attendu. Le signal fut compris par l'écuyer, qui envoya aussitôt un laquais prévenir Mme de Tourville et qui se prépara à recevoir lui-même le comte et son escorte.

Guillaume Marcouf pensait trouver dans la cour d'honneur son jeune maître, seul représentant mâle des Cotentin de Tourville qui se trouvât au château en ce moment. Le chevalier n'était pas dans la cour.

« Il faut qu'il soit malade, se dit Guillaumet ; lui qui aime tant les armes et les chevaux, pourquoi se cache-t-il ? »

Le futur gendre de la châtelaine, sans doute pour rattraper le temps perdu, montait l'avenue au grand galop d'un superbe cheval noir, un genet d'Espagne, à tous crins, qui filait comme le vent ; les gens de sa maison avaient quelque peine à le suivre sur leurs bêtes normandes, plus solides, mais plus lourdes, et ce brillant cortège arrivait à une telle allure que Jean Gavray n'avait pas dû attraper au passage l'aumône qu'il espérait.

Guillaumet n'eut d'yeux que pour le seigneur qui prétendait à l'honneur d'épouser une demoiselle de Tourville, et Guillaumet eut la joie de constater que ce seigneur était un très beau cavalier.

Michel d'Argouges, comte de Gouville, avait à peine trente ans. Grand, large d'épaules, blond et haut en couleur comme un vrai Normand qu'il était, il comptait déjà plus d'une campagne de guerre, ayant débuté à quinze ans, à la fin de 1636, — la désastreuse année de Corbie, qui vit les Espagnols s'avancer jusqu'à vingt lieues de Paris.

Vêtu comme l'étaient les gentilshommes au temps de sa première jeunesse, il avait grande mine sous son large feutre orné d'une plume rouge, le torse serré dans un corselet de buffle, à manches de velours noir, les jambes bottées et éperonnées, la rapière au côté. Resté fidèle à une mode qui ne devait pas tarder à disparaître, il portait les cheveux longs et les moustaches retroussées, comme autrefois les mousquetaires du roi Louis XIII.

Cette tenue guerrière allait mieux qu'un costume de cour à l'air martial de son visage, et s'il l'avait adoptée pour faire sa demande en mariage, c'est qu'il

Guillaumet, qui s'était fait un abat-jour avec sa main...

savait qu'elle plairait à la veuve et aux filles d'un seigneur qui, toute sa vie, avait porté les armes.

A cette époque, d'ailleurs, les carrosses auraient difficilement passé par les chemins défoncés du Cotentin, et on ne voyageait guère qu'à cheval.

Mais M. de Gouville n'était pas seulement un brave soldat. De par sa naissance, il avait ses entrées au Louvre, et pendant la première Fronde, où il tenait le parti du roi, il avait fait merveilles au combat du faubourg Saint-

Antoine. Il s'était fort mêlé aux brillantes compagnies de Paris, y compris celle de l'hôtel Rambouillet, où s'assemblaient alors les beaux esprits. Il y avait appris le beau langage. Il savait se battre mieux que pas un, mais il savait aussi bien dire, et l'entrevue qu'il venait chercher ne l'embarrassait pas du tout. Il ne craignait pas de rester court, et il était assuré de se tirer galamment de cette espèce de jugement de Pâris auquel voulaient bien se soumettre les trois demoiselles de Tourville. On était d'accord sur les articles matrimoniaux ; il ne s'agissait que de choisir la plus belle, sans chagriner les deux autres, et il se faisait fort d'y réussir.

M. de Fougerolles, l'écuyer de la comtesse, vint lui tenir l'étrier, et il mit pied à terre dans la cour d'honneur.

Guillaumet, qui le regardait avec admiration, leva les yeux vers les fenêtres de la grande salle, au premier étage de la façade du château. Il pensait y apercevoir le petit Hilarion de Tourville, que le bruit de la cavalcade avait dû y attirer ; mais M. le chevalier ne s'y montra point, et le gars n'entrevit qu'une tête enfantine qu'il prit pour celle de Françoise, la plus jeune des demoiselles, qui ne fit que paraître et disparaître, sans que le comte de Gouville y prît garde, occupé qu'il était à remercier courtoisement l'écuyer. Guillaumet, du reste, ne se mit point davantage en peine de l'absence de son maître, sachant bien qu'il le retrouverait après la réception, car le cadet de Tourville était incapable de rester toute une journée confiné dans sa chambre, au lieu de courir les bois par le beau temps qu'il faisait. Guillaumet alla se mêler aux paysans groupés dans la cour et fut bientôt rejoint par Jean Gavray, qui maugréait de plus belle, parce que le comte ne lui avait pas donné le moindre quart d'écu.

M. de Gouville avait en ce moment d'autres soucis que celui de faire des largesses aux petits campagnards qu'il rencontrait sur son chemin. Il se préparait à accomplir un des actes les plus importants de la vie d'un gentilhomme, et il entendait se présenter avec toute la gravité que comportait cette occasion.

On ne procède plus ainsi de nos jours, et les demandes en mariage ne se font pas en présence de la famille assemblée ; mais alors on y mettait de

Il montait l'avenue au grand galop d'un superbe cheval noir.

l'apparat, et le temps approchait où l'exemple du grand roi allait tout solemniser en France.

Après avoir rajusté son costume et secoué la poussière d'une assez longue chevauchée, le comte, précédé par l'écuyer de la châtelaine, franchit majestueusement les marches du perron, monta les degrés d'un large escalier de pierre et fut introduit dans l'immense salle au fond de laquelle l'attendaient, debout, la comtesse et ses filles, avec, un peu en arrière, l'abbé Pirou, précepteur du chevalier de Tourville.

Elle ne ressemblait guère à un salon d'à présent, cette haute et longue galerie, peu meublée, dont les lambris n'étaient ornés que de portraits d'ancêtres et dont les fenêtres ouvertes n'avaient pas de rideaux.

L'écuyer s'arrêta respectueusement sur le seuil, et le comte, son feutre à la main, s'avança seul, avec beaucoup de bonne grâce et de désinvolture, vers la dame qu'il connaissait et vers les demoiselles qu'il n'avait jamais vues.

Un prétendant moins bien appris aurait eu quelque peine à tenir son sérieux devant cette exhibition collective de jeunes filles, alignées par rang de taille, sous l'œil maternel de la comtesse, et il lui serait peut-être venu à l'esprit l'idée malséante de comparer la noble veuve à un caporal surveillant son escouade.

Le comte ne fut pas tenté d'en rire. Il s'étonna seulement de trouver quatre demoiselles de Tourville, au lieu de trois qu'on lui avait annoncées ; mais il revint aussitôt de sa surprise en voyant que la quatrième paraissait avoir tout au plus douze ans et en se rappelant que la comtesse avait une dernière fille qui n'était encore qu'une enfant. Celle-là n'était pas mariable ; mais elle avait sans doute voulu assister à la présentation, et M. de Gouville n'y pouvait pas trouver à redire.

L'instant difficile était arrivé. Il s'agissait de choisir. Il s'y était engagé, et il ne pouvait pas décemment passer en revue ces demoiselles comme il aurait fait de la compagnie des gardes qu'il avait commandée sous Paris. Il lui fallait se décider du premier coup d'œil, sous peine de les offenser, et, en vérité, il

3

aurait pu hésiter, car si l'aînée était belle, la seconde et la troisième l'étaient aussi. Grandes, brunes et un peu fortes, elles ressemblaient toutes les trois à leur mère, qui avait été d'une beauté remarquable et qui en avait conservé des restes.

La cadette les éclipsait toutes. Elle était blonde, celle-là, d'un blond à éblouir, a écrit un auteur contemporain. Elle avait des yeux bleus d'une douceur charmante, qui brillaient d'un tel feu, quand ils se fixaient sur quelqu'un, qu'on n'en soutenait pas l'éclat; des traits fins, délicats, un teint de lis et de roses, une taille élancée et admirablement prise, une physionomie parlante, animée, sympathique. Mais son âge l'excluait du concours, et M. de Gouville, obligé de circonscrire son choix, ne pouvait que l'admirer comme on admire une Vierge de Raphaël. Et pourtant il la regardait à la dérobée, tout en échangeant avec la comtesse des compliments noblement tournés.

Après lui avoir souhaité la bienvenue en termes excellents, elle lui présenta l'abbé Pirou, qui se tenait modestement à l'écart, et le comte eut de bonnes paroles pour ce digne prêtre, fils de paysans, resté lui-même un peu paysan, quoiqu'il ne manquât pas de lettres. Elle allait nommer ses filles l'une après l'autre; mais M. de Gouville avait déjà fait son choix, un choix qui s'accordait avec les espérances de la comtesse, et, pour éviter de le déclarer trop brusquement, il trouva une transition polie:

« Madame, dit-il, de cet air enjoué et aisé dont il avait appris l'usage en fréquentant à la cour, il faut tout d'abord que je confesse une préférence... Mesdemoiselles de Tourville me la pardonneront, je l'espère... Si leur cadette n'était pas si jeune, j'aurais l'honneur de vous la demander en mariage. »

La comtesse sourit; ses trois filles, qui avaient bonne envie d'éclater, eurent grand'peine à se contenir, et M. de Gouville se réjouit de voir qu'elles ne prenaient pas en mauvaise part l'aveu qui venait de lui échapper.

Il s'y attendait un peu, mais il n'avait pas prévu la suite. Pour formuler sa déclaration, il s'était approché de Mme de Tourville et il se trouvait placé de telle sorte qu'il ne voyait plus qu'elle, ses trois aînées et l'abbé Pirou. La cadette s'était dérobée sans qu'il y prît garde, et, avant de se tourner pour la chercher des yeux, il attendit la réplique de Mᵐᵉ de Tourville. Il ne fut pas peu surpris de s'apercevoir que, au lieu de lui répondre, elle fronçait le sourcil et que l'abbé faisait les gros yeux, en hochant la tête. Ces signes de mécontentement ne pouvaient pas être à son adresse, et il se demandait à qui en avaient la comtesse et le précepteur, lorsqu'il sentit le contact d'une main qui frôlait son

L'instant difficile était arrivé.

flanc gauche. Il fit aussitôt volte-face et il demeura stupéfait en voyant derrière lui la mignonne cadette de Tourville, qui venait tirer du fourreau, avec une dextérité sans pareille, l'épée qu'il portait, et qui en examinait de près la poignée curieusement ouvragée.

Ce n'était pas une de ces brettes de parade, bonnes à retrousser au bal les pans de l'habit d'un marquis courtisan; c'était une belle et bonne rapière, longue et lourde, qui avait dû se croiser avec plus d'une lame de combat, car M. de Gouville était haut à la main, comme on disait alors, et, dans sa vie de soldat, il n'avait pas seulement dégainé pour le service du roi. Mˡˡᵉ de Tourville la maniait amoureusement, et c'était plaisir de voir cette fillette caresser de ses doigts fluets cette armé redoutable, qui aurait très bien fait au bout du bras d'un vieux reître. Elle y était si occupée qu'elle ne leva pas les yeux sur M. de Gouville, qui faisait la plus étrange figure du monde, car il ne comprenait pas encore.

« Peste, Mademoiselle ! s'écria-t-il gaiement, vous nous montrez que bon sang ne peut mentir et que le sexe n'y fait rien. Vos aïeux étaient de vaillants guerriers, mais on n'avait pas encore vu de Jeanne d'Arc dans votre famille.

— Plût à Dieu que je fusse Jeanne d'Arc ! dit résolument la cadette ; elle a chassé les ennemis de la France. Je n'aurai pas même fortune, car ils n'y reviendront plus ; mais j'espère bien les combattre ailleurs que sur notre sol.

— Cessez ce badinage, dit sévèrement Mᵐᵉ de Tourville ; il n'a que trop duré, et je vous prie, Monsieur le comte, d'excuser la faiblesse que j'ai eue de m'y prêter.

— Ne vous excusez pas, Madame, interrompit M. de Gouville sans s'apercevoir de l'erreur où il était tombé ; vous ignoriez sans doute que Mademoiselle aimait mieux le fer que les parures ; et moi, je lui sais gré de s'être emparée de mon épée. Ses jolies mains qui la tiennent me porteront bonheur. »

Cette fois, n'y tenant plus, les trois aînées pouffèrent, et, pour mettre fin à ce plaisant malentendu, la comtesse, en montrant sa cadette, reprit d'un ton grave :

« Permettez-moi, Monsieur le comte, de vous présenter M. le chevalier Hilarion de Tourville, mon dernier né. »

Quelque peu dépité de s'être trompé, M. de Gouville se mordit les lèvres, mais il se remit vite et il s'écria :

« Mes compliments à Monsieur le chevalier !... Le déguisement lui sied à merveille ; mais vous n'aviez pas prévu, Madame, que son goût pour les armes trahirait son sexe.

— Ainsi qu'il advint à Achille, caché parmi les filles du roi Lycomède, dans l'île de Scyros, dit l'abbé Pirou, qui se piquait d'érudition et qui n'était pas fâché d'en faire preuve devant un seigneur ayant ouverture à la cour.

— Bien dit, Monsieur l'abbé ! J'augure que M. le chevalier sera un Achille, mais je gagerais volontiers que ce n'est pas lui qui a eu l'idée de s'habiller en femme.

— C'est moi qui l'ai eue, répliqua hardiment l'aînée des Tourville, et mes deux sœurs l'ont approuvée. Vous teniez à choisir entre nous, Monsieur le comte;....nous avons pensé qu'il nous était permis de vous tendre un piège, et vous vous y êtes laissé prendre. »

On ne pouvait pas mieux dire pour faire sentir à M. de Gouville l'impertinence de sa prétention, et le trait porta; mais il n'était pas homme à se déférer pour si peu. Il s'avança vers la belle qui lui donnait cette leçon méritée, et il lui dit en souriant :

« Mademoiselle, le tour que vous m'avez joué prouve bien que vous ne souhaitez pas la préférence. Je vous la veux donner pour vous punir de votre malice, et c'est pour vous que je me déclare. »

Lucie de Tourville rougit et baissa les yeux sans répondre; mais elle ne retira point sa main quand le comte la prit pour la porter respectueusement à ses lèvres.

Ce choix comblait les vœux de la comtesse, qui, comme toutes les mères, souhaitait de marier ses filles par ordre de primogéniture, et ce choix, à vrai dire, n'était pas improvisé. M. de Gouville, avant de se présenter, comptait bien épouser l'aînée de la noble maison à laquelle il voulait s'allier, et il n'avait posé une condition inusitée qu'afin de se ménager un moyen de se retirer honnêtement, si, par malheur, cette aînée qu'il ne connaissait pas encore lui eût inspiré de la répulsion à leur première entrevue. Il ne pouvait guère songer à ses sœurs, Hélène et Marie, car il savait qu'elles devaient entrer en religion, comme c'était alors la coutume dans les familles nobles où il y avait beaucoup de filles et comme cela arriva en effet, car Hélène mourut abbesse de l'abbaye royale de Panthemont, à Paris, et Marie religieuse dans le même couvent. Elles étaient résignées d'avance au sort qui les attendait, et elles se réjouirent de bon cœur du succès de Lucie.

Il n'y eut pas jusqu'à la petite Françoise, celle dont le chevalier avait emprunté les jupes, qui ne battît des mains quand on lui annonça, le soir même, le prochain mariage de sa grande sœur.

Elle se maria plus tard à un comte de Château-Morand, cette cadette; elle fut très heureuse et elle survécut à tous les siens.

Après le baiser de fiançailles, c'en était fait : Lucie serait comtesse de Gouville, et le temps n'était pas venu de sceller cet accord par-devant le notaire, dont l'entrée termine invariablement les comédies de l'ancien répertoire. Après avoir remercié comme il convenait la comtesse et sa fille, M. de Gouville revint au jeune Hilarion, qui n'avait pas cessé de contempler amoureusement l'épée nue de son futur beau-frère.

« Çà, Monsieur le chevalier, dit joyeusement le comte, vous plaît-il maintenant de me rendre ma rapière? Je vous en ferais volontiers présent si elle était à votre taille; mais, foi de gentilhomme, je l'attacherai moi-même à votre côté, dès que vous serez de force à la porter.

— Ce sera donc bientôt, s'écria l'enfant, car déjà elle ne me pèse guère. »

Et il se mit à s'escrimer d'estoc et de taille, tant et si bien que, pour rassurer ses filles en grand danger d'être éborgnées, la comtesse dut lui commander de la remettre où il l'avait prise.

Ce petit diable à quatre n'obéissait qu'à sa mère, et, pour lui obéir, il rengaîna, un peu à contre-cœur, l'épée dans le fourreau vide que lui présentait M. de Gouville, qui lui dit d'un air sérieux, comme il aurait parlé à un homme de son âge et de son rang :

« Quand elle vous appartiendra, Monsieur, je compte que vous ne la tirerez jamais que pour le roi.

— Et pour la France, je le jure, répondit non moins sérieusement le cadet de Tourville, qui n'avait pas beaucoup plus de dix ans.

— Mais il vous faudra commencer par apprendre à les servir, et, pour cela, il vous faudra passer par une des académies où l'on forme les jeunes gentilshommes.

— Je voudrais que ce fût demain.

— Ce serait un peu trop tôt. Dans quatre ou cinq ans, il sera temps d'y songer.

— M. le duc de la Roche-Foucauld, mon proche parent, se chargera de

Il se mit à s'escrimer d'estoc et de taille.

l'y faire entrer, dit Mme de Tourville, et il a dessein de placer Hilarion chez M. de Renocourt, qui en tient une à Paris, rue Vieille-du-Temple.

— Je la connais, Madame, et je puis vous assurer que votre fils y sera à une excellente école. Il en sortira, sans aucun doute, avec un emploi digne de son mérite et de sa naissance; car le roi a besoin d'officiers, et il n'y a pas d'apparence que la paix retienne longtemps dans l'oisiveté les jeunes seigneurs qui se préparent au métier des armes. M. le chevalier peut aspirer à tout. Je ne désespère pas de le voir un jour maréchal de France et décoré de l'ordre du Saint-Esprit.

— Oh! je n'ai pas tant d'ambition pour lui, et je sais bien qu'il n'aura jamais le bâton ni le cordon bleu...

— Il est pourtant d'assez bonne noblesse pour pouvoir y prétendre.

— Y prétendre, peut-être,... mais l'obtenir!... En attendant, il est chevalier de Malte, dit en souriant la comtesse.

— Quoi! déjà!...

— Depuis six ans. Lorsqu'il est né, son père, vous le savez, faisait la guerre en Bourgogne, sous M. le Prince. Dès son retour au château, il destina ce dernier fils à Malte. Hilarion avait à peine quatre ans quand M. de Tourville le fit inscrire sur les registres de l'ordre. Bien entendu, il n'a pas encore prononcé ses vœux.

— S'il les prononce, il sera, je crois, le premier de sa race. Les prononcerez-vous, mon cher Hilarion?

— Peu m'importe de servir sur terre ou sur mer, pourvu que je me batte, répliqua sans hésiter le bambin auquel M. de Gouville s'amusait à prédire les plus hautes destinées militaires.

— Bien répondu, chevalier! approuva le comte, qui prenait plaisir à enflammer l'enthousiasme du futur maréchal de France. Alors, vous ne craindriez pas de vous embarquer pour faire la guerre aux infidèles que vos ancêtres ont combattus jadis en Palestine?

— J'ai déjà navigué, dit le héros en herbe.

— Sur quels océans? demanda avec un flegme parfait M. de Gouville.

— Sur le nôtre. J'ai été de Saint-Waast à Cherbourg, dans une petite barque, et c'était moi qui tenais le gouvernail.

— Est-ce possible! s'écria le comte pour cacher une forte envie de rire.

— Ce n'est que trop vrai, dit l'abbé Pirou, et M. le chevalier ne devrait pas se vanter de cette prouesse, car Mme la comtesse fut, toute une journée, dans des transes mortelles. Il s'était entendu avec un gars de la côte pour détacher une embarcation dans le port ; ils mirent à la voile, ils doublèrent la pointe de Barfleur, et ils arrivèrent à Cherbourg, après avoir couru de grands périls, car le vent était fort.

— Oh ! oh ! chevalier, interrompit M. de Gouville, c'était là une équipée un peu hardie. Vous ne pensiez donc pas à la douleur de votre mère s'il vous était arrivé malheur ?

— Je n'y pensais pas quand je me suis embarqué avec Guillaumet... C'est si amusant, le danger !

— Je vois que vous êtes un intrépide, mais... souffrez que je vous le dise,... quand on porte un nom comme le vôtre, on n'a pas le droit d'exposer sa vie pour s'amuser... Si vous la perdiez dans une escapade d'enfant, adieu le bâton de maréchal et le cordon bleu !... Ménagez-la donc... Si, en sortant de l'académie, vous faites vos caravanes comme chevalier de Malte, vous aurez bien assez d'occasions de faire naufrage,... sans compter que les Turcs et les Barbaresques sont de rudes adversaires. Puisque je vais avoir l'honneur d'entrer dans votre famille, je puis bien vous parler comme si j'en étais déjà... Promettez-moi donc de ne pas recommencer.

— Je vous le promets, Monsieur, dit gravement Hilarion.

— J'en prends acte, chevalier, nous verrons si vous tiendrez votre parole.

— Hum ! grommela le bon abbé, je ne ferai pas grand fond sur la sagesse de M. le chevalier, tant que ce maudit Guillaumet sera attaché à sa personne.

— Qui cela, Guillaumet ? demanda le comte.

— Un garnement qui accompagne partout M. le chevalier.

— Il m'a défendu contre un loup qui allait me dévorer, dit vivement le cadet de Tourville. J'espère qu'il ne me quittera jamais.

— Monsieur mon fils, prononça la comtesse, c'est de quoi je déciderai quand je vous enverrai à Paris, et je compte que vous obéirez à ma volonté. Nous avons le temps d'y songer, et je vous prie d'aller reprendre les habits de votre sexe. Il ne convient pas que M. le comte ne soit reçu ici que par des femmes, alors que le chevalier de Tourville est présent au château.

— Allez, chevalier!... appuya gaiement M. de Gouville; allez et revenez tôt;... je suis impatient de voir si vous êtes aussi bien en jeune cavalier qu'en jeune fille. »

II

OU LE JEUNE HILARION FAIT ENCORE DES SIENNES

OU LE JEUNE HILARION FAIT ENCORE DES SIENNES

ILARION, avant de sortir, fit une belle révérence qui réjouit fort ces demoiselles, mises en belle humeur par cette scène et par la bonne grâce du noble fiancé de la sœur aînée; mais Hilarion n'eut pas plus tôt passé la porte de la grande salle que, retroussant ses jupes qui le gênaient pour courir, il se mit à descendre quatre à quatre les marches de l'escalier. Il logeait dans une des tours de l'aile gauche, et, pour regagner sa chambre, il lui fallait traverser la cour d'honneur; mais peu lui importait de s'y montrer en cet équipage, et d'ailleurs il brûlait d'envie de voir en passant le cheval de M. de Gouville et ceux de son escorte.

Les gens du comte les gardaient pendant qu'on préparait les écuries pour les recevoir, et son écuyer venait de décrocher de l'arçon de sa selle une assez lourde sacoche qu'il tenait à la main, quand Hilarion, l'abordant, le pria de lui indiquer l'animal qui avait eu l'honneur de porter M. de Gouville.

Tout ébahi d'entendre une fillette s'enquérir de la monture du comte, l'écuyer resta bouche bée, et il n'aurait su que répondre, si Guillaumet, qui reconnut aussitôt son jeune maître, ne s'était pas approché en s'écriant joyeusement:

« Ma foi de Dieu! c'est M. le chevalier habillé en demoiselle! »

Les paysans, attroupés au fond de la cour, n'osèrent pas s'exclamer, et encore moins s'approcher, mais ils ne se privèrent pas de rire.

L'écuyer, s'apercevant de sa méprise, finit par rire comme eux et conduisit Hilarion près du beau cheval noir.

« Monsieur, dit-il, voici Rocroy, le cheval de bataille que M. le comte avait entre les jambes, l'an passé, au combat de Charenton, où il fut blessé. »

Le petit chevalier ouvrit de grands yeux. Il aimait passionnément les chevaux, et il n'en avait jamais vu un si beau, Mme de Tourville n'ayant pour traîner son carrosse que des bêtes nées sur ses terres, et pour promener ses filles, de paisibles haquenées qui ne ressemblaient pas plus à ce fougueux genet d'Espagne que des bourgeois ne ressemblent à des gens de guerre.

Rocroy s'ébrouait, piaffait, rongeait son mors, et l'homme qui le tenait par la bride avait fort à faire pour le calmer.

« Que je voudrais donc le voir monté! soupira le cadet de Tourville.

— Il faudrait que M. le comte fût là, répondit d'un air important l'écuyer; c'est M. le comte qui l'a dressé; personne que lui ne l'a jamais enfourché, et Rocroy, ne souffrirait pas sur son dos un autre cavalier.

— Qu'en sait-on, si personne n'a essayé?

— Celui qui essayerait ne resterait pas en selle longtemps, et je ne donnerais pas un écu de sa peau. Rocroy aurait tôt fait de l'envoyer se briser le crâne sur le pavé.

— Vraiment? » demanda le chevalier en s'éloignant de deux pas.

Ses yeux brillaient comme des escarboucles, le sang empourprait ses joues, et, en dépit de ses jupes, il avait l'attitude d'un soldat qui s'apprête à franchir le fossé d'une redoute ennemie.

Guillaumet, qui le connaissait bien, devina son dessein et s'avança pour l'empêcher de l'exécuter. Il arriva trop tard. Avant qu'il eût fait trois pas, le chevalier prit son élan et, sans toucher l'étrier, sauta en selle, jambe de-ci, jambe de-là.

Rocroy fit un bond si violent que le valet dut lâcher la bride et que l'é-
cuyer faillit être renversé. Mais l'enfant tint bon, saisit prestement les rênes
et, rendant la main, se laissa emporter à travers la cour.

Les gens s'enfuirent, les autres chevaux se lancèrent vers les écuries.
Convaincu que le cadet de Tourville allait se casser le cou et fort effrayé de
la responsabilité de l'accident qui lui semblait inévitable, l'écuyer se hâta de
déposer sur un banc de pierre la sacoche qu'il portait, et se mit à courir pour
tâcher de rattraper l'animal affolé.

Alors commençait une lutte héroïque entre Rocroy et le chevalier de dix
ans. Ce fut un beau spectacle, qui avait un côté comique, à cause du costume
féminin dont ce dompteur précoce était affublé. Sa coiffure, échafaudée par ses
sœurs, s'était défaite ; ses cheveux blonds volaient au vent, comme ses cotillons,
qui laissaient voir ses jambes nerveuses, collées aux flancs du cheval. Pointes,
ruades, écarts formidables, sauts de mouton prodigieux, le terrible Rocroy
usait de toutes ses défenses pour se débarrasser de l'imberbe cavalier qui l'a-
vait enfourché par surprise. Rien n'y faisait. Hilarion tenait comme s'il eût
été rivé à la selle. Quand une secousse plus violente que les autres le dépla-
çait un instant, il retrouvait immédiatement son assiette, et, à la façon dont il
gouvernait les rênes, on voyait bien qu'il avait déjà le cheval dans la main.
Rocroy commençait à obéir, tout en continuant à se défendre, et son galop
désordonné se réglait peu à peu.

Ceux des paysans qui ne s'étaient pas enfuis se cachaient dans les coins
pour éviter d'être renversés et criaient de peur. Seuls, l'écuyer du comte et
Guillaumet n'avaient pas perdu la tête et guettaient l'occasion de sauter à la
bride du cheval, afin de l'arrêter sur place. Ils n'y auraient certainement
pas réussi. Rocroy, qui enlevait comme une plume le bambin juché sur son
dos, aurait, d'un coup de poitrail, envoyé rouler à dix pas l'homme le plus
robuste. C'était donc entre l'enfant et la bête un duel où l'un des deux devait
être vaincu.

Le combat eut bientôt d'autres spectateurs que les paysans et les laquais, car les clameurs attirèrent aux fenêtres de la grande salle les demoiselles de Tourville, qui se mirent à crier aussi, en voyant leur petit frère en passe de se rompre les os. La comtesse, accourue à leurs cris, s'évanouit à moitié dans leurs bras, et M. de Gouville s'empressait à les aider, sans deviner la cause de tout ce désordre, lorsqu'un coup d'œil qu'il jeta dans la cour lui apprit ce qui s'y passait.

« Oh! l'endiablé chevalier! » murmura-t-il, plus émerveillé que fâché.

Et aussitôt, à la comtesse :

« Rassurez-vous, Madame,... votre fils est un héros, et je crois bien qu'à lui tout seul il materait mon cheval Rocroy, qui pourtant n'est pas commode; mais il s'est assez exposé, et je vais mettre fin à cette bataille. »

M. de Gouville quitta précipitamment la fenêtre, et, en descendant l'escalier, il disait entre ses dents :

« Si cet enfant est fait pour servir sur mer, je consens à l'aller dire à Malte!... Il est né centaure, et ce serait grand dommage qu'il ne commandât pas quelque jour un régiment dans la maison du roi. »

Le comte n'était pas au bout de ses étonnements.

Quand il déboucha sur le perron, il vit le cadet de Tourville complètement maître de sa monture. Elle obéissait maintenant aux jambes et à la main ; il lui faisait exécuter des voltes et des courbettes qu'auraient admirées feu M. de Pluvinel, gouverneur de la grande écurie du roi Louis XIII.

Aussitôt qu'il aperçut M. de Gouville, il amena Rocroy au bas du perron, l'y arrêta court, leva la main pour ôter son chapeau et, ne le trouvant pas sur sa tête, puisqu'il n'était coiffé que de ses cheveux blonds, fit une si drôle de mine que son futur beau-frère ne put s'empêcher de rire de bon cœur, et s'écria :

« Sur ma foi, chevalier, vous en savez plus long qu'on n'en apprend à l'académie de M. de Renocourt. J'accourais pour vous gronder, et il faut que je vous complimente. Pardieu ! je vous veux embrasser. »

S'avançant jusqu'à toucher l'étrier, le comte enleva de selle le petit Hila-

Rocroy fit un bond si violent que le valet dut lâcher la bride.

rion, le baisa sur les deux joues et le mit à terre, pendant que son écuyer s'emparait de la bride du cheval assagi. .

Hilarion, un peu honteux de son incartade, n'osait pas lever les yeux sur M. de Gouville, occupé en ce moment à saluer la comtesse et ses filles rassemblées à la fenêtre et déjà rassurées.

Les paysans, revenus de leur frayeur, se rapprochaient peu à peu, Guillaumet en tête, Guillaumet aussi fier du succès de son jeune maître que s'il eût dompté lui-même le fougueux genet d'Espagne.

« Chevalier, dit le comte, je vous veux faire présent de ce cheval que vous montez si bien.

— Oh! Monsieur, murmura l'enfant dont les yeux brillaient de joie; à moi un tel cadeau!... vous n'y pensez pas!...

— J'y suis résolu, et je vous l'enverrai quand vous irez à Paris. Ce sera mon cadeau de noces.

« Mais, ajouta M. de Gouville en baissant la voix, maintenant que j'ai loué votre courage et votre adresse, souffrez que je vous blâme un peu de vous être donné en spectacle à nos gens sous ce costume. La mascarade était plaisante, et là-haut elle m'a fort diverti : en public, elle messied à un gentilhomme. »

Cette semonce méritée fit rougir Hilarion jusqu'aux oreilles.

« J'ai eu tort, balbutia-t-il. C'est plus fort que moi,... quand je vois un beau cheval, l'envie me prend de le monter, et je n'y résiste pas...

— Pas plus que vous ne résistez à l'envie de sauter dans une barque, quand vous en trouvez une sur la côte, interrompit en riant M. de Gouville. Eh bien, mon cher chevalier, il faut, pour l'amour de moi, apprendre à résister désormais aux envies qui vous viendront. Ce sera le commencement de la sagesse que tout à l'heure vous prêchait l'abbé.

— J'y tâcherai, Monsieur, répondit modestement Hilarion, mais je vous supplie de me permettre d'aller changer de vêtements. Il me tarde de paraître devant vous avec une épée au côté...

— Moins longue que la mienne et moins lourde, j'espère,... en attendant que vous soyez d'âge à charger les ennemis de la France. Allez, Monsieur, et revenez vite prendre place près de Mᵐᵉ la comtesse. J'ai hâte de la féliciter d'avoir un fils tel que vous. »

Hilarion, très flatté du compliment, allait courir à la tour où il logeait, quand l'écuyer, qui revenait de conduire le cheval à l'écurie, arriva, faisant si piteuse mine que son maître lui demanda :

« Qu'y a-t-il donc? Est-ce que Rocroy s'est blessé en caracolant?

— Non, Monsieur le comte, balbutia l'écuyer, Rocroy a été si bien monté qu'il n'a pas une écorchure, mais... la sacoche...

— Quoi? quelle sacoche?

— Celle que Monsieur le comte m'a confiée et qui contient cent pistoles...

— Eh bien?

— Je la portais pendue aux fontes de ma selle,... je l'ai décrochée en mettant pied à terre, et, quand Rocroy a commencé ses pétarades, je l'ai posée sur ce banc, là-bas, près du mur... Elle n'y est plus!

— Elle est trop lourde pour que le vent l'ait emportée, dit tranquillement M. de Gouville; il faut donc qu'on l'ait prise.

— Un de ces manants, ajouta l'écuyer en regardant les gens du château. Allons, qu'il se dénonce,... ou sinon vous payerez tous pour lui, coquins!... vous aurez tous les étrivières... »

Cette menace fit reculer les paysans; elle ne les fit pas parler. Il n'y eut que Guillaumet qui osa répondre :

« M'est avis, Monsieur l'écuyer, que si on a pris votre sac, celui qui l'a pris n'est pas resté dans la cour. Il doit être déjà loin, et mieux vaudrait tâcher de le rattraper que de nous donner des coups de bâton, à nous qui n'avons pas fait de mal.

— Il a raison, morbleu! dit le comte, et j'entends qu'on laisse en repos ces bonnes gens. »

Puis s'adressant à eux :

« Écoutez, vous autres!... ces cent pistoles étaient pour vous. Je pensais vous les distribuer, en l'honneur de Mme la comtesse de Tourville. Ainsi, c'est vous qu'on vient de voler. Courez après le voleur, faites-lui rendre gorge, remettez-le aux mains de la maréchaussée... et partagez-vous les écus. »

Cette brève allocution fit un tout autre effet que les menaces de l'écuyer. Les paysans crièrent : « Vive Monsieur le comte! » et disparurent pour se mettre à la poursuite du larron.

Guillaumet resta, et M. de Gouville lui demanda :

« Pourquoi ne les suis-tu pas?

— Parce que M. le chevalier ne me l'a pas commandé, répondit sans se déconcerter Guillaumet, et aussi parce que si le voleur est quelqu'un du château, ça me ferait trop de peine d'aider à l'envoyer pendre, quoiqu'il le mérite bien.

— Alors tu donnes ta part des pistoles?

— Oh! de tout mon cœur... Je suis sûr que Mme la comtesse aurait du chagrin si on pendait sur ses terres un homme qui a mangé son pain;... et s'il échappe, le bon Dieu le punira un jour.

— Voilà qui est bien parlé, mon gars; comment t'appelles-tu?

— Guillaumet Marcouf... et je suis à M. le chevalier.

— Tu es donc son page? »

Guillaume ne savait pas ce que c'était qu'un page, et, comme il restait coi :

« Je gage, reprit gaiement le comte, que c'est toi qui détachas la barque sur laquelle M. le chevalier fit une si périlleuse navigation.

— Ça se pourrait *ben* tout de même, » murmura Guillaumet, qui n'était pas Normand à demi.

M. de Gouville, qui l'était aussi, savait que les paysans du Cotentin n'affirment ni ne nient jamais catégoriquement, et il sourit de cette réponse évasive; ce que voyant, Guillaumet se hâta d'ajouter :

« Pour du danger, il n'y en avait point. Mon père était pilote; il m'emmenait avec lui quand j'étais tout petit, et il m'a appris à manœuvrer une embarcation...

— De sorte que si, par fortune, M. le chevalier commandait quelque jour un vaisseau de guerre, tu n'aurais pas peur de le suivre sur la mer.

— Peur?... ah! que non!... je serais content comme un roi.

— Et moi aussi, appuya le cadet de Tourville. Guillaumet m'a déjà sauvé la vie.

— Il vient de montrer qu'il a du bon sens et de bons sentiments.

— C'est pourquoi je voudrais bien que madame ma mère lui permît de m'accompagner et de me servir quand j'irai à l'académie.

— Dans quatre ou cinq ans;... nous avons le temps d'y penser, dit en riant M. de Gouville; mais je vais de ce pas en parler à Mᵐᵉ la comtesse, que je ne saurais faire attendre davantage. Allez, chevalier!... et venez nous rejoindre là-haut, vêtu comme il convient au fils de votre père, qui fut un digne gentilhomme et un héroïque soldat. »

Ayant dit, le comte se dirigea vers le perron, et le petit Hilarion reprit le chemin de sa tour, suivi cette fois par Guillaumet, qui ne se sentait pas de joie et qui s'écria :

« Ah! Monsieur, quel homme que ce seigneur!... On a bien raison de dire qu'il vaut mieux avoir affaire au bon Dieu qu'à ses saints... Ce vilain écuyer voulait qu'on battît nos gens;... son maître est juste, lui,... et les innocents ne payeront pas pour les coupables.

— Bon! dit le chevalier, mais ce vol est une honte pour notre maison, et si je connaissais le voleur...

— Je le connais, moi. C'est ce failli gars de Jean Gavray.

— Quoi! tu l'as vu voler et tu l'as laissé faire!

— Je ne l'ai pas vu, notre maître. Si je l'avais vu, je lui aurais sauté dessus, je lui aurais arraché le sac et je l'aurais roué de horions;... mais, parmi nos gens, il n'y a que lui qui soit capable d'avoir fait un pareil coup... Il a profité du moment où tout le monde vous regardait monter le cheval noir... Il s'est esquivé, et vous verrez qu'on ne le rattrapera point... Il a de bonnes jambes; il se sauvera jusqu'à Paris, où il s'enrôlera avec les bandits... On dit chez nous que Paris en est plein.

— Eh bien, tu l'y retrouveras peut-être, puisque tu y viendras avec moi.

— Que Dieu vous entende, Monsieur le chevalier !... Si jamais ce gueux de Gavray me retombe sous la main, son compte sera bon... Mais ce n'est pas pour le prendre que je souhaite tant d'aller à Paris : c'est parce que je ne veux pas vous quitter... Je ne pourrais pas vivre sans vous.

« Peur?... ah! que non!... je serais content comme un roi. »

— Tu ne me quitteras pas, Guillaumet. M. de Gouville va épouser ma sœur Lucie, et, quand il l'aura épousée, il aura voix au chapitre. Il tiendra, j'en suis sûr, la promesse qu'il vient de nous faire de parler pour toi, et on l'écoutera. Moi, je te promets de t'emmener partout où m'appellera le service du roi. Aie seulement patience et marche. Je ne te laisserai pas en route, et je crois que j'irai loin. »

Le chevalier de dix ans qui parlait ainsi ne savait pas ce que lui réservait la fortune des armes, et s'il rêvait de hautes destinées militaires, c'est qu'il avait hérité de ses aïeux le courage et la foi.

Guillaumet les possédait aussi, ces qualités, faute desquelles un enfant ne devient pas un grand homme, ni même un honnête homme, et il y joignait le bon sens et la finesse de cette race normande-qui conquit l'Angleterre par sa valeur, mais qui dut à sa sagesse de garder sa conquête et d'en tirer profit.

Ce petit paysan du Cotentin semblait avoir été créé tout exprès par Dieu qui protège la France pour servir et défendre le dernier descendant d'une illustre famille de la province où il était né.

Il ne faillit point à cette mission providentielle, pas plus que le jeune Hilarion ne manqua de suivre les glorieuses traditions de ses nobles ancêtres.

Cela, c'était l'avenir, et pour le présent, les deux enfants se séparèrent. Le petit chevalier courut se débarrasser de ses jupes, et Guillaumet alla s'enquérir du voleur. Les gens du château qui lui donnaient la chasse ne le rattrapèrent pas, mais Guillaumet ne s'était pas trompé en prédisant qu'il le reverrait un jour. Seulement, il ne pouvait pas deviner où et à la suite de quelles prodigieuses aventures il retrouverait Jean Gavray.

III

OÙ LE CHEVALIER OBTIENT CE QU'IL DESIRAIT

VII.

OU LE CHEVALIER OBTIENT CE QU'IL DÉSIRAIT

EPT ans après le mariage de sa sœur aînée, le chevalier de Tourville était à Paris, et il y avait longtemps qu'on ne l'habillait plus en fille. L'enfant aux traits féminins était devenu un bel adolescent, et son visage, toujours charmant, avait pris un air viril qui lui allait fort bien.

La comtesse de Tourville avait suivi le conseil de son gendre M. de Gouville en adressant son fils Hilarion à son proche parent M. de la Roche-Foucauld, qui l'avait fait entrer, dès l'âge de quinze ans, à l'académie de M. de Renocourt, rue Vieille-du-Temple.

De nos jours, on a fort oublié ce qu'étaient alors ces académies, qui n'avaient de commun que le nom avec la docte et illustre compagnie fondée par le grand cardinal de Richelieu.

Elles avaient été inventées et organisées, vers la fin du règne de Henri IV, par Antoine de Pluvinel, des écuries du roi, et son premier écuyer, sous-gouverneur du dauphin et ancien ambassadeur en Hollande. On y préparait les jeunes gentilshommes au rude métier des armes, et ils n'y apprenaient pas seulement les exercices du corps, comme l'éducation du cheval, le manège l'escrime, la bague, la quintaine; on leur enseignait aussi la tenue, la politesse, la promptitude de l'esprit, l'élégance, la bravoure et l'honneur : en un mot, tous les talents et toutes les qualités que devait posséder un officier pour entrer au service du roi.

Les élèves y étaient non pas casernés, comme le sont maintenant ceux de nos écoles militaires, mais seulement logés, nourris et libres de sortir, en dehors des heures consacrées aux études.

Le chevalier n'abusait pas de cette liberté. Son caractère avait beaucoup changé. Autant il aimait jadis à s'échapper du château de Tourville, autant il était assidu à tous les exercices et insoucieux des plaisirs de son âge, à ce point que ses camarades l'en plaisantaient quelquefois en l'appelant : Mlle de Tourville.

Il ne s'en fâchait pas, mais il lui tardait de faire ses preuves de courage et d'énergie sur un champ de bataille.

Mademoiselle de Tourville toutefois, puisque ainsi l'on voulait bien appeler notre cadet de Normandie, tout en admettant cette amicale plaisanterie, prouva bien, certain jour, qu'il ne fallait pas trop se fier à ses douces et tranquilles apparences.

Ce jour-là, un des jeunes hommes qui fréquentaient l'académie de M. de Renocourt s'étant permis, sur le compte de la jeune et très honnête fille du maître, quelques propos inconsidérés, *Mademoiselle de Tourville* affirma, d'un ton très sévère, que pareille irrévérence était peu digne d'un gentilhomme.

Sans plus tarder, on dut mettre l'épée à la main, dans le préau même de l'académie; le chevalier, qui, dès les premières passes, aurait pu mettre à mal son adversaire, venait, très généreusement, de le désarmer, quand Mlle de Renocourt qui, d'une fenêtre et sans se douter qu'elle fût en cause, avait vu le combat, accourut elle-même pour séparer les combattants.

Comprenant ses torts et s'avouant vaincu, l'étourdi imagina, en présence de la charmante jeune fille, un tout autre motif à la querelle. On se serra la main. L'incident n'eut pas d'autre suite, mais il va sans dire qu'il en revint au

Mlle de Renocourt accourut elle-même pour séparer les combattants.

chevalier de Tourville un premier prestige de bravoure et de générosité, qui le mit hors de pair parmi les jeunes gentilshommes.

Le chevalier avait obtenu de Mme sa mère la permission d'emmener pour le servir Guillaume Marcouf, son compagnon d'escapades enfantines, et Guillaume, lui aussi, était fort changé à son avantage. Le petit paysan du Cotentin était devenu un grand et solide garçon, plus propre à faire un soldat qu'un valet. Et son jeune maître le traitait en conséquence.

Guillaume espérait bien suivre le chevalier de Tourville à la guerre; et, en attendant, il le servait avec un zèle et un dévouement exemplaires.

Malheureusement, il n'était question en France que de la paix des Pyrénées qui venait d'être signée avec l'Espagne et qui allait laisser en disponibilité un grand nombre d'officiers. Beaucoup, parmi les plus anciens et les plus méritants, venaient d'être réformés, et ceux-là seraient toujours préférés à ceux qui n'avaient pas encore servi.

Si bien que le chevalier voyait avec inquiétude approcher la fin de ses études à l'académie. Il y était depuis trois ans, et il allait en sortir au commencement de l'année 1660, — c'est-à-dire dans un mois, — en grand danger d'être réduit, faute d'emploi, à rentrer au château de ses pères.

Il avait déjà entretenu de ses inquiétudes M. de la Roche-Foucauld, en le priant de vouloir bien user de son crédit à la cour pour recommander son jeune parent. M. de la Roche-Foucauld le lui avait promis et l'appuyait chaudement, mais il n'avait encore rien obtenu, et le chevalier commençait à perdre l'espoir de pouvoir suivre sa vocation.

Il en était à chercher des occasions de faire campagne, en dehors du service du roi, par exemple comme chevalier de Malte, — il figurait, depuis l'âge de quatre ans, sur les registres de l'Ordre, — et il avait grand soin de se tenir au courant des armements qui se préparaient dans les ports de la Méditerranée.

Il avait même lié connaissance avec le chevalier d'Hocquincourt, déjà connu sur cette mer par de brillantes *caravanes*, comme on disait alors, contre les infidèles. Ce gentilhomme, fils du maréchal d'Hocquincourt, faisait construire en ce moment une frégate à Marseille et paraissait disposé à recevoir sur son navire quelques jeunes gens de naissance. Il n'avait qu'à choisir, car c'était à qui solliciterait l'honneur de faire campagne avec lui; et il n'en voulait prendre qu'un petit nombre.

Hilarion de Tourville, qui s'était mis sur les rangs, attendait impatiemment sa décision, et M. d'Hocquincourt s'était engagé à la lui faire connaître sous très peu de jours.

Il y avait urgence, car on était au mois de décembre, et la frégate devait prendre la mer au mois de mai.

Il attendait une réponse de M. d'Hocquincourt au sujet de son embarquement, et la réponse n'arrivait pas. L'idée lui vint tout à coup d'aller la chercher.

A l'académie, les exercices occupaient la matinée; mais l'après-midi, à partir de deux heures, en hiver, les élèves étaient libres de disposer de leur temps jusqu'à la nuit et même jusqu'à l'heure du souper. Il était deux heures passées, mais il lui restait le temps de faire une visite à M. d'Hocquincourt, qui habitait au faubourg Saint-Germain, rue du Petit-Bourbon, près de l'hôtel de Bourgogne où Molière et sa troupe jouaient la comédie.

Le chevalier n'avait point de carrosse, et il n'était pas permis aux élèves de monter en ville les chevaux de l'école; mais il avait de bonnes jambes, et ce trajet assez long ne l'effrayait pas du tout. Il se contenta, pour faire meilleure figure en entrant chez M. d'Hocquincourt, d'emmener avec lui l'unique serviteur qu'il possédât, le fidèle Guillaume, moitié écuyer, moitié laquais, dont la livrée n'était pas brillante, mais qui était un compagnon utile par les rues de Paris, fort peu sûres en ce temps-là, dès que le jour baissait.

En sa qualité de futur soldat sous les ordres de son maître, Guillaume portait quelquefois au côté une solide épée, et, avant de partir, le chevalier lui recommanda de la prendre, en prévision du cas où il s'attarderait chez M. d'Hocquincourt.

Le petit Hilarion n'avait pas oublié le temps où il faisait avec Guillaume

la guerre aux nids de pie dans les bois du Cotentin, et, sans trop se familiari-
ser, il ne dédaignait pas de causer avec lui à l'occasion.

En chemin, de la rue Vieille-du-Temple à la rue du Petit-Bourbon, Guillaume usa largement de la permission, et son maître ne fut pas en reste. M. de
Tourville lui expliqua le but de la démarche qu'il allait faire de ce pas, et Guillaume ne se sentit pas d'aise.

A l'académie, les exercices occupaient la matinée.

Guillaume ne se plaignait pas d'être à Paris : il y était avec M. le chevalier,
et il aurait sans regret suivi M. le chevalier au bout du monde ; mais il
s'ennuyait dans la grande ville. Il y regrettait les haies et les grèves de son
pays. Il n'aspirait qu'à y retourner ou à se battre contre les ennemis du roi,
sous les ordres de M. Hilarion, quoique la vocation lui manquât, comme à la
plupart de ses compatriotes, pour servir dans l'armée de terre. Les gens des
côtes sont marins dans l'âme, et les marins se croient très supérieurs aux soldats.
Aussi laissa-t-il éclater sa joie quand le chevalier lui dit que, dédaignant de
suivre les traditions de ses ancêtres, il allait demander à servir dans la marine,

7

dût-il ne pas servir le roi, qui, pour le moment, n'avait guerre avec aucune puissance.

La mer !... il la connaissait, il y était, pour ainsi dire, né, il l'avait pratiquée dès sa plus petite enfance, il savait le métier, et peu s'en fallait qu'il ne se flattât de l'apprendre à son jeune maître, auquel il avait donné jadis sa première leçon de navigation entre Saint-Waast et Cherbourg.

Le chevalier modéra son ardeur en lui apprenant que rien n'était encore décidé, puisque tout dépendait du consentement de M. d'Hocquincourt, et ils arrivèrent à la rue du Petit-Bourbon sans s'être aperçus de la longueur du trajet.

L'hôtel de cet autre chevalier n'était ni très grand ni d'aspect très imposant, et les serviteurs n'y étaient pas nombreux depuis que le vieux maréchal n'y demeurait plus. Le fils, occupé de l'armement de sa frégate, était plus souvent à Marseille qu'à Paris, et, comme il n'était pas marié, il n'avait pas d'état de maison.

Ce jour-là, devant la porte cochère, ouverte à deux battants, stationnait un superbe carrosse, attelé de magnifiques chevaux; du premier coup d'œil, Tourville reconnut la livrée et les armoiries de M. de la Roche-Foucauld, son proche parent.

La rencontre était heureuse, car ce seigneur était sans doute venu recommander encore à M. d'Hocquincourt Hilarion de Tourville.

Le protégé ne pouvait être que bien accueilli par le protecteur, et il allait plaider sa cause en présence de M. de la Roche-Foucauld.

Il s'empressa donc d'entrer, après avoir commandé à Guillaume de l'attendre dans la rue, et, n'ayant pas rencontré au bas du grand escalier les gens de M. d'Hocquincourt, il monta bravement.

Il était déjà venu plus d'une fois voir le chevalier, et il connaissait le chemin. Au premier étage, il trouva même solitude. Personne, pas même un petit laquais dans le vestibule qui précédait une longue galerie conduisant à l'appartement où M. d'Hocquincourt recevait les visiteurs de distinction.

Il devait y être avec M. de la Roche-Foucauld, et Tourville, jugeant qu'il ne serait pas honnête de se présenter sans demander préalablement l'agrément du chevalier, décida d'attendre qu'il survînt quelque valet pour l'annoncer.

Il n'en vint pas un; mais, après quelques instants, il entendit les voix de

Dans la rue du Petit-Bourbon.

deux personnes qui s'avançaient par la galerie, et ces voix, il les reconnut aussitôt, car elles lui étaient familières. L'une, claire et bien timbrée, était la voix de M. d'Hocquincourt; l'autre, plus grave et moins sonore, était celle de M. de la Roche-Foucauld.

Ces deux seigneurs parlaient l'un après l'autre, comme des gens qui achèvent une conversation intéressante, car ils s'arrêtaient assez souvent dans leur marche pour traiter plus posément certains points importants.

Tourville aurait pu et peut-être dû se montrer, mais il pensa qu'il ferait mieux de ne pas déranger les causeurs, et il resta dans le vestibule où ils allaient le voir en passant et lui demander pourquoi il y était. Il n'en avait pas long à leur dire et s'expliquerait tout aussi bien là que dans la galerie. Il les attendit donc, et assurément il ne cherchait point à écouter ce qu'ils disaient; mais ils n'étaient plus qu'à quelques pas, et ce ne fut pas sa faute s'il ne perdit pas un mot de leurs discours.

« Mon cher comte, dit gaiement M. d'Hocquincourt, vous avez donc envie de vous défaire de votre jeune parent?

— Moi! s'écria M. de la Roche-Foucauld; mais je lui porte au contraire le plus vif intérêt.

— Alors, c'est que vous voulez vous brouiller avec les dames.

— Comment?... que signifie...?

— Votre protégé est plus propre à les servir qu'à naviguer.

— Vous entendez sans doute, mon cher chevalier, qu'il est trop beau et trop délicat pour soutenir les fatigues de la mer.

— Il n'y résisterait pas, et, depuis que je l'ai vu, j'ai cessé de prendre au sérieux son désir de s'embarquer avec moi. Il est né pour vivre à la cour : il y aura, je n'en doute pas, les plus grands succès; mais pour ce qui est de faire le rude métier de marin, je l'en crois incapable.

— Eh bien, vous vous trompez. Il n'est pas du tout ce qu'il paraît être avec son teint rose et sa figure efféminée; c'est un des plus résolus pour son âge. Je le sais par des actions où il l'a fait voir, et je vous réponds que, de tous ses camarades, aucun ne l'égale en force et en valeur. M. de Renocourt, son maître, le regarde comme l'honneur de son académie. Faites-en l'expérience, mon cher chevalier. Je vous jure que vous n'aurez pas à vous en repentir. »

M. d'Hocquincourt ne se pressa point de répondre. Tourville lui plaisait, et il ne souhaitait rien tant que d'être agréable à son protecteur, mais il doutait fort des aptitudes du protégé et il craignait de se charger d'un homme qui tiendrait à bord la place d'un autre officier plus utile.

« Maudit visage! se disait le bel Hilarion. Pourquoi Dieu ne m'a-t-il pas créé laid? On ne me soupçonnerait plus de n'être qu'une femmelette.

— Tout ce que je puis faire, reprit après un silence le chevalier d'Hocquincourt, c'est de lui exposer nettement les dangers et les peines de l'entreprise où il veut se jeter à l'étourdie. Quand il saura ce que c'est que la vie qu'il prétend mener, nous verrons s'il persistera dans sa belle résolution.

— Voilà donc, pensa Tourville, voilà donc pourquoi il me fait attendre depuis si longtemps sa décision! S'il s'était expliqué, je lui aurais répondu de telle sorte que je l'aurais persuadé, et, à cette heure, je serais inscrit sur le rôle de son équipage.

— Eh bien, conclut M. de la Roche-Foucauld, soumettez-le à cette épreuve le plus tôt possible. Je vous l'enverrai dès demain. Mais il se fait temps que je vous quitte.

— Vous me permettrez, Monsieur le comte, de vous reconduire jusqu'à votre carrosse. Mes gens ne sont pas rentrés. Ces marauds me feront mourir.

— Je ne souffrirai pas que vous alliez plus loin. Vos instants sont très précieux, puisque vous devez retourner à Marseille très prochainement.

— Je ne puis mieux les employer qu'en votre compagnie. »

Cet assaut de courtoisie conduisit les deux seigneurs jusqu'à l'entrée du vestibule, et il serait difficile de dire lequel des deux fut le plus étonné d'y voir Hilarion de Tourville, debout, son feutre à la main, dans une attitude à la fois respectueuse et ferme.

Ses yeux brillaient du plus vif éclat, ses cheveux blonds tombaient en boucles soyeuses autour de sa charmante figure. Jamais il n'avait été si beau. C'était vraiment jouer de malheur.

« Vous ici, mon cher Hilarion! s'écria le comte en fronçant le sourcil; que faites-vous, bon Dieu! dans cette antichambre où M. d'Hocquincourt s'attendait à trouver ses laquais?

— Je pensais aussi les y trouver, répondit Tourville sans se déconcerter, et je les attendais pour me faire annoncer chez M. le chevalier.

— Vous auriez pu entrer, Monsieur, dit d'Hocquincourt; vous auriez été le très bienvenu. Précisément, nous parlions de vous.

— Je le sais, Monsieur, et la loyauté m'oblige à confesser que, sans le vouloir, j'ai entendu tout ce que vous avez dit.

— Tant mieux, morbleu! je vais être plus à l'aise pour vous parler le langage de la raison. Je ne mets pas en doute que vous ne brûliez du désir de faire campagne avec moi, mais je crois que vous vous abusez sur l'agrément que vous y trouverez.

— Il suffira que j'aie l'honneur de servir sous un chef tel que vous. Les périls ne m'effrayent pas.

— Je le sais, mon cher chevalier, et s'il ne s'agissait que de se battre vaillamment, je vous prendrais tout de suite; mais vous vous faites, j'en suis sûr, une très fausse idée de la vie que mène un officier sur un corsaire du Levant... Car c'est un corsaire que je vais commander. Ce n'est pas du tout comme sur les vaisseaux du roi, où il est traité en gentilhomme et où les jours de bataille sont des jours de fête. Sur ma frégate, vous serez mal logé, mal nourri, obligé de mettre la main aux besognes les plus pénibles. Vous aurez à vous faire obéir par un équipage recruté un peu partout et composé de mauvais sujets de toutes les nations. Il faut être de fer pour résister à de telles fatigues. Je ne parle pas des dangers de la mer, qui sont souvent terribles dans les parages de l'Archipel où il faut croiser si on veut faire de bonnes prises. Vous êtes prêt à les braver, je crois; aurez-vous la force de passer des jours et des nuits sur le pont, sans dormir, par une effroyable tempête, ainsi qu'il m'arriva l'an passé, à l'entrée de l'Adriatique? »

Sur un signe de Tourville, énergiquement affirmatif, d'Hocquincourt reprit :

« Et quelle guerre! Dans la marine du roi, quand notre flotte rencontre la flotte ennemie, on se canonne à bonne portée, on se coule quelquefois, mais il suffit à un gentilhomme de se bien tenir au feu, et si la fortune est contraire, s'il est pris par les Anglais ou par les Espagnols, il est traité avec honneur. Là-

bas, dans le Levant, c'est autre chose. On se canonne aussi, et ferme!... mais
ce jeu ne dure guère; on s'aborde, on monte à l'assaut du navire ennemi, l'esponton au poing et le poignard aux dents; on se bat corps à corps et on ne
fait pas de quartier. Si par malheur on tombe entre les mains des Turcs, on
est vendu comme esclave, à moins qu'on ne soit empalé ou écorché vif... Ce
sort n'est pas enviable, et je vous aime trop pour vouloir vous y exposer, mon

« Voilà qui est bien parlé, chevalier. »

cher chevalier. Les dames ne me le pardonneraient pas, » ajouta en souriant
M. d'Hocquincourt.

Tourville eut un mouvement d'impatience. Il était las de s'entendre reprocher d'être beau. Ce n'était pas sa faute, si la nature l'avait doué d'avantages
physiques dont il ne s'était jamais prévalu et qui finiraient par lui nuire en le
faisant prendre pour un muguet de cour, incapable de toute action virile. Peu
s'en fallut qu'il ne relevât vertement les dernières paroles de M. d'Hocquincourt. Il se contint pourtant et il répondit avec calme :

« Je vous remercie, Monsieur, de m'avoir éclairé. Je sais maintenant,

grâce à vous, ce qu'est la vie d'un corsaire du Levant. J'y étais à peu près destiné, puisque je suis chevalier de Malte. Depuis que vous avez pris la peine de
me la décrire, je vois que c'est précisément ce que je cherche, et je me sens
tout à fait en état de la mener. Je me flatte peut-être,... mes forces peuvent me
trahir ; mais prenez-moi à l'essai. »

Pendant que Tourville parlait ainsi, le chevalier d'Hocquincourt l'observait et démêlait enfin sur sa physionomie une expression résolue qui contrastait
avec la délicatesse de ses traits et la douceur de sa voix.

« Voilà qui est bien parlé, chevalier, s'écria-t-il, et je n'ai plus qu'une
seule objection à votre projet. On naît brave, comme on naît robuste, et vous
possédez ces deux avantages ; mais on ne naît pas marin. C'est un métier qu'il
faut apprendre, et un métier difficile...

— Je l'apprendrai en naviguant, » dit Tourville.

Il aurait pu répondre que, dans son pays, les enfants ne pensent qu'à aller
sur mer et qu'il avait fait lui-même des essais précoces de navigation ; mais il
ne tomba point dans cette puérilité.

« En naviguant, ce serait un peu tard, répondit M. d'Hocquincourt ; mais
ma frégate ne prendra la mer qu'au printemps. Elle est dans le port de Marseille, et si votre zèle allait jusqu'à vous y embarquer dès à présent, vous
auriez quelques mois pour y acquérir les connaissances qui vous manquent.

— Oh ! Monsieur, c'est tout ce que je demande, et je partirai dès que
j'aurai obtenu le consentement de Mme la comtesse de Tourville, ma mère.

— Je me charge de le lui demander, mon cher Hilarion, dit M. de la
Roche-Foucauld, tout fier du succès que venait de remporter son jeune parent
sur les préventions du chevalier d'Hocquincourt.

— Je vais donc prévenir M. de Renocourt que je quitterai bientôt son
académie ! s'écria joyeusement Tourville.

— Le plus tôt sera le mieux, car vous n'aurez pas trop de temps pour
prendre une teinture des manœuvres d'un vaisseau, dit M. d'Hocquincourt.
C'est convenu... Vous ferez votre première caravane sous mes ordres, et j'es-

père qu'elle sera heureuse. Souvenez-vous seulement que, s'il vous mésarrive, c'est vous qui l'aurez voulu,... et que, si vous revenez défiguré par l'éclat d'une grenade ou par le yatagan d'un Turc, les dames ne devront pas s'en prendre à moi.

— Je souhaite que ces infidèles me crèvent un œil à notre premier abordage !... Au moins, quand je serai borgne, on ne me jettera plus à la tête ma prétendue beauté. Je ne plairai plus aux dames, et je me contenterai très bien de faire peur aux Barbaresques.

— Ce serait trop, mon cher parent, dit en riant M. de la Roche-Foucauld. Soyez brave et heureux; revenez vainqueur et restez beau;... personne ne trouvera à redire, pas même le cher chevalier que je remercie d'avoir écouté votre plaidoyer et de vous avoir donné gain de cause. Votre avenir se dessine maintenant, puisque vous avez fait choix d'une carrière, et je pressens qu'elle sera brillante. Votre beau-frère Gouville et, je crois aussi, votre digne mère rêvaient pour vous le service de terre, et vous vous y seriez certainement distingué; mais il faut suivre votre destinée. Vous auriez été un bon général, vous serez un bon marin. Vos ancêtres ont illustré le nom de Tourville sur le champ de bataille; il est temps que les ennemis du roi et de la foi chrétienne apprennent à le connaître sur les mers. »

Tourville rayonnait. Il en était venu à ses fins. Il ne lui restait qu'à remercier son noble parent qui avait plaidé pour lui, et le brave d'Hocquincourt qui venait de combler ses vœux.

Ainsi fit-il en termes émus avant de prendre congé d'eux.

C'était le moment, car les deux seigneurs devaient avoir le désir d'être seuls pour échanger leurs impressions sur cette entrevue décisive.

Le jour baissait, et les laquais arrivaient enfin, apportant des flambeaux. M. d'Hocquincourt fit éclairer jusqu'au bas de l'escalier le jeune chevalier.

IV

ATTAQUE NOCTURNE

ATTAQUE NOCTURNE

L E carrosse de M. de la Roche-Foucauld attendait toujours son maître, dans la rue du Petit-Bourbon, devant la porte cochère de l'hôtel de M. d'Hocquincourt. Guillaumet aussi attendait le sien, et il vint à lui dès qu'il le vi paraître.

Le premier mot du chevalier fut :

« Je vais m'embarquer pour Marseille, et je t'emmène.

— Vive le roi ! » cria Guillaume Marcouf en jetant son chapeau en l'air.

Et il reprit : « Alors, nous allons naviguer?

— Et faire la guerre aux Turcs. Il paraît que ce sera rude. »

Guillaume n'avait jamais entendu parler des Turcs ; mais puisque son maître allait se battre, peu lui importait contre qui, pourvu qu'il le suivît.

La nuit était venue tout à fait, une sombre nuit d'hiver, et le futur lieutenant de police M. de la Reynie n'avait pas encore inventé d'éclairer Paris avec des lanternes suspendues.

Dans le quartier que Tourville et son compagnon eurent à traverser d'abord, il y avait encore un peu de lumière et de mouvement, à cause de la comédie qu'on donnait à l'hôtel de Bourgogne et qui commençait alors de très bonne heure; mais en approchant de la rivière, ils entrèrent dans une région où l'on n'y voyait plus clair du tout, et pour passer sur la rive droite il leur fallait prendre le Pont-Neuf, à moins de remonter par les quais jusqu'à Notre-Dame, et les quais n'étaient pas plus sûrs que le pont, qui était très malfamé, à juste titre. Le jour, il était encombré de bateleurs et de filous, habiles à vider les poches; la nuit, il était envahi par les tire-laine, prompts à débarrasser les passants de leurs manteaux, et même par des coupe-jarrets, tout prêts à les assassiner pour les dévaliser de leurs bourses.

On aurait peine à le croire, si la fameuse satire de Boileau n'existait pas pour en faire foi :

Les voleurs à l'instant s'emparent de la ville;
Le bois le plus funeste et le moins fréquenté
Est, au prix de Paris, un lieu de sûreté.

Boileau écrivit ces vers en 1660, et quoique Tourville ne les eût jamais lus, puisque l'année 1659 n'avait pas encore pris fin, il savait parfaitement à quoi il s'exposait en prenant ce chemin pour rentrer plus vite à l'académie.

Ceux qui s'y aventuraient après le soleil couché ne pouvaient compter que sur eux-mêmes, car le guet était souvent de connivence avec les voleurs, et dès que la nuit tombait, les riches marchands du quai des Orfèvres se barricadaient dans leurs boutiques protégées par des barreaux solides, et se gardaient bien d'intervenir dans les opérations en plein vent des coupeurs de bourses, lesquels n'entreprenaient jamais de forcer les portes des boutiquiers.

Et de cet accord tacite entre les orfèvres et les bandits, il résultait que les passants attaqués n'avaient de secours à attendre de personne.

Tourville avait au côté la bonne épée avec laquelle il avait désarmé le jeune médisant. Marcouf portait une longue et lourde rapière qui ne pesait pas trop au bout de son bras vigoureux, et il avait appris à s'en servir en fréquentant les prévôts d'armes de l'académie. Ainsi armés, les deux Normands ne craignaient personne.

Ils prirent soin seulement de marcher au milieu du pont, pour éviter d'être pris à l'improviste par des bandits embusqués le long des parapets.

Ils aperçurent bien des ombres qui avaient l'air de les suivre à distance, mais ils faisaient si bonne contenance qu'ils dépassèrent l'entrée de la place Dauphine sans avoir eu maille à partir avec ces rôdeurs malintentionnés. Et ils commençaient à croire qu'ils ne seraient pas attaqués, d'autant que, depuis un instant, ils entendaient d'assez loin rouler un carrosse qui venait de la rive gauche et qui ne tarderait pas beaucoup à les rattraper.

Ils se flattaient, car, à peine arrivés à la hauteur du quai de l'Horloge, ils furent chargés tout à coup par quatre coquins, tapis contre la devanture de la première boutique du quai, qui tombèrent sur eux, l'épée à la main, en criant : « La bourse ou la vie! »

Au lieu de se rendre à cette sommation malhonnête, Tourville et Marcouf dégainèrent. Ils eurent tout juste le temps de se mettre en garde et ils reçurent ces chenapans à coups d'estoc.

De sa première botte, le chevalier en toucha un, qui lâcha sa colichemarde et tourna casaque, pendant que deux autres pressaient Tourville, qui, vaillamment, leur tint tête à lui tout seul. Le quatrième, qui semblait être le chef de la bande, s'en était pris à Marcouf, et le gars ferraillait avec succès, car il n'avait pas encore été atteint, et son adversaire commençait à reculer; mais la partie était trop inégale, et elle aurait mal tourné pour le maître et le valet s'ils n'eussent été promptement secourus.

Ils le furent, en ce sens que l'arrivée du carrosse mit fin au combat. Les laquais montés derrière ce carrosse providentiel portaient des torches, et les tire-laine, ennemis des lumières, lâchèrent pied devant cet éclairage.

Celui qui avait affaire à Guillaume tint mieux que les camarades, et il ferraillait encore quand la lueur des torches tomba en plein sur son visage. Guillaume, à ce moment, poussa une espèce de rugissement et se jeta sur lui, la pointe aux yeux; mais cette fois le voleur s'enfuit à toutes jambes.

Guillaume allait le poursuivre; son maître lui cria impérieusement de ne pas bouger, et Guillaume n'osa pas désobéir, quoiqu'il en mourût d'envie, et pour cause.

Le carrosse venait de s'arrêter, et Tourville avait reconnu à la portière M. de la Roche-Foucauld, qui reconnut en même temps son jeune parent et qui ne parut pas trop étonné de le trouver aux prises avec des malandrins sur le Pont-Neuf, où ils foisonnaient.

« Mon cher Hilarion, dit cet aimable seigneur, je vois que vous vous êtes bien défendu et je vous en félicite... Mais je ne raconterai pas cette histoire à M. d'Hocquincourt. Elle vous ferait du tort dans son esprit, car elle lui démontrerait qu'il vous manque une des qualités essentielles de l'homme de guerre, la prudence. Vous avez oublié qu'un homme sage ne passe jamais à pied sur le Pont-Neuf après la chute du jour. »

Tourville aurait pu lui faire respectueusement observer qu'il n'avait à sa disposition d'autre moyen de locomotion que ses jambes. Mais le comte reprit :

« Il fallait me demander une place dans mon carrosse, et puisque je vous retrouve, je vous l'offre, mon cher cousin... Montez près de moi... Je vais vous reconduire à votre académie.

— Je vous suis très reconnaissant, Monsieur le comte, balbutia le chevalier, mais j'ai avec moi mon laquais, et il m'a bravement défendu ; je ne voudrais pas l'abandonner ici.

— Qu'à cela ne tienne!... il peut monter avec les miens, derrière le carrosse. »

Sur le siège il y avait de la place pour trois, car les carrosses de ce temps-là étaient larges et hauts comme des vaisseaux à trois ponts, et Guillaume ne se fit pas répéter l'ordre de s'y percher.

Tourville s'établit dans l'intérieur avec le comte, qui, au lieu de continuer à le gronder de sa témérité, le complimenta sur ses réponses à M. d'Hocquincourt et sur la résolution qu'il avait prise de faire immédiatement ses premières caravanes au service de l'Ordre.

« Depuis le Tourville qui suivit en Angleterre Guillaume le Conquérant, je

Le gars ferraillait avec succès.

crois que pas un de ses descendants ne s'est embarqué sur la mer, dit-il en souriant. Vous serez le premier de votre nom, et vous y ferez votre fortune militaire.

— Dieu vous entende, Monsieur le comte ! car vous venez d'exprimer mon désir le plus cher.

— Est-il bien vrai, chevalier, que, sans aucun regret, vous vous éloigniez

Le carrosse venait de s'arrêter.

du monde où les gens faits comme vous l'êtes sont destinés à plus d'un aimable succès?

— Monsieur le comte, repartit gravement Tourville, je n'ai pas encore prononcé mes vœux de chevalier de Malte, mais c'est tout comme.

— Oh ! oh ! vous prenez là, je le crains, un engagement téméraire ;... mais je ne puis que vous approuver d'être dans ces sentiments. Nous verrons ce qu'ils dureront. Laissons cela, chevalier. Ne pensez plus qu'à vous préparer au grand changement qui va se faire dans votre existence, et venez me voir demain à mon hôtel. »

On était arrivé rue Vieil e-du-Temple; le carrosse venait de s'arrêter à la porte de l'académie, et Marcouf était déjà à la portière pour recevoir son maître, qui se hâta de descendre, car il lui tardait d'être seul pour se recueillir après tant d'aventures accumulées.

Guillaume ne lui en laissa pas le temps. Le carrosse de M. le comte ne fut pas plus tôt parti que le gars s'écria :

« Ah ! Monsieur Hilarion, si vous saviez !... Le brigand qui m'a chargé sur le Pont-Neuf et qui s'est sauvé au moment où j'allais l'embrocher...

— Eh bien ? demanda le chevalier avec impatience.

— Je l'ai reconnu, le failli chien ! c'est Jean Gavray !

—Qui ça, Jean Gavray ?

— Est-il possible que vous ayez oublié ce mauvais gueux ?... Celui qui vola dans la cour du château les pistoles de M. de Gouville...

— Et qui disparut aussitôt ;... oui, je m'en souviens maintenant...

— Vous vous souvenez aussi qu'on ne l'a jamais rattrapé et qu'on n'a jamais su ce qu'il était devenu... J'ai prédit dans le temps qu'il viendrait à Paris s'enrôler dans une bande de voleurs... J'ai deviné, car je viens de le voir, comme je vous vois, Monsieur le chevalier,... et même je crois bien qu'il nous a reconnus. Ah ! que je suis marri de l'avoir manqué !... Quand je pense que je le tenais, et que si l'arrivée du carrosse ne m'avait pas dérangé...

— Il t'aurait tué selon toute apparence ; et peu m'importe qu'il t'ait échappé, puisque tu t'es tiré sans accroc de cette bagarre, et moi aussi. Qu'il aille au diable !

— Il ira, Monsieur le chevalier,... c'est écrit sur son front de réprouvé ;... n'importe !... si jamais je le retrouve...

— Tu ne le retrouveras pas, puisque nous allons partir.

— Qui sait ? Il ramera peut-être quelque jour sur les galères du roi,... et il y a des galères là-bas,... à Marseille. »

Tourville n'écoutait plus. Il était tout entier à ses rêves de gloire.

V

OU LE CHEVALIER VA SUR L'EAU

OU LE CHEVALIER VA SUR L'EAU

ONSIEUR d'Hocquincourt avait quelques défauts. Tourville s'en aperçut plus tard. Mais M. d'Hocquincourt était de parole; et quand arriva le chevalier, qu'il avait devancé à Marseille, il le reçut à bras ouverts.

Le départ du jeune Hilarion ne s'était pas effectué sans difficulté. Cet embarquement ne plaisait point à la comtesse, qui avait rêvé pour son fils d'autres destinées. Le feu comte avait honorablement servi dans les armées du roi. Il semblait à sa veuve que le cadet de Tourville dérogeait en consentant à courir les aventures sur un vaisseau qui ne naviguait pas sous le blanc pavillon de France. Elle avait élevé des objections, et il avait fallu que M. de la Roche-Foucauld insistât beaucoup pour qu'elle cessât de s'opposer à ce qu'elle appelait un coup de tête.

La bonne dame, assurément, croyait bien faire. Elle ne pouvait pas prévoir l'avenir, et elle pensait que c'était assez d'exposer son fils aux dangers de la guerre, sans l'exposer encore aux périls de la mer.

Elle avait cependant fini par céder, non sans avoir consulté son gendre, M. de Gouville, qui s'était prononcé dans le même sens que M. de la Roche-Foucauld.

Le sort en était jeté. Hilarion serait marin.

Il ne lui restait qu'à apprendre son métier, dont il ne savait pas le premier mot, car ses escapades avec Guillaume Marcouf ne l'avaient pas beaucoup instruit; et, s'il eût compté sur le chevalier d'Hocquincourt pour le lui enseigner, il aurait fort risqué de ne jamais le connaître.

Brave comme son épée et hardi jusqu'à la témérité, mais homme de plaisir avant tout, d'Hocquincourt ne guerroyait contre les infidèles que pour s'enrichir, tout en gagnant quelque renommée. Les chevaliers de Malte rendaient de grands services à la chrétienté en faisant la chasse aux corsaires mahométans qui infestaient alors la Méditerranée, mais ils étaient corsaires eux-mêmes. Les navires capturés étaient vendus avec leurs cargaisons, et leurs équipages, au lieu de faire des prisonniers, faisaient des esclaves, et chaque esclave valait une somme d'argent.

Ce commerce à coups de canon avait déjà rapporté gros à l'entreprenant chevalier d'Hocquincourt, fils d'un maréchal de France. Il n'aspirait qu'à le continuer, et, en attendant que sa frégate fût prête à prendre la mer, il menait joyeuse vie.

Les jeunes gentilshommes qu'il avait engagés pour cette nouvelle campagne n'avaient pas non plus d'autre but que de faire fortune en jouant leur vie sur mer, et, à terre, ils passaient gaiement leur temps.

A Marseille, on leur faisait fête. Ce n'étaient que soupers à la ville et parties dans les *bastides* qui l'entourent. Ces messieurs étaient beaucoup plus occupés auprès des dames qu'à leur bord, et M. d'Hocquincourt leur donnait l'exemple. Mais le jeune Hilarion n'avait garde de les imiter. En arrivant, il avait pris possession d'une cabine sur la frégate, qu'il ne quittait guère, occupé qu'il était à s'instruire auprès des pilotes de tout ce qui regardait la marine, et à s'exercer aux manœuvres comme les matelots, faisant tout ce qu'ils faisaient, avec plus d'adresse et d'agilité qu'eux. Tant et si bien que les autres volontaires le raillaient de son zèle, et que M. d'Hocquincourt lui conseilla de venir plus souvent à terre, afin de ne pas se singulariser.

Tourville se laissa persuader de paraître quelquefois aux festins qu'on leur donnait; mais il n'y prit aucun plaisir, et sa jolie figure lui joua encore de mauvais tours. Les belles Marseillaises raffolaient de ce charmant chevalier, et il n'aurait tenu qu'à lui de faire des conquêtes. Il n'y songeait guère, et pourtant il crut s'apercevoir que son succès donnait de l'ombrage à plusieurs, à M. d'Hocquincourt entre autres, qui ne pouvait pas se dissimuler que les dames lui préféraient le jeune Hilarion.

Avec une prudence au-dessus de son âge, le séducteur malgré lui s'arrangea pour éviter les occasions où sa sagesse eût été mise à l'épreuve; il reprit peu à peu ses habitudes, en se confinant à bord comme devant, et cette fois le chevalier d'Hocquincourt n'insista plus pour qu'il se montrât.

Si Tourville quittait rarement la frégate, Guillaume Marcouf y avait, pour ainsi dire, pris racine. Il n'en bougeait pas. Ses instincts de fils de pilote s'étaient réveillés. Il ne concevait plus qu'on pût vivre ailleurs que sur l'eau et coucher dans un autre lit qu'un hamac.

Au début, la Méditerranée ne lui avait pas plu. Il la trouvait trop bleue et lui reprochait de n'avoir pas de marées comme la mer de son pays; mais il s'y était accoutumé, et il lui tardait de sortir du port pour la mieux connaître.

Il faisait d'ailleurs bon ménage avec les matelots de la frégate, Provençaux pour la plupart. Ils aimaient ce *Ponantais*, comme ils l'appelaient, presque autant qu'ils aimaient le chevalier de Tourville.

Le chevalier était leur idéal. Il charmait ces rudes compagnons, et sa beauté y était pour quelque chose. Ils le regardaient comme un ange descendu du ciel sur la frégate pour leur porter bonheur. Et la préférence qu'ils lui accordaient n'était pas faite pour lui concilier la sympathie des officiers.

Ces messieurs l'attendaient à l'œuvre. Ils voulaient voir comment il se comporterait dans une tempête et dans un combat.

Ils eurent satisfaction un peu plus tard.

Le départ de Marseille s'effectua par un temps admirable. Le ciel était

10

d'azur, la mer clémente; et, comme on avait vent arrière, ce fut une véritable navigation de plaisance.

La frégate, très bonne voilière, longea les côtes de la Corse et de la Sardaigne, passa le détroit de Messine et entra le cinquième jour dans le port de la Valette, capitale de l'île de Malte et résidence du grand maître de l'Ordre.

M. d'Hocquincourt s'était humanisé pendant cette belle traversée. Son humeur ne tint pas contre les prévenances et la bonne grâce du chevalier de Tourville. Il ne lui avait jamais refusé son estime, mais à Marseille il l'avait, comme on dit, pris en grippe; à bord, il revint de ses préventions. Et Tourville fut un de ceux à qui il fit le plus d'amitiés.

Il était d'usage et presque d'obligation, pour les commandants des vaisseaux qui naviguaient sous la bannière de l'Ordre, de n'entrer en croisière qu'après avoir rendu leurs devoirs au grand maître, et M. d'Hocquincourt n'eut garde d'y manquer.

Connu et estimé à Malte, il n'eut pas plus tôt jeté l'ancre que les chevaliers les plus distingués vinrent le voir sur sa frégate, et ils l'accompagnèrent quand il se rendit au palais du grand maître pour lui présenter ses officiers. Ce fut un des plus beaux cortèges que les Maltais eussent vus depuis longtemps, et Tourville en fut émerveillé. Tout était nouveau pour lui dans ce premier épisode de sa vie de marin; et il ne se lassait pas de regarder cette curieuse petite ville perchée comme un nid d'aigle au flanc d'un rocher abrupt, avec sa formidable ceinture de fortifications et ses rues étroites et escarpées, si étroites que lorsque deux chevaliers s'y rencontraient, venant en sens inverse, il leur arrivait fréquemment de mettre l'épée à la main plutôt que de céder le passage.

Car ils étaient terriblement batailleurs, ces jeunes gentilshommes qui auraient dû ne faire la guerre qu'aux infidèles, et leurs vœux ne les empêchaient pas de mener à terre une existence agrémentée de querelles et de plaisirs bruyants.

C'est une curieuse histoire que celle de cet ordre militaire, successeur direct de l'ordre hospitalier de Saint-Jean de Jérusalem, établi à Malte en 1530,

après la prise de l'île de Rhodes par les Turcs, et composé de chevaliers de
toutes les nations chrétiennes, de toutes les *langues*, c'était le terme consacré.
Il y avait la *langue* d'Auvergne, la langue de Provence, la langue de France,
la langue de Castille, la langue d'Aragon, la langue d'Italie, la langue d'Allemagne et la langue d'Angleterre, huit en tout. Chacune avait pour chef un *pilier*
ou bailli conventuel, et le grand maître, élu par tous les chevaliers assemblés,
pouvait être choisi dans l'une ou dans l'autre.

Celui qui venait d'être élu, en 1660, quand la frégate de M. d'Hocquincourt
mouilla dans le port de la Valette, était Gessant de Clermont, de la langue de
Provence et de la province du Dauphiné. Il reçut avec toute la distinction
qu'ils méritaient le commandant et son brillant cortège. Il les complimenta en
fort bons termes sur le parti qu'ils avaient pris de servir par les armes les
intérêts de la chrétienté, et il termina son discours en les invitant à se reposer
dans l'île avant de partir en guerre.

Il parlait à de jeunes seigneurs qui ne demandaient qu'à se divertir et qui
profitèrent largement de la permission. Ce fut encore pis qu'à Marseille. A
Malte, les chevaliers étaient chez eux, se croyaient tout permis, et ce ne furent
bientôt que réjouissances de toutes sortes. Ceux qui résidaient dans l'île réga-
laient d'autant plus volontiers les nouveaux venus qu'ils brûlaient du désir de
s'embarquer avec eux. Et, comme naguère à Paris, M. d'Hocquincourt ne savait
auquel entendre. Il était redevenu sérieux, et, à la veille de jouer sur mer une
grosse partie, il tenait à faire de bons choix.

Le chevalier de Tourville s'abstint de prendre part aux joies excessives
de ses camarades; il n'assista qu'aux fêtes données par le grand maître, qui ne
tarda pas à le distinguer d'une façon toute particulière, et il employa tous ses
loisirs à s'instruire des devoirs de son ordre, comme il avait appris à Marseille
son métier de marin. Mais on ne partait pas, et le temps lui semblait long. Il
ne s'était pas embarqué pour vivre dans un port, et l'oisiveté commençait à
lui peser.

Aussi impatient que lui d'entrer en campagne, M. d'Hocquincourt n'attendait qu'une occasion, qui ne se présentait pas. Les marins qui revenaient des mers du Levant n'avaient pas rencontré de bâtiments turcs, et le chevalier ne voulait appareiller qu'à bon escient, c'est-à-dire avec l'espoir de faire des prises. Il se tenait prêt à profiter du premier avis; mais l'avis n'arrivait pas, au grand chagrin de Tourville, qui ne demandait qu'à sortir.

Les choses en étaient là quand, un beau soir du mois de juin, en cherchant son canot pour rentrer à bord, après une journée passée à écouter les paternels conseils du grand maître, le jeune chevalier rencontra sur le quai son commandant accointé d'un homme fort laid.

Cet homme, vêtu à peu de chose près comme un simple matelot, avait un visage bronzé par le soleil, hâlé par le vent et sillonné de balafres, des yeux caves, des sourcils en broussailles, des pommettes saillantes, des épaules voûtées, le regard dur et la mine rébarbative.

Une vraie figure de forban.

Tourville feignit de ne pas les voir, mais M. d'Hocquincourt l'appela pour lui dire :

« Mon cher chevalier, voici M. Cruvillier qui vient d'entrer dans le port et de me donner de bonnes nouvelles. »

Tourville connaissait, pour l'avoir entendu souvent prononcer à Malte, ce nom de Cruvillier; c'était celui d'un corsaire fameux par ses exploits contre les Turcs, qui le redoutaient autant qu'on l'admirait à Malte, et presque aussi célèbre par ses cruautés que par ses prises.

« M. Cruvillier commande cette frégate que vous voyez là-bas, mouillée à côté de la nôtre, reprit d'Hocquincourt; elle est armée de vingt-quatre canons et montée par un équipage à toute épreuve. Et M. Cruvillier m'apprend que l'Archipel est ravagé en ce moment par deux corsaires sortis de Tripoli de Barbarie, qui ont déjà brûlé, après les avoir pillés, plus de vingt navires marchands, tant vénitiens que grecs.

— Cela ne se peut souffrir, dit vivement Tourville, et j'espère que...

— M. Cruvillier les a vus, et il a dû prendre chasse devant eux, sa frégate n'étant pas de force à combattre seule contre deux. Il vient de me proposer de se joindre à moi pour les aller chercher. J'ai accepté; nos accords sont faits; le produit des prises sera partagé par moitié, et je compte qu'il sera gros.

— Alors, Monsieur, nous allons mettre en mer?

— Dès demain, si le vent est favorable. Je vais faire prévenir nos chevaliers de rallier la frégate ce soir, car si je ne prenais pas cette précaution, je

Une vraie figure de forban.

risquerais fort de n'y trouver que vous, mon cher Tourville. Ne m'attendez pas pour vous y faire conduire. J'ai quelques arrangements à conclure avec M. Cruvillier, qui va être *mon matelot,* comme nous disons dans la marine quand nous naviguons de conserve avec un autre bâtiment. En attendant mon arrivée, avertissez les maîtres d'équipage d'avoir à consigner tout le monde à bord. »

Ayant dit, M. d'Hocquincourt s'éloigna avec son corsaire, qui n'avait pas desserré les dents. Ce loup de mer ne savait peut-être parler que dans un porte-voix pour commander à ses hommes de monter à l'abordage.

Tourville ne tenait pas du tout à sa compagnie, et il aurait mieux aimé débuter par une entreprise où le butin n'entrerait pas en ligne de compte; mais on allait se battre, et c'était tout ce qu'il demandait pour le moment. Plus tard, il irait au feu pour l'honneur, sur un vaisseau du roi; et, après tout, les infidèles qu'il allait attaquer étaient les ennemis de la France.

On croira sans peine que le chevalier s'empressa d'annoncer cette grande nouvelle à Guillaume Marcouf et que le gars en fut transporté. Il demanda même aussitôt à son jeune maître la permission de prendre à ses côtés son poste de combat, et quoique la demande fût un peu prématurée, Tourville la lui accorda par avance.

Le lendemain, tous les chevaliers étaient rentrés, quelques-uns un peu fatigués par une nuit sans sommeil, mais tous pleins d'ardeur et ravis d'entrer en campagne.

La nouvelle s'était répandue dans la ville, et les habitants se réjouissaient de ce départ comme d'une bonne aubaine, car ils espéraient que les croiseurs reviendraient vendre leurs prises à Malte, et que les Maltais gagneraient gros à les acheter.

Toute la population de la Valette garnissait les hauteurs, et elle eut un beau spectacle quand les deux frégates, celle de Cruvillier en tête, sortirent du port, poussées par une bonne brise du sud-ouest qui allait les conduire tout droit à leur destination.

Enveloppées dans leur *faldetta*, cette cape noire qui ne laisse voir qu'un œil, les Maltaises agitaient leurs mouchoirs, les hommes poussaient des vivats en arabe, — la seule langue qu'ils parlent en y mêlant des mots italiens, — et l'artillerie des forts tonnait pour saluer le départ des chevaliers de la croix courant sus aux défenseurs du croissant.

Il avait été convenu avec M. d'Hocquincourt que Cruvillier éclairerait la route. Vieux routier de ces parages, il connaissait les bons endroits comme un chasseur émérite connaît les routins fréquentés par les chevreuils. Et c'était bien une chasse que cette guerre maritime dans le Levant, une chasse où quelquefois les chasseurs étaient chassés à leur tour.

Toutes les villes de la côte de Barbarie, depuis Tripoli jusqu'à Tanger, armaient des corsaires qui se partageaient-la Méditerranée comme des braconniers se partagent un terrain giboyeux.

Ceux de la Tripolitaine et de la Tunisie opéraient de préférence au sud de

Il grimpa tout d'une haleine.

l'Italie et de la Grèce, et particulièrement à l'entrée du golfe de l'Adriatique, qui était alors le grand chemin du florissant commerce de Venise avec l'Orient.

Ils se hasardaient quelquefois à débarquer sur les côtes, même sur celles de Provence, pour piller les villages et enlever les habitants, mais ils aimaient mieux attendre au passage les vaisseaux marchands richement chargés.

Les deux Tripolitains que Cruvillier avait rencontrés sous les pointes méridionales de la Morée ne devaient plus y être, car la tactique des corsaires consistait à changer souvent de place, afin de mieux surprendre les navires qu'ils guettaient. D'accord avec M. d'Hocquincourt, Cruvillier cinglait vers l'île de Zante, où il pensait avoir des nouvelles plus fraîches de ces écumeurs de mer.

À Malte, d'Hocquincourt avait pris à son bord quatre chevaliers qui comptaient déjà de nombreuses caravanes, et qui ne se privaient pas de taquiner Tourville, qu'ils prenaient encore pour un novice, quoiqu'il en sût autant qu'eux. Il était très soigné de sa personne, et le souci qu'il prenait de son ajustement était le sujet de leurs railleries, qui l'agaçaient. Il y en avait un surtout, de la *langue* d'Allemagne, qui le poursuivait de lourdes plaisanteries, auxquelles il résolut de couper court.

On approchait de Zante, le vent avait fraîchi depuis la veille, et la frégate, trop chargée de toile, fatiguait beaucoup. Trouville, qui se trouvait de quart avec l'Allemand et qui attendait, comme tout l'équipage, le commandement de serrer les voiles, s'avisa de demander à ce sot railleur s'il voulait gager à qui arriverait le plus vite au haut du grand perroquet. A quoi l'autre répondit en ricanant :

« Je suis trop de vos amis pour prendre plaisir à vous voir casser le cou en tombant sur le pont ou vous noyer en tombant à la mer. »

Un coup de sifflet du pilote interrompit ce beau discours.

« Vous ne verrez rien de tout cela, répliqua Tourville, et je vous défie de me suivre. »

Puis, sautant sur un hauban, il grimpa tout d'une haleine jusqu'au mât de perroquet, où il arriva avant tous les matelots, les aida à serrer la voile et redescendit par le même chemin avec une adresse et une agilité que tout l'équipage admira, y compris le commandant et ses officiers.

Après quoi, il salua le chevalier tudesque d'un : « Faites-en autant ! » qui mit les rieurs de son côté.

Et lorsqu'il lui eut donné cette leçon méritée, les railleries cessèrent pour toujours.

Il était temps, du reste, que les amusements prissent fin. A Zante, où on relâcha deux heures, on eut des nouvelles certaines des deux corsaires barbaresques. L'un d'eux, qui portait pavillon amiral, était armé de quarante-deux pièces de canon; l'autre en avait trente-quatre, et ils devaient se trouver dans les eaux de l'île de Sapienza, à l'entrée de la baie de Modon.

La disproportion de forces était énorme, car les frégates chrétiennes n'avaient pas soixante canons à elles deux. Le chevalier d'Hocquincourt, cependant, n'hésita pas, et on se remit en chasse dans le même ordre, le navire de Cruvillier en tête, parce qu'il marchait mieux que l'autre.

C'était sérieux maintenant, car d'un instant à l'autre on était exposé à rencontrer l'ennemi, dans cette mer où chaque cap qu'on doublait pouvait cacher les corsaires, embusqués là comme des araignées derrière leurs toiles.

Ce fut aussi le moment où les anciens chevaliers observèrent les jeunes, comme sur terre les vieux soldats, avant de monter à l'assaut, regardent la figure que font les conscrits qui vont y monter avec eux.

Le jeune Hilarion non seulement ne broncha pas, mais il ne s'était jamais montré plus gai, et si ces messieurs avaient daigné examiner Guillaume Marcouf, ils l'auraient vu aussi calme qu'au temps où il se promenait dans les avenues du château de Tourville.

L'épreuve dura quatre jours. Les corsaires n'étaient pas à Sapienza, ni à Carrera, ni à Venetica, deux autres îles propices aux embuscades. On avait dépassé la baie de Modon et on venait de doubler le cap Gallo, la plus occidentale des trois pointes de la Morée, lorsque, le cinquième jour, Cruvillier, qui faisait l'avant-garde, signala deux voiles et mit en panne pour attendre d'Hocquincourt.

VI

OU LE CHEVALIER VOIT LE FEU

OU LE CHEVALIER VOIT LE FEU

RAICHEMENT sorti de l'académie de la rue Vieille-du-Temple, le chevalier, allait voir enfin un combat naval, et tout annonçait que celui-là serait chaud, car on allait avoir affaire à des forces très supérieures.

Les deux corsaires avaient l'avantage du vent, et ils arrivaient à pleines voiles, comme des gens sûrs de vaincre, qui n'ont d'autre crainte que de voir l'ennemi leur échapper. Ils hissèrent leur pavillon, qui n'était pas celui des navires de Tripoli. Ils étaient algériens. Ce n'était donc pas eux que les gens de Zante disaient avoir vus.

« Pourvu que les Tripolitains aient quitté ces parages! pensait d'Hocquincourt. Il ne nous manquerait plus que de les avoir aussi sur les bras. »

Cette appréhension très légitime n'empêcha point le brave chevalier de prendre habilement ses dispositions de combat. Il savait que les Barbaresques, comme les Turcs, ont des équipages très nombreux et que toute leur tactique navale tend à en venir le plus tôt possible à l'abordage. Au lieu de s'amuser à canonner, ils se laissent arriver sur le vaisseau ennemi, l'accostent par l'avant, jettent des grappins dessus et sautent à bord, le cimeterre au poing : le cimeterre, leur arme préférée, dont ils jouent avec une adresse et une vigueur inouïes.

Et l'abordage, d'Hocquincourt n'était pas en mesure de l'éviter, puisque sa frégate se trouvait sous le vent. Il se prépara donc à le recevoir en faisant placer *à la belle,* c'est-à-dire au point où il supposait que l'ennemi tenterait l'escalade, ses plus braves matelots, sous le commandement du chevalier de Tourville, qu'il ne perdait pas de vue et qui peignait tranquillement les longues boucles de ses cheveux blonds. Tourville avait endossé une cuirasse d'acier poli, et chaussé des bottines de daim blanc à talons dorés. Avec sa grande épée qu'il brandissait au soleil, il ressemblait un peu à l'archange saint Michel. Marcouf se tenait derrière lui, et n'avait pour toute arme qu'une pique, — en langage de bord, un esponton, — qui, maniée par son robuste bras, pouvait tenir à distance les sabreurs mahométans.

« As-tu peur, Guillaumet? lui demanda le chevalier.

— Si j'avais peur, je ne serais pas le fils de mon père, répondit crânement le gars.

— Nous allons pourtant recevoir une jolie bordée.

— Oh! notre maître, je sais bien que nous ne sommes pas à la chasse aux pies dans les bois de Tourville, mais je n'ai pas peur tout de même. »

Marcouf parlait encore quand les deux corsaires, qui arrivaient grand largue, envoyèrent leurs volées, dont les boulets hachèrent le gréement des deux frégates, qui s'étaient rapprochées l'une de l'autre afin d'être à portée de se soutenir.

« Quoi! ce n'est que cela! » dit Tourville quand il entendit passer au-dessus de sa tête cet ouragan de fer.

Les deux commandants chrétiens ne daignèrent pas répondre. Ils voulaient voir ces mécréants de plus près, et, pour leur rendre ce salut peu courtois, ils attendirent qu'ils fussent vergue à vergue; mais les chrétiens n'y perdirent rien.

« Feu tribord! » A ce commandement lancé, au même instant, par d'Hocquincourt et par Cruvillier, une pluie de boulets et de balles balaya le pont des deux barbaresques. En même temps les volontaires tiraient des coups de mousquet sur les infidèles postés dans les haubans, et à cette distance tous les coups portaient.

Pour les deux capitaines, c'était à qui ferait le mieux. Le vieux Cruvillier voulait prouver à d'Hocquincourt que l'âge n'avait pas refroidi son ardeur, et d'Hocquincourt tenait à montrer à Cruvillier que, si nouveau qu'il fût dans le commandement, il s'en acquittait aussi bien que les anciens du métier.

Les Algériens tombaient comme mouches, mais ils ne se découragèrent pas. Ils réussirent à accrocher la frégate, qui fut envahie en un clin d'œil par soixante coquins déterminés. Tourville, placé au poste le plus dangereux, fut enveloppé et assailli avec furie. Il reçut trois blessures, dont un grand coup de pique dans le côté; mais il frappa si dru d'estoc et de taille, qu'il fut bientôt entouré d'un rempart de cadavres.

Marcouf avait aussi son petit tas de morts, qu'il avait tués avec son esponton, non sans recevoir lui-même une entaille au crâne.

Cinq minutes après l'abordage, le pont était déblayé. Tous les assaillants avaient été abattus où jetés à la mer; cette chaude réception avait calmé les autres, et ils manœuvraient pour prendre le large, lorsque, la fumée s'étant dissipée, on vit poindre à l'est les deux corsaires de Tripoli, qui s'étaient tenus cachés derrière le cap Matapan et qui arrivaient, attirés par le bruit du canon.

La partie était déjà inégale; elle devenait désespérée, maintenant que les frégates allaient avoir à combattre deux contre quatre, et il fallait la fermeté des deux capitaines pour tenter de résister encore, après une heure d'un combat furieux. Ils l'osèrent.

Les deux algériens et un des tripolitains se jetèrent tous à la fois sur la *Sainte-Ampoule,* la frégate du vieux Cruvillier, qui disparut dans un épais nuage de fumée, pendant que l'autre tripolitain, le plus grand et le mieux armé des quatre corsaires, tombait sur la frégate du chevalier d'Hocquincourt, l'*Étoile de Diane,* et la canonnait à bout portant.

Elle tint bon; d'Hocquincourt était résolu à se laisser couler bas plutôt que d'amener son pavillon, et son héroïque résistance allait finir par un désastre, lorsque le désespoir suggéra au chevalier de Tourville une idée de génie. Remarquant un peu de désordre à bord du tripolitain, — le *reis* qui le commandait venait d'être tué, — il se hissa sur un tas de cordages, tout blessé qu'il était, et d'une voix claire que les matelots entendirent, malgré le fracas du combat, il cria :

« Mes enfants, il est temps de faire un coup de vaillants hommes... Abordons cette canaille levantine et faisons-lui voir qu'un chrétien vaut dix chiens de mahométans.

« Timonier ! arrive sur bâbord ! »

Le timonier obéit. Un coup de barre jeta l'*Étoile de Diane* sur le tripolitain, qu'elle accrocha, et, des haubans de la frégate désemparée, six chevaliers et trente matelots s'élancèrent sur le pont du corsaire, Hilarion de Tourville en tête.

On vit alors un prodige : deux cents Barbaresque enfoncés, culbutés, hachés et finalement exterminés jusqu'au dernier par cette poignée d'intrépides, conduits par un héros imberbe qui, après en avoir fini avec l'équipage ennemi, eut encore l'énergie de couper lui-même la drisse du pavillon ottoman arboré à l'arrière du tripolitain.

Délivré de son adversaire, d'Hocquincourt, qui était resté sur sa frégate, la porta aussitôt au secours du vieux Cruvillier, qui continuait à faire un feu d'enfer.

Terrifiés par le désastre auquel ils venaient d'assister, les trois corsaires qui cernaient la *Sainte-Ampoule* n'attendirent point que l'*Étoile de Diane* les attaquât. Le tripolitain et un des algériens s'éloignèrent à toutes voiles.

L'autre algérien, monté par des marins plus énergiques, ne voulut ni fuir ni se rendre, et les deux frégates réunies contre lui le coulèrent.

Tourville et les braves qui l'avaient suivi étaient restés sur le navire qu'ils venaient d'enlever à l'abordage. Trop grièvement blessé pour être transbordé, Tourville y fut pansé tant bien que mal, et le chevalier d'Hocquincourt, qui vint l'y voir pour le complimenter sur ce brillant exploit, le trouva assis sur la dunette, très pâle et un peu affaibli par la perte de son sang, mais en pleine possession de son sang-froid et tout disposé à recommencer.

Il fut bientôt entouré d'un rempart de cadavres.

Le pont de la prise était jonché de cadavres. On avait fait des Barbaresques un carnage effroyable, et d'Hocquincourt se demandait comment une quarantaine d'hommes de son équipage avaient pu tuer tant d'ennemis en si peu de temps. Ils venaient de trouver à fond de cale un Français renégat que le chevalier s'avisa d'interroger, afin de savoir de lui pourquoi les autres s'étaient si mal défendus contre un si petit nombre de gens.

« Dites plutôt contre un seul ! s'écria le prisonnier. Tout ce massacre a été fait par un grand jeune homme blond. Il est beau comme un ange, et il faut que ce soit un diable, car nul n'est de force à lui résister. »

Quand on lui montra Tourville, il tomba à genoux, et pour qu'il se relevât, il fallut qu'on lui promît la vie sauve, s'il voulait revenir à la religion chrétienne. Le pauvre homme n'avait renié que contraint et forcé par les Turcs qui l'avaient pris, et il ne se fit pas prier pour abjurer le mahométisme. Il devint même plus tard un excellent pilote sur l'*Étoile de Diane*.

D'Hocquincourt n'avait pas besoin de ce témoignage pour admirer l'éclatante valeur de Tourville et pour rendre justice à son mérite. Les deux frégates avaient été sauvées par ce cadet de Normandie, qui en était à sa première campagne de mer et à son premier combat. D'Hocquincourt l'embrassa de bon cœur. Cruvillier, qui vint aussi à bord de la prise, voulut en faire autant, et le jeune Hilarion dut se prêter à cette accolade, dont il se serait passé très volontiers.

Le vieux corsaire la lui devait bien, car Tourville venait de le tirer d'une très mauvaise passe ; mais il n'était pas content. Un Barbaresque coulé à fond, deux autres mis en fuite et le quatrième pris, c'était assurément une glorieuse victoire ; mais Cruvillier tenait moins à la gloire qu'au profit, et le profit était mince, car le navire capturé ne portait que très peu de marchandises précieuses, et on n'avait même pas la ressource de vendre les prisonniers comme esclaves, Tourville ayant tout tué.

Il s'agissait maintenant de radouber les frégates fort maltraitées dans ce furieux combat et de relâcher. Cruvillier, qui connaissait tous les coins de l'Archipel, conseilla de mettre le cap sur l'île de Siphnos, où l'on trouverait tout ce qu'il fallait pour raccommoder les navires et les hommes.

Elle n'est pas grande, mais le climat y est très sain, et les rafraîchissements y abondent, car elle est très bien cultivée; elle nourrit de nombreux troupeaux et elle produit des fruits exquis.

Seulement, elle n'est pas tout près du golfe de Coron où le combat s'était livré, et on ne pouvait s'y rendre qu'en s'éloignant de Malte, car Siphnos est une des Cyclades, située entre Paros, l'île des marbres, et Milo, où, de nos jours, on a trouvé l'admirable statue de Vénus qui est au musée du Louvre.

M. d'Hocquincourt ne se souciait pas de s'aventurer jusque-là; mais Cruvillier, jura par tous les diables qu'on y trouverait le seul homme capable de remettre sur pied le chevalier de Tourville.

Cet homme, c'était le signor Jani, savant médecin d'Athènes, exilé depuis douze ans à Siphnos, où il faisait des miracles en exerçant son art.

Le chevalier d'Hocquincourt se rendit à ces raisons, et Tourville n'éleva aucune objection.

Après avoir réparé à la hâte et tant bien que mal les avaries des trois navires, — ils étaient trois maintenant, puisqu'on emmenait celui qu'on avait pris aux Tripolitains, — on fit voile pour l'île où habitait ce nouvel Hippocrate, et on y arriva après vingt heures d'heureuse navigation.

Les corsaires avaient disparu pour un temps de ces parages. Ceux qui venaient d'être si bien étrillés s'étaient réfugiés dans les ports de la côte de Barbarie, et les autres croisaient du côté de Rhodes.

A l'arrivée des frégates, le signor Jani se trouva là pour recevoir les blessés.

Tourville, qui l'était grièvement, venait d'échapper sur mer à de terribles dangers. Il ne se doutait pas que d'autres l'attendaient dans cette île charmante où il débarquait pour se guérir.

VII

OU APPARAIT LE BON ANGE DE TOURVILLE

OU APPARAIT LE BON ANGE DE TOURVILLE

E vieux Cruvillier n'avait pas surfait la situation que le signor Jani occupait à Siphnos. Cet illustre praticier était incontestablement le premier personnage de l'île. Sa maison était la plus grande et la plus belle. Il était riche, ayant gagné beaucoup d'argent dans l'exercice de sa profession, et ce n'était pas surprenant, car tous les blessés de l'Archipel avaient recours à lui, et Dieu sait s'il y en avait, dans ces parages où la guerre maritime était alors en permanence. Il ne se passait guère de semaine sans que des corsaires turcs eussent maille à partir avec des croiseurs de Malte, et, après le combat, les éclopés musulmans et chrétiens allaient se faire panser à Siphnos, où Jani les soignait avec une impartialité exemplaire. Aimé et estimé des Grecs qui formaient le fond de la population, il vivait en parfaite intelligence avec les Turcs, qui étaient moins nombreux, mais qui étaient les maîtres, car les Vénitiens n'avaient pas encore reconquis la Morée et ses dépendances.

Jani s'était trouvé sur le port au moment où les deux frégates et leur prise y étaient entrées. Il savait bien qu'il allait y avoir de la besogne, et il venait assister au débarquement des blessés. Il tomba dans les bras de Cruvillier, qui était une de ses plus anciennes et de ses meilleures pratiques et qui s'empressa de lui présenter et de lui recommander le chevalier de Tourville comme ayant besoin de ses soins et d'un logement convenable.

Le seigneur Jani avait le coup d'œil juste. A la mine du chevalier comme au traitement qu'on lui faisait, il jugea tout de suite que celui-là devait être un officier de marque, et il offrit de le recevoir chez lui. C'était une faveur qu'il n'accordait à personne et que le vieux corsaire s'empressa d'accepter au nom de Tourville, qui était trop sérieusement blessé pour faire des façons.

On l'avait donc porté dans la maison du docteur, et on avait logé les autres le mieux possible chez les habitants les moins pauvres.

La science de Jani n'était pas vaine, car au bout de trois jours Tourville était hors de danger. Huit jours après, il entrait en convalescence et il était en état de marcher et de manger. Il en avait profité pour se promener un peu et pour s'asseoir chaque jour à la table de son hôte, qui était en même temps son chirurgien.

Tout présageait qu'on ferait un assez long séjour à Siphnos, car les trois navires avaient beaucoup souffert, et les réparations prendraient du temps. Les officiers s'étaient donc mis en mesure de ne pas trop s'ennuyer pendant cette relâche forcée.

Le vieux Cruvillier avait découvert un cabaret grec où l'on vendait d'excellent vin de Santorin, et il y tenait ses assises, quand il n'était pas occupé à surveiller les ouvriers qui radoubaient sa *Sainte-Ampoule*, fort endommagée par les boulets barbaresques.

M. d'Hocquincourt, plus délicat dans ses plaisirs, avait trouvé à Siphnos une chasse abondante et une espèce d'abbaye où les religieuses n'étaient pas cloîtrées : un couvent comme il y en avait en ce temps-là à Venise. Ces dames appartenaient toutes à de nobles familles italiennes ou grecques, et elles recevaient volontiers au parloir, sous la surveillance de l'abbesse, les visites du commandant de l'*Étoile de Diane* et des jeunes volontaires de son équipage. Le bruit de leur victoire sur les quatre corsaires s'était vite répandu dans l'Archipel, où les îles sont très rapprochées les unes des autres, et c'était à qui leur ferait fête.

De tous ces héros, le plus célèbre déjà était Hilarion de Tourville. Les matelots ne parlaient que de lui. Ils racontaient les actions héroïques qu'il avait accomplies sous leurs yeux, et c'était lui que tous les habitants auraient voulu voir ; mais il ne sortait guère et il ne recevait que ses jeunes camarades et son commandant.

Guillaume Marcouf, qui ne l'avait pas quitté, montait la garde à sa porte,

Guillaume Marcouf avait fort à faire pour éconduire les curieux.

et il avait fort à faire pour éconduire les curieux, surtout les curieuses, car les dames grecques de Siphnos avaient entendu parler de la beauté du chevalier, et elles auraient bien voulu s'assurer qu'on ne l'avait pas trop vantée.

Tourville, toujours sage et modeste, ne tenait pas du tout à se montrer et passait fort bien son temps chez Jani, qui le traitait avec autant d'amitié que si son blessé eût été son fils. Et Tourville n'avait pas tardé à s'apercevoir que ce chirurgien des corsaires était non seulement un savant homme, mais un homme d'une rare distinction. Sa famille, d'origine vénitienne, s'était fixée à Athènes depuis plus de deux siècles. Elle y vivait, riche et honorée, quand les Turcs avaient pris, Constantinople et conquis la Grèce. Elle y était restée après la conquête, qui l'avait ruinée, et Jani, le dernier de sa race, avait fini par en être réduit à exercer la médecine pour subsister. Il avait même dû quitter Athènes pour se soustraire aux persécutions d'un gouverneur musulman qui l'accablait d'*avanies,* — un mot turc qui a fini par passer dans notre langue et qui signifie : « confiscations arbitraires ». Bien lui en avait pris de s'expatrier, car, depuis qu'il était établi à Siphnos, les autorités turques le laissaient en repos, et il avait refait sa fortune. Tourville lui inspira bientôt tant de confiance qu'il lui raconta l'histoire de sa vie. Jani s'était marié très jeune à la fille d'un patricien de Venise, une Bragadini, qui était morte après dix ans d'une heureuse union, en lui laissant une fille unique. Et comme Tourville lui demandait ce qu'était devenue cette enfant, Jani lui avait répondu : « Seigneur, elle est ici, dans ma maison, et si vous ne l'avez pas encore vue, c'est qu'elle a le malheur d'être trop belle. Au contraire de bien d'autres jeunes filles, elle redoute de plaire, et quand vos frégates sont arrivées à Siphnos, elle m'a demandé comme une grâce la permission de ne pas se laisser voir aux jeunes chevaliers qu'elles ont débarqués dans notre île. »

Tourville ne put s'empêcher de sourire en pensant que, lui aussi, il évitait les occasions de faire des conquêtes; mais il se crut obligé d'insister pour être présenté à cette merveille de l'Archipel, en protestant qu'il ne songeait pas à lui faire la cour, et le père lui répondit sans détours :

« Elle vous a aperçu, Monsieur le chevalier, je lui ai parlé de vous, et ce que je lui en ai dit, maintenant que je vous connais, s'est trouvé d'accord avec la bonne opinion qu'elle en avait conçue en vous voyant à traver les grilles du pavillon qu'elle habite au fond du jardin où vous vous promenez quelquefois, depuis que les forces vous sont revenues... Je dis : les grilles, parce que, tout chrétiens que nous sommes, nous avons pris des mahométans l'usage de dérober nos femmes et nos filles aux regards des hommes. Elles vivent très retirées et elles ne sortent guère que voilées; mais cette réclusion est volontaire de leur part, et rien ne s'oppose à ce que je vous mette, comme vous le souhaitez, en présence de ma chère Andronique. Elle en sera très heureuse, car je lui ai vanté vos exploits, et elle est passionnée pour la gloire. »

Le chevalier se confondit en remerciements, quoiqu'il ne fût pas sans quelque inquiétude sur les suites de cette entrevue. Il se défiait un peu des jeunes filles qui se passionnent, — même pour la gloire.

« Vous pourrez, reprit Jani, vous entretenir avec elle en français, car elle a été élevée au couvent noble de Murano, près de Venise, et elle y a appris votre langue en même temps que l'italien; elle ne savait que le grec, lorsqu'elle y est entrée, tout enfant, et elle la possède aussi bien que moi. »

L'excellent chirurgien en parlait une demi-douzaine, tant européennes qu'orientales, et cette science lui était fort utile dans l'exercice d'une profession où sa clientèle se composait de blessés de toutes les nations.

Il pria seulement Tourville de ne rien dire de cette présentation à ses jeunes camarades, et, Tourville l'ayant assuré qu'il pouvait compter sur sa discrétion, il le mena le jour même chez sa fille, non sans avoir préalablement fait demander l'agrément de la belle Andronique.

Comme son père l'avait dit, elle habitait au bout du jardin, au milieu d'un petit bois de citronniers, un kiosque à la mode turque bâti en bois et agrémenté à l'étage supérieur de saillies en surplomb, avec des treillages pour laisser passer le jour, des *cafess,* c'est-à-dire, en turc, des cages. Elle vit venir Jani et le chevalier, qui la trouvèrent debout pour les recevoir au seuil d'un salon richement meublé à la turque.

Tourville fut ébloui. Il n'avait pas rêvé qu'une telle beauté pût exister. Grande et forte, Andronique avait l'air d'une statue grecque; elle en avait les lignes sculpturales, avec la grâce en plus et l'animation. Couronnée de cheveux noirs relevés en torsades autour d'un front blanc comme l'ivoire, la tête était superbe, et ce qu'elle avait d'imposant était adouci par une physionomie expressive. Ses yeux étincelaient d'intelligence, et ses lèvres rouges semblaient faites pour sourire.

Le chevalier n'avait jamais vu une femme qui approchât de cette merveille.

Les plus belles dames de la cour de France auraient paru laides à côté de cette Vénitienne dorée par le soleil de la Grèce.

Andronique baisa respectueusement la main de son père, fit la révérence au chevalier et les invita d'un geste à prendre place sur le divan circulaire qu'elle avait quitté pour les recevoir.

Elle n'était habillée ni à l'italienne ni à la grecque, ou plutôt son costume tenait des deux modes : une longue robe de soie serrée à la taille par une large ceinture brodée ; une veste de brocart d'or assez échancrée pour laisser voir un cou flexible et des épaules marmoréennes, et les pieds chaussés de mignonnes babouches retroussées par le bout.

Tourville était confondu d'admiration. Ce fut bien autre chose lorsque la statue parla.

La voix, grave et sonore, était une musique. Les déesses inventées jadis par la poétique imagination des peuples de la Grèce devaient parler ainsi lorsque, descendues sur la terre, elles daignaient s'entretenir avec les simples mortels.

Et ce que dit la belle Andronique acheva de bouleverser toutes les idées que le chevalier s'était faites des charmes et des mérites de la fille de l'exilé. Il s'attendait à une causerie féminine plus ou moins teintée de coquetterie, et il entendit des discours que n'aurait pas désavoués Minerve, protectrice d'Athènes et déesse de la sagesse.

« Monsieur, commença-t-elle, mon père ne vous a sans doute pas caché que je l'ai prié de vous amener ici. Je vous supplie de croire que ce n'est pas une vaine curiosité qui m'a inspiré l'ardent désir de vous voir. J'aime par-dessus tout les belles actions, et l'ambition m'est venue d'entendre de votre bouche le récit des vôtres.

— Mademoiselle, répondit modestement Tourville, les miennes ne sont pas dignes de vous être contées. Plus tard, si Dieu me prête vie et me vient en aide, j'espère me distinguer dans le service du roi, mais ce que j'ai fait jusqu'à ce jour est peu de chose.

— Vous rabaissez beaucoup trop vos exploits, mon cher chevalier, interrompit Jani. M. d'Hocquincourt et même ce vieux diable de Cruvillier disent à qui veut l'entendre qu'ils ont dû la victoire à votre valeur, et que sans vous, sans l'idée heureuse et hardie que vous avez eue d'aborder le tripolitain qui leur a fait tant de mal, les deux frégates auraient été prises par ces mécréants. Et mieux que personne je sais que vous ne vous êtes pas épargné, puisque j'ai eu le bonheur de guérir vos glorieuses blessures.

Andronique avait l'air d'une statue grecque.

— En souffrez-vous encore, Monsieur le chevalier? demanda la jeune fille avec une émotion qu'elle ne cherchait point à calmer.

— Non, Mademoiselle, grâce aux soins et à la science de votre père. Et, ajouta galamment Tourville, maintenant qu'il a bien voulu me présenter à vous, je me prends à regretter qu'il m'ait remis si vite en état de recommencer. Il m'en coûtera de quitter cette île, où j'aurai passé de si heureux jours.

— Vos vaisseaux sont-ils donc déjà prêts à reprendre la mer?

— Pas encore, Mademoiselle, mais ils le seront bientôt, si j'en crois le bonhomme Cruvillier, qui presse les ouvriers employés à les réparer. Il lui tarde d'entreprendre une nouvelle croisière plus fructueuse pour lui.

— Oui, murmura la belle Andronique, on m'a dit que cet homme n'aime que l'argent, et — pardonnez-moi, Monsieur le chevalier — je m'étonne que vous ayez consenti à vous associer à ses entreprises.

— Hélas ! Mademoiselle, je ne suis qu'un pauvre cadet de famille résolu à s'ouvrir une carrière. Dieu m'est témoin que j'aurais préféré combattre sur les vaisseaux du roi ; mais je n'avais pas le choix, et je n'aurai peut-être jamais cet honneur.

— Pourquoi donc ? Je crois fermement que vous êtes destiné à en commander un... J'en serais tout à fait sûre si je pouvais lire votre avenir dans votre main.

— Oses-tu bien entretenir M. le chevalier de tes visions chimériques ? s'écria le docteur, qui ne croyait qu'à Dieu et à la médecine. Il va te prendre pour une sorcière, et il n'aura pas tout à fait tort.

— Oh ! mon cher Jani, dit en riant Tourville, je ne saurais m'y tromper. Les sorcières n'ont ni l'âge ni l'air de Mlle Andronique, et, pour peu qu'elle le souhaite, je suis prêt à lui ouvrir ce livre où elle pense lire mon destin. »

En même temps, le jeune chevalier tendait à la jeune fille une main blanche, aux doigts fuselés, aux ongles roses, une main aristocratique et fine. Il avait toutes les perfections, ce cadet de Normandie, et cette main délicate pouvait manier une épée et grimper aux cordages tout aussi bien que les mains grossières de ce vieux forban de Cruvillier.

Andronique la prit dans les siennes — elles étaient charmantes — et se mit à l'étudier avec un sérieux qui fit sourire Tourville et hausser les épaules à Jani.

« J'en étais sûre, dit-elle lentement : vous commanderez, Monsieur le chevalier, et vous porterez haut la gloire du pavillon de France... »

Tout à coup sa figure s'assombrit, et elle reprit, d'une voix moins assurée : « Vous aurez des revers...

— Je m'y attends bien, répliqua gaiement le chevalier.

— Oh ! murmura la prophétesse, cette ligne brusquement coupée...

« Oh! murmura la prophétesse, cette ligne brusquement coupée... »

— Me présage d'autres malheurs?

— Le plus grand de tous... Vous mourrez jeune encore...

— Andronique! dit sévèrement Jani, qui trouvait la prédiction malséante.

— Laissez! laissez! s'écria Tourville, je ne tiens pas du tout à vivre vieux, et pourvu que je meure l'épée à la main, je bénirai Dieu quand il me rappellera...

— Voilà qui est bien pensé, Monsieur le chevalier; mais j'espère que vous ne prenez pas au sérieux ces billevesées dont une Zantiote qui fut sa nourrice a farci la cervelle de ma fille.

— Je prendrai toujours au sérieux tout ce que me dira Mademoiselle, dit poliment Tourville.

— Vous aurez grand tort; et pour mettre sa prétendue science à l'épreuve, demandez-lui donc de nous dire ce que l'avenir lui réserve à elle-même.

— De grands malheurs, puis de grandes joies,... puis encore de cruels chagrins, répondit Andronique sans hésiter.

— Cette fois, je m'inscris en faux, interrompit le jeune chevalier. D'où vous viendraient ces chagrins?... Qui vous aimerez vous aimera, c'est certainement écrit dans votre jolie main.

— Je ne veux pas qu'on m'aime comme vous l'entendez, Monsieur le chevalier, car je ne me marierai jamais.

— A votre âge, Mademoiselle, vous prenez là une résolution un peu prématurée, et j'espère bien que vous en reviendrez.

— Non. J'aimerai autrement. J'aimerai... comme votre Jeanne d'Arc aima sa patrie. »

Tourville tomba de son haut d'entendre cette enfant élevée dans un couvent, au milieu des lagunes vénitiennes, parler de la libératrice de la France et se déclarer prête à l'imiter. Il y avait vraiment lieu de s'étonner qu'elle fût si savante et si exaltée, elle qui n'avait plus de patrie, puisque sa famille vivait depuis deux cents ans sous la domination des conquérants de la Grèce. Et le chevalier n'était pas au bout de ses étonnements, car elle reprit d'un air inspiré :

14

« J'aurais voulu naître homme pour délivrer ce pays de ses oppresseurs, et je ne suis qu'une femme; mais je puis le servir en lui consacrant ma vie. J'ai rêvé de rencontrer le héros qui chassera les tyrans osmanlis, de tout sacrifier pour m'attacher à lui, pour le défendre contre ses ennemis... Je voudrais combattre à ses côtés...

— Vous seriez son bon ange, Mademoiselle! » s'écria Tourville en regardant du coin de l'œil le père, qui sans doute n'allait pas manquer d'intervenir pour calmer les transports de cette patriote exaltée.

Jani ne dit mot, et le chevalier lut dans ses yeux qu'il n'était pas très loin de partager l'enthousiasme de sa fille. Ce bienfaisant chirurgien, qui soignait avec tant de dévouement les blessés turcs, était un fanatique prêt à mourir pour affranchir la chrétienté asservie et ravagée par les terribles soldats de l'islam.

Il se décida pourtant à faire signe à sa fille de se modérer. Elle cessa tout à coup de parler, et son beau visage n'exprima plus qu'une sorte d'indifférence accablée. Elle avait l'air d'une somnambule qui vient de se réveiller et qui ne se souvient plus de ce qu'elle a fait pendant son sommeil.

Tourville se garda bien de le lui rappeler, et le signor Jani, troublé et quelque peu confus, jugea à propos de se lever. Son hôte n'en avait que trop entendu pour connaître le caractère d'Andronique, et le vieux Jani craignait que le chevalier ne se méprît sur la nature des sentiments qui avaient inspiré à la perle de Siphnos ce langage étrange. Après que Tourville eut respectueusement pris congé de la recluse volontaire, il l'emmena et il s'abstint de lui demander ce qu'il pensait d'elle. Il se borna à lui dire qu'il se fiait à sa loyauté et qu'il l'autorisait à la revoir aussi souvent qu'il voudrait.

A quoi Tourville répondit qu'il serait très heureux d'user de la permission, mais qu'il n'en abuserait pas. Et en parlant ainsi, il était sincère, car les déclarations d'Andronique l'avaient plus agité que charmé. Un autre, à sa place, y aurait vu l'aveu d'une passion pour lui; mais il était si peu fat que cette idée ne lui vint pas. Il crut qu'elle était de bonne foi en disant qu'elle n'aimait comme lui que la gloire, et, tout en l'admirant, il ne pouvait que la plaindre, car il n'apercevait pas comment elle pourrait jamais réaliser ses aspirations guerrières. Où était-il, le héros qu'elle cherchait? Il ne devinait pas qu'elle l'avait trouvé, et que ce héros, c'était lui. Ce rôle de bon ange qu'elle rêvait de jouer lui semblait chimérique. Il se promettait même de lui donner à ce sujet de sages conseils. Elle avait cependant produit sur lui une très vive impression, et il se sentait attiré vers cette Andronique *si jeune, si belle et si sérieuse,* comme a dit la Bruyère dans un des portraits de son livre immortel. Il sentait qu'il lui en coûterait de s'éloigner d'elle, mais il comprenait que la séparation était inévitable. Il avait fait son examen de conscience, et il lui avait bien fallu reconnaître qu'il ne pouvait pas l'épouser. Tout les séparait : la naissance, la nationalité, les devoirs de sa carrière; et s'il n'avait pas encore prononcé ses vœux, il était bien obligé de s'avouer qu'un futur chevalier de Malte ne devait pas se marier. Et sans compter tous ces empêchements, quelle figure ferait au château de Tourville cette Orientale transplantée en Cotentin? La comtesse n'accepterait jamais pour bru la fille d'un chirurgien d'Athènes qui s'était enrichi en coupant des bras et des jambes aux corsaires.

Si le chevalier se disait tout cela, c'est qu'il s'était demandé un instant s'il rencontrerait jamais une jeune fille plus belle et mieux douée, qui pensât aussi noblement et qui fût plus digne de porter son nom.

Au reste, l'heure du départ approchait, et ce départ dénouerait la situation.

En quittant Jani, pour remettre un peu de calme dans ses idées, le chevalier poussa jusqu'au port, afin de voir si les frégates seraient bientôt en état de prendre la mer. Il y rencontra le chevalier d'Hocquincourt, qu'il n'avait pas vu depuis plusieurs jours et qui lui fit fête. Il était d'une humeur couleur de rose, ce chevalier, et, aux questions de Tourville, il répondit qu'il n'était pas pressé de quitter l'île, où les plaisirs abondaient autant que le gibier. Il la comparait à la Cythère des anciens Grecs, et c'était, à peu de chose près, tout ce qu'il savait de mythologie.

Tourville ne se permit pas de lui représenter que si cette relâche se prolongeait par trop, les Barbaresques auraient tout le temps de brigander sur les côtes de la Morée; mais il s'informa de ses projets pour la prochaine croisière, et d'Hocquincourt lui répondit insouciamment :

« Je vous avouerai, mon cher chevalier, que je n'en ai pas encore de bien arrêtés. Nous retournerons aux bons endroits, vers l'entrée de l'Adriatique, et j'espère que cette fois nous serons plus heureux. Cruvillier est furieux de n'avoir pris qu'un navire en très mauvais état, et il veut absolument le vendre à Zante. Nous pourrions faire en route des rencontres avantageuses, et ce plan en vaut un autre... Mais dites-moi,... vous déplairait-il de vous embarquer sur cette carcasse?... Je vous offrirais bien de la commander, mais le chevalier d'Artigny a sur vous l'avantage de l'ancienneté...

— Je servirai très volontiers sous ses ordres, s'empressa de dire Tourville.

— Je n'attendais pas moins de votre courtoisie, mon cher chevalier, mais je vous sais grand gré d'accepter, car je suis certain qu'avec vous la frégate sera bien défendue, si nous sommes attaqués. Et je ne vous cacherai pas que je me propose de me séparer de Cruvillier dès qu'il aura pu se défaire de sa prise. C'est un bon marin et un brave à toute épreuve, mais il tient par trop à l'argent. Je ne le dédaigne pas, l'argent, mais nous sommes des gentilshommes, nous ne sommes pas des trafiquants, et Cruvillier ne pense qu'à s'enrichir, sans regarder au choix des moyens.

— Je m'en doutais déjà.

— Si je vous disais que, pour s'en procurer, il a conçu un projet... abominable... Imaginez, mon cher Tourville, qu'il a découvert dans cette île... je ne sais où ni comment... une Grecque d'une beauté merveilleuse, et qu'il a résolu de l'enlever quand nous appareillerons...

— A son âge! dit en riant le chevalier.

— Oh! ce n'est pas qu'il en soit épris,... c'est pour la vendre aux Turcs, qui la lui payeront très cher pour la revendre au sultan de Constantinople.

— Mais alors cet homme est un misérable!

— C'est un vieux diable qui n'a ni foi ni loi. Je n'entreprendrai pas de le convertir à de meilleurs sentiments; j'y perdrais mes peines. Mais je vais m'arranger de façon à ne plus naviguer avec lui. Patientons seulement, jusqu'à Zante. Et sur ce, mon cher chevalier, il faut que je vous quitte. Nous donnons, ce soir, les violons aux dames, et je n'y manquerais pas pour l'empire du Soudan. Vous êtes toujours satisfait de Jani?

— On ne peut plus satisfait. Je lui dois la vie.

— Oui, c'est un habile homme. Complimentez-le de ma part, et, quand vous écrirez à M. de la Roche-Foucauld, assurez-le de tous mes respects. »

Sur cette recommandation finale, M. d'Hocquincourt tourna les talons avec autant de désinvolture que s'il eût été au Louvre, dans les petits appartements du roi.

Tourville dut reprendre le chemin du logis de Jani, sans être mieux renseigné sur l'époque du départ, car il n'avait pu tirer de M. d'Hocquincourt que des réponses vagues. Cruvillier devait être au cabaret, et Tourville ne se souciait pas de l'y aller chercher, car maintenant ce vieil écumeur de mers lui faisait horreur, et il était bien résolu à ne plus lui parler et à le voir le moins qu'il pourrait.

Le chevalier rentra donc à la maison, où le bon docteur l'attendait et lui réservait une surprise. On dîna dans le pavillon avec la belle Andronique : un dîner à l'orientale, où l'on mangea un mouton à la palikare et des confitures de Stamboul, et où il apprit à mieux connaître la fille de son hôte. Il l'avait bien jugée dès la première entrevue. C'était une exaltée, exempte de toute coquetterie, absolument sincère dans l'expresion de ses sentiments; et ce n'était pas son seul mérite. Sous la patriote enflammée jusqu'à l'exagération, il y avait une femme instruite et intelligente, qui n'aurait pas été déplacée dans la bonne compagnie de Paris. Elle ne fit pas la moindre allusion à ses talents de devineresse, et il ne fut plus question d'affranchir la Grèce. On ne parla que des récents combats du chevalier, qui finit par consentir à les raconter et qui se retira fort tard, charmé par cette enchanteresse et tout à fait rassuré sur ses intentions.

Il était dès lors bien avéré pour Tourville qu'Andronique n'aimait réellement que sa patrie et son père.

.Le timoré chevalier de Tourville pouvait donc sans scrupules continuer à la voir, et il ne se priva pas de cette innocente satisfaction.

Les frégates étaient toujours au radoub, et deux semaines se passèrent qui parurent très courtes au jeune Hilarion et assez longues à Guillaume Marcouf, réduit à la compagnie des serviteurs grecs de Jani, de rudes montagnards maïnottes dont le gars bas normand ne comprenait pas le langage. Marcouf aurait préféré vivre à bord avec les matelots; mais il ne voulait pas quitter son maître, et il lui tardait que cette existence prît fin, quoiqu'elle fût assez douce.

Tourville y avait pris goût et n'en était pas encore las, bien qu'il eût souvent des velléités d'y renoncer brusquement pour couper court à des tendances qu'il sentait poindre en lui. Il ne voulait pas s'accoutumer au repos, et la belle Andronique ne l'y poussait pas. Elle savait qu'il allait bientôt se remettre en campagne contre les infidèles, et le seul souhait qu'elle exprimât c'était de le revoir à Siphnos, vainqueur encore une fois. Peut-être en formait-elle d'autres, mais elle n'en parlait pas au chevalier, qui se serait bien gardé de lui demander de les avouer. Il s'était attaché à elle peu à peu, et il en était arrivé à comprendre ce rôle de bon ange qu'elle rêvait de jouer dans sa vie de marin combattant et qu'il n'avait pas pris au sérieux tout d'abord. Il était destiné à la retrouver assez souvent, tant qu'il continuerait à guerroyer dans ces parages. Pourquoi n'irait-il pas, au retour de chaque nouvelle croisière, lui demander des encouragements et des conseils, comme les anciens allaient consulter les oracles? Tous ceux qui s'exposent sans cesse aux périls de la mer sont plus ou moins superstitieux. Tourville l'était un peu, et il lui semblait que les vœux de la jeune Grecque le protégeraient contre les tempêtes et contre les boulets. Il n'était pas jusqu'aux prédictions qu'elle lui avait faites qui ne contribuassent à lui donner confiance en l'avenir. Elle lui avait annoncé beaucoup de gloire, quelques revers et une fin prématurée. Il acceptait de grand cœur cet horoscope.

Bref, il se laissait vivre tranquillement chez le signor Jani, qui redoublait pour lui d'attentions de toutes sortes, et, pour la suite des événements, il s'en remettait à Dieu, qui tient dans sa main les destinées des hommes.

On dîna dans le pavillon avec la belle Andronique.

Les choses en étaient là lorsqu'un jour M. d'Hocquincourt envoya prévenir M. de Tourville que les trois frégates appareilleraient le lendemain de grand matin, et qu'il le priait de se trouver le soir même à bord de la prise dont il devait être le second commandant.

Tourville savait qu'on était prêt, mais il ne s'attendait pas à recevoir si vite l'ordre de départ. Il lui restait à peine quelques heures pour s'embarquer et pour faire ses adieux à son hôte. Or, par un fâcheux contretemps, Jani se trouvait

Marcouf était réduit à la compagnie des serviteurs grecs de Jani.

absent. On était venu le chercher pour aller voir un malade à l'autre extrémité de l'île, et il ne rentrerait peut-être que très tard dans la soirée. Naturellement, sa fille ne l'avait pas suivi : elle était restée au kiosque; mais le chevalier ne s'y présentait jamais aux heures consacrées à la sieste, en ce climat brûlant et en pleine saison d'été. Le chevalier devait attendre que le jour baissât, et il ne lui resterait pas beaucoup de temps pour prendre congé du bon ange; mais il se dit que plus les adieux seraient courts, moins ils seraient pénibles, et il en prit son parti.

Il commença donc par se rendre à bord, et il y fit transporter son mince bagage par Marcouf. Il trouva sur la prise le chevalier d'Artigny, qui était désigné pour la commander et qui le reçut à bras ouverts. M. d'Hocquincourt et Cruvillier y vinrent peu de temps après et ne lui firent pas moins bon accueil; mais s'il répondit très volontiers aux empressements des deux chevaliers, il fit très froide mine au vieux corsaire, qui lui était devenu odieux depuis qu'il connaissait ses abominables projets d'enlèvement. Il lui donna même des marques de mépris dont le bonhomme ne s'émut guère. D'Hocquincourt expliqua à ces messieurs ce qu'ils auraient à faire pendant cette nouvelle sortie. On allait décidément à Zante, où l'on se renseignerait sur les mouvements des corsaires et où l'on achèterait de la poudre. On en avait fait une énorme consommation en canonnant les Barbaresques; on n'avait pas pu s'en procurer à Siphnos, et on craignait d'en manquer. On devait donc, jusqu'à ce que les saintes-barbes des trois frégates fussent remplies, éviter tout combat, et, si on apercevait l'ennemi, filer à toutes voiles, chaque bâtiment selon sa vitesse, le meilleur marcheur en tête.

Ces instructions données par M. d'Hocquincourt surprirent Tourville et ne le satisfirent pas, car la *Sainte-Ampoule* et même l'*Étoile de Diane* étaient bien meilleures voilières que la prise, et en cas de fâcheuse rencontre, Tourville et son commandant le chevalier d'Artigny risquaient fort d'être sacrifiés pour assurer la fuite des deux autres frégates. Mais il n'y avait qu'à obéir, et ces messieurs ne bronchèrent pas.

Tourville demanda seulement l'autorisation de retourner à terre pendant la soirée et d'y passer une heure ou deux, promettant de rentrer par le canot qui l'y conduirait et qui l'attendrait à quai.

Cela ne pouvait souffrir aucune difficulté; au coucher du soleil, le chevalier débarqua au fond du port et s'achemina, seul, vers la maison qu'il avait quittée un peu après midi.

Il espérait que Jani serait de retour, car il lui en aurait coûté de partir sans le remercier, et il ne doutait pas de trouver la belle Andronique.

La maison du chirurgien était située tout au bout du village, assez loin de la mer et au haut d'une colline qui dominait le port ; complètement isolée d'ailleurs des autres habitations, et entourée d'un vaste jardin protégé seulement par des haies.

Le signor Jani avait de nombreux domestiques, et il ne les avait certainement pas emmenés tous avec lui, quand il s'était mis en route. Tourville fut très étonné de n'en pas trouver un seul pour garder la maison, dont les portes

Le chevalier débarqua au fond du port.

étaient ouvertes. Il entra et il la visita de bas en haut sans rencontrer personne. Ces bons serviteurs avaient sans doute profité de l'absence du maître pour aller passer la soirée au cabaret fameux que fréquentait Cruvillier, et le chevalier n'avait pas le temps d'aller les y chercher. Il se décida donc à se présenter au kiosque sans se faire annoncer autrement que par la suivante d'Andronique, une Mauresque capturée jadis par un croiseur malais et achetée par Jani, qu'elle servait depuis dix ans. Cette esclave se tenait toujours à la porte du kiosque, accroupie sur des coussins, égrenant un chapelet et marmottant des prières arabes. Ce soir-là, elle n'y était pas. Tourville l'appela, en élevant la voix, par son nom de Fatma. Personne ne répondit, et cependant sa maîtresse avait dû entendre, car le kiosque n'avait qu'un étage, et l'entrée de l'escalier n'était close que par une tenture. De plus en plus étonné, Tourville monta. Le salon où le recevait toujours la belle Andronique était vide. Au crépuscule de cette belle soirée d'été, il faisait encore assez clair pour qu'il pût s'assurer qu'elle ne s'était pas endormie sur un divan. Non. Andronique était sortie.

L'absence de la jeune fille devait sans doute être courte, car tout était à sa place dans ce salon, qu'il connaissait bien pour y avoir passé de longues heures. Les coussins où elle s'était accoudée étaient empilés sur le divan où elle avait coutume de s'asseoir. Une petite table basse incrustée de nacre portait encore la minuscule tasse en argent ciselé où elle avait bu le café, à la mode orientale. Andronique allait certainement rentrer. Après avoir compté les étoiles qui s'allumaient au firmament, Tourville se hâta de descendre et de parcourir le jardin. La nuit était venue tout à fait, et le silence était profond. Tourville appela encore; l'écho seul lui répondit. On eût dit que l'habitation de Jani était abandonnée de tous ses hôtes; l'idée vint au chevalier que Jani, ayant appris que les frégates allaient lever l'ancre, était revenu chercher sa fille pour lui épargner la scène des adieux, qui aurait pu bouleverser la tête exaltée d'Andronique.

Si Tourville avait deviné, il ne lui restait plus qu'à se retirer. La raison le lui conseillait; mais il ne se pressait pas de sortir de ce grand jardin, où il espérait encore rencontrer au détour d'une allée le bon ange que peut-être il ne reverrait plus jamais. Il y erra quelques instants, sans s'apercevoir que le vent du nord-est s'était levé et fraîchissait beaucoup, le vent que les frégates attendaient. Un coup de canon parti de l'*Étoile de Diane* le tira de ses rêveries. Il comprit que d'Hocquincourt le rappelait à bord, décidé qu'il était à profiter de cette brise favorable pour appareiller immédiatement. Tourville n'avait garde de manquer de se rendre à ce signal, et il reprit en toute hâte le chemin du port. Il regrettait de n'avoir pas pu prendre congé de son hôte et de la fille de son hôte; mais, pour le chevalier, le devoir passait avant tout, et, d'ailleurs, il ne doutait plus que leur absence eût été préméditée par le prudent Jani. Il partit donc, attristé mais, résolu, et il trouva le canot qui l'attendait.

A bord de la prise, le chevalier d'Artigny lui apprit qu'il ne s'était pas trompé. M. d'Hocquincourt avait décidé qu'on partirait avant l'aube. M. d'Artigny approuvait fort cette décision, mais il se plaignit de l'équipage qu'on lui avait donné à commander. On lui laissait bien quelques matelots de l'*Étoile de Diane*, mais on y avait joint des gens de sac et de corde pris sur le corsaire de Cruvillier.

« Ces coquins pourraient nous jouer un mauvais tour, dit-il à son second, et nous aurons à les surveiller de très près. »

C'était bien l'avis de Tourville, qui lui promit de se montrer sévère et attentif. Tout annonçait d'ailleurs que la traversée ne serait pas longue, car le vent se corsait de plus en plus, et, pour peu qu'il continuât à souffler du nord-est, on aurait tôt fait de doubler les trois caps méridionaux de la Morée pour remonter ensuite vers l'île de Zante, où M. d'Hocquincourt voulait relâcher.

Une heure avant le jour, les frégates étaient en route et cinglaient, vent arrière, vers le cap Malée, le premier qu'on rencontre quand on vient des Cyclades. La brise était si forte qu'elles naviguaient sous leurs basses voiles, sauf la *Sainte-Ampoule*, que Cruvillier commandait et qui avait tout largué, au risque de briser sa mâture.

Il fallait que le vieux corsaire fût très pressé d'arriver pour exposer ainsi son navire à un désastre.

Il fit si bien qu'il fut bientôt hors de vue.

L'*Étoile de Diane* marchait moins vite, mais elle ne tarda guère à distancer la prise, qui marchait fort mal et qui finit par rester seule.

Le chevalier d'Artigny, très bon marin, commandait les manœuvres du haut de son banc de quart, et le chevalier de Tourville en surveillait l'exécution, mêlé aux matelots suspects, qui jusqu'à présent ne donnaient aucun signe d'insubordination.

Guillaume Marcouf se tenait près de lui et se permettait souvent de lui adresser la parole. Tourville l'y avait autorisé une fois pour toutes, et en ce jour-là il lui arriva de l'interroger pour savoir ce qu'il pensait de ces gens avec lesquels il était plus en contact que son maître.

« Monsieur le chevalier, répondit Guillaume, le meilleur est bon à pendre, et nous sommes à leur merci, car ils sont plus nombreux que ceux de l'ancien équipage de M. d'Hocquincourt. Si nous rencontrions des Turcs, ils seraient capables de se mettre avec eux. Je ne comprends pas leur baragouin, mais je suis sûr qu'ils complotent de se révolter.

— Je casserai la tête au premier qui fera mine de désobéir, dit entre ses dents Tourville; mais ils n'oseront.

— Non, tant que nous ne sommes pas attaqués.

— Nous ne le serons pas, si ce temps continue, mais nous pourrions bien être jetés à la côte, car la mer grossit terriblement.

— Elle tombera quand nous serons abrités par la pointe qui est là-bas devant nous, et au train dont nous marchons, ce sera vite fait. S'il y a des corsaires dehors, c'est là qu'ils nous attendent.

— Ils seraient déjà aux prises avec les deux frégates, et nous entendrions la canonnade.

— Enfin, je prie le bon Dieu que nous passions sans malheur. On ne m'ôtera pas de l'idée que ces coquins préparent un mauvais coup. Le vieux Cruvillier est venu à bord cette nuit.

— Que me dis-tu là?

— Oui, Monsieur le chevalier. Vous dormiez dans votre cabine, et je n'ai pas osé appeler, mais je l'ai vu comme je vous vois. Il est venu dans un canot de la *Sainte-Ampoule,* et ses forbans ont hissé sur le pont des ballots qu'ils ont descendus à fond de cale par l'écoutille d'arrière. Il n'y avait là que le maître timonier, celui qui tient la barre en ce moment,... et il est d'accord avec eux, car il n'a rien dit ce matin à M. d'Artigny.

— Je lui dirai, moi, que ce Cruvillier s'est permis d'embarquer à notre bord des marchandises qu'il a probablement volées. »

Un commandement du chevalier d'Artigny coupa court à ce dialogue entre Marcouf et son maître. Un faux coup de gouvernail avait failli faire chavirer la frégate. Elle se redressa péniblement, et il fallut mettre à la cape, c'est-à-dire carguer tout pour donner moins de prise au vent, qui la poussait vers le cap Saint-Ange, que les anciens Grecs appelaient le cap Malée, et qu'il s'agissait de laisser au nord, pour entrer dans le détroit qui sépare du continent l'île de Cérigo.

Le timonier était peut-être un traître, mais il n'avait certainement aucune envie de faire naufrage et il savait son métier, car il dirigea très adroitement la frégate à travers les écueils qui foisonnent dans la passe, et, quoique le vent eût molli derrière le cap, il l'amena très vite jusque par le travers d'Elaphonisi, un gros rocher qui masque l'entrée d'un des golfes du Péloponèse.

Là, on allait être complètement abrité, et, la navigation devenant moins difficile, le chevalier de Tourville allait pouvoir quitter un instant son poste pour conférer avec M. d'Artigny, qui commandait.

Mais à peine la frégate eut-elle doublé le rocher qu'un gros navire battant pavillon turc lui barra le passage et lui envoya toute sa bordée, qui passa par-dessus le pont. Pas un homme de l'équipage ne fut atteint.

Ce corsaire inattendu avait pointé trop haut, peut-être avec intention, mais un de ses boulets broya sur son banc de quart le malheureux chevalier d'Artigny.

Il y eut un instant de confusion. Tourville, surpris comme l'est un homme attaqué soudainement au coin d'un bois, se remit très vite et jugea la situation en un clin d'œil.

Les anciens matelots de l'*Étoile de Diane* avaient couru à leurs pièces et n'attendaient qu'un commandement pour riposter. Les chenapans de Cruvillier s'étaient groupés autour du timonier, qui mettait déjà la barre au vent pour amener la frégate sous les canons du corsaire.

Tourville abattit ce misérable d'un coup de pistolet et saisit la barre. La frégate, obéissant au gouvernail, vira pour présenter sa batterie à l'ennemi,

« Feu, mes enfants, et mort aux traîtres ! » cria le chevalier.

Les complices du timonier reculèrent effrayés. Tourville avait sa figure d'archange qui terrifiait les infidèles, et pas un n'osa porter la main sur lui.

« A vos pièces, coquins! » reprit-il, au moment où les autres, les bons, envoyaient la bordée de la batterie haute.

Et les coquins obéirent.

Le Turc riposta mollement. Il s'attendait à voir le chrétien amener son pavillon, et cette résistance l'avait pris au dépourvu.

Tourville, obligé de ménager sa poudre, pensa tout de suite à l'aborder ; mais il avait assez de munitions pour continuer le feu jusqu'au moment où il pourrait l'accrocher, et il donna ses ordres en conséquence.

Les matelots fidèles, éprouvés dans vingt combats, savaient ce qu'ils avaient à faire. Les servants rechargèrent leurs pièces, pendant que les autres couraient à la soute chercher des gargousses.

Le chevalier était resté à la barre. Il tenait à gouverner lui-même, tant qu'on ne serait pas bord à bord avec l'ennemi.

Marcouf l'aidait, et ils n'étaient pas trop de deux, car la roue était lourde à manœuvrer.

Devant eux, sur le pont, entre le gouvernail et le mât d'artimon, une écoutille était ouverte pour le service des munitions, et, par cette large ouverture, montaient les bruits de la batterie basse, les piétinements et les cris des matelots traînant des boulets.

« Entendez-vous, Monsieur le chevalier? demanda tout à coup Guillaumet. On jurerait une voix de femme, une voix qui appelle au secours. »

Tourville ne prit pas la peine de lui répondre. Il avait mieux à faire que d'écouter des plaintes qui n'existaient probablement que dans l'imagination de son dévoué serviteur.

Le Turc avait recommencé à tirer, et son feu mieux dirigé avait haché le gréement de la frégate et atteint quelques hommes. Il était temps d'y répondre encore une fois, et il importait fort de lui causer une avarie grave.

« Pointez bas, mes enfants! commanda Tourville. Il ne faut, pour le couler, qu'un boulet bien placé au-dessous de la ligne de flottaison.

L'effet de la bordée passa l'espérance du chevalier.

Un jet de flammes, immédiatement suivi d'une effroyable explosion, illumina le ciel et fit trembler la membrure de la frégate, sur laquelle s'abattit au même instant une pluie de débris enflammés qui blessa plusieurs canonniers sur le pont.

Le Turc ne manquait pas de poudre, lui. Pour son malheur, sa sainte-barbe était pleine; un boulet y avait mis le feu, et le corsaire venait de sauter en l'air, avec tout son équipage.

C'était un coup miraculeux, et le miracle arrivait à propos, car si le combat avait duré, il aurait pu mal tourner pour la frégate. En dépit de son indomptable énergie, Tourville, à court de munitions et avec des traîtres à son bord, aurait dû succomber dans une lutte très inégale, car le Turc avait plus de canons et un équipage plus nombreux.

Et maintenant, plus de Turc! Les canons étaient au fond de l'eau, et son équipage s'était envolé dans les nues.

Et plus de traîtres, car ils n'avaient garde de se déclarer, maintenant que le chevalier, vainqueur, n'avait plus d'ennemis à combattre.

« Le bon ange m'a porté bonheur, de loin, » murmura-t-il, en se rappelant tout à coup Andronique, à laquelle il n'avait guère pensé pendant qu'il luttait contre la tempête et contre les corsaires.

VIII

OU LE CHEVALIER ÉPROUVE UNE GRANDE SURPRISE

VIII

OU LE CHEVALIER ÉPROUVE UNE GRANDE SURPRISE

AIS ce n'était pas tout d'avoir échappé à un désastre presque certain. Il fallait s'éloigner au plus vite du lieu du combat, où le fracas de l'explosion allait attirer les navires qui s'étaient trouvés à portée de l'entendre. Où aller? Les deux autres frégates avaient pris une telle avance que Tourville n'espérait plus les rejoindre, et, d'ailleurs, il tenait médiocrement à retrouver l'affreux Cruvillier, qui avait fait de son mieux pour le perdre en organisant un complot contre lui. Pourquoi? Il n'en savait rien encore; il se proposait de dénoncer le vieux forban à Zante, et, avec le vent qui soufflait, il pouvait arriver rapidement à Malte; mais cette brise tournait déjà au nord-ouest, et si, comme tout l'annonçait, elle sautait à l'ouest, il n'avait rien de mieux à faire que de rebrousser chemin, car c'eût été folie de courir des bordées dans des parages si dangereux. Mieux valait doubler l'île de Cérigo, se laisser porter dans le sud, remonter ensuite vers les Cyclades et finalement rentrer à Siphnos, où le port était sûr et où il retrouverait le bon chirurgien et sa charmante fille.

Il ne doutait pas qu'ils ne fussent rentrés au logis, et il se faisait une joie de leur expliquer comment il avait dû partir sans les revoir et d'apprendre de leur bouche qu'il ne leur était rien arrivé de fâcheux.

A Siphnos, il attendrait des nouvelles de M. d'Hocquincourt, s'il ne se présentait pas une occasion de lui faire parvenir des siennes.

Depuis la mort tragique de ce pauvre chevalier d'Artigny, Tourville n'avait plus à prendre les ordres de personne, et il donna les siens immédiatement.

Il commença par envoyer aux fers, à fond de cale, tous les anciens matelots de la *Sainte-Ampoule,* après avoir fait jeter à la mer le corps du traître timonier qui avait essayé de livrer la frégate aux Turcs. Celui du brave d'Artigny méritait d'être traité plus honorablement : Tourville décida de le rapporter à Siphnos, où il reposerait en terre sainte. Il choisit pour gouverner, sous sa direction, un homme sûr, qui avait été timonier sur l'*Étoile de Diane,* et il lui indiqua la route à suivre, en se réservant de la modifier suivant le temps et les circonstances.

Il achevait de prendre toutes ses dispositions, lorsque Marcouf, qui avait disparu dans les profondeurs de la frégate, remonta sur le pont. Il s'approcha de son maître et il attendit qu'il fût seul pour lui dire :

« Ah! Monsieur le chevalier, si vous saviez!...

— Quoi? demanda Tourville, qui n'était pas d'humeur à écouter des bavardages.

— La fille du médecin de Siphnos...

— Eh bien?

— Elle est à bord.

— Te moques-tu de moi?

— A Dieu ne plaise, Monsieur le chevalier! Elle était enfermée dans une cabine,... elle vous appelait...; je viens d'enfoncer la porte... : les ballots que Cruvillier a apportés cette nuit,... c'était elle... et la moricaude qui la sert,... Venez, Monsieur le chevalier;... venez vite!... elle veut vous voir... »

Tourville, abasourdi, se précipita dans l'escalier qui aboutissait à l'écoutille, et, guidé par Marcouf, il arriva devant une porte ouverte.

« Vous vivez... Dieu soit loué! »

Andronique se tenait debout sur le seuil du réduit où on l'avait jetée avec Fatma, sa Mauresque. Elle était très pâle, mais elle était parfaitement maîtresse d'elle-même, et sa première parole fut :

« Vous vivez... Dieu soit loué!

— Vous aussi, vous vivez. Dieu merci! s'écria Tourville. Que s'est-il donc passé pour que je vous retrouve ici?

— Vous ne le devinez pas?

— Non,... A moins que ce misérable Cruvillier...

— Hier soir, une heure avant le coucher du soleil, un homme s'est présenté au kiosque en disant à Fatma qu'il venait de votre part et que vous m'attendiez au bord de la mer, près de la fontaine aux Myrtes, pour me faire vos adieux avant de vous embarquer. Mon père était parti de grand matin, appelé par un malade à l'autre bout de l'île; il avait emmené deux de nos domestiques; les autres avaient profité de son absence pour descendre à la ville. J'étais seule avec Fatma; je n'ai pas hésité à suivre cet homme.... Fatma m'accompagnait, et je n'avais pas peur... Hélas! ce n'était pas vous qui m'attendiez à la fontaine aux Myrtes...

— C'était ce bandit...

— Escorté de six de ses forbans, qui nous ont saisies, garrottées, bâillonnées et jetées dans un canot. Cruvillier les commandait;... je l'avais vu souvent chez mon père;... je l'ai reconnu, quoiqu'il eût rabattu sur son visage le capuchon de son caban. Le canot s'est éloigné de la côte, et nous y sommes restées plusieurs heures, au bout desquelles on nous a hissées sur votre frégate et enfermées dans cette chambre, où nous pouvions à peine respirer... On nous avait enlevé nos liens et nos bâillons, en nous menaçant de mort si nous appelions...

— Et j'étais là, sur le pont, à portée de vous entendre!...

— Plus tard,... lorsque vous avez commandé le feu, j'ai reconnu votre voix; j'ai jeté des cris que le fracas de la canonnade a couverts;... j'attendais la mort, quand une explosion effroyable m'a annoncé que nous étions sau-

17

vées... J'ai compris que le corsaire qui attaquait votre frégate venait de sauter... »

Le couloir étroit où Tourville écoutait la belle Andronique n'était pas un lieu propice aux explications. La chambre qui lui avait été dévolue en sa qualité de second commandant s'y prêtait beaucoup mieux, car elle était grande et elle se trouvait placée sous la dunette d'arrière, — le château de poupe, comme on disait alors dans la marine du roi, — et les matelots n'en approchaient pas sans la permission de l'officier qui l'occupait.

Andronique et sa suivante ne firent aucune difficulté d'y suivre le chevalier, qui laissa Marcouf en faction devant la porte. Elles s'y établirent, Andronique sur un divan, et Fatma aux pieds de sa maîtresse.

Tourville, encore mal remis de tant d'émotions, resta debout, pour mieux marquer par son attitude qu'il entendait traiter la fille de Jani avec autant de respect qu'au temps où il était l'hôte de son père.

Elle avait repris tout son sang-froid, et elle pria son sauveur de lui apprendre ce qui s'était passé depuis la dernière fois qu'elle l'avait reçu au kiosque. Il lui dit tout. Il lui dit comment il avait trouvé la maison vide et pourquoi, rappelé par un coup de canon, il avait dû rallier la frégate ; les discours que M. d'Hocquincourt lui avait tenus sur Cruvillier, qui se proposait d'enlever une femme pour la vendre aux Turcs ; le départ en pleine tempête, la rencontre d'un corsaire sous l'île d'Elaphonisi, la mort du malheureux chevalier d'Artigny, la trahison du timonier.

Andronique l'avait écouté avec une attention soutenue. Quand il eut achevé, elle dit lentement :

« J'avais deviné ce que vous venez de me raconter. Cruvillier est un scélérat. Je le savais depuis longtemps, mais je n'aurais pas cru qu'il osât s'entendre avec un pirate turc pour lui livrer une frégate appartenant à l'ordre de Malte, qu'il prétend servir. Il espérait que pas un chrétien n'échapperait à la mort. Son complice m'aurait vendue comme esclave, et ils auraient partagé le prix de cette vente infâme.

— Je n'en doute pas, interrompit Tourville. Il a eu l'audace de parler de son projet à M. d'Hocquincourt,... sans lui dire qu'il s'agissait de vous,... et M. d'Hocquincourt n'a pas songé à en entraver l'exécution., Ce que je ne m'explique pas, c'est que Cruvillier ait eu recours à des moyens si compliqués... Il ne tenait qu'à lui de vous conduire à bord de sa *Sainte-Ampoule,* de vous emmener à Zante et de vous vendre là, comme il s'en était vanté.

— Vous ne le connaissez pas. Il est aussi cauteleux qu'il est féroce. Il ne

Tourville, encore mal remis de tant d'émotions, resta debout.

veut pas se brouiller avec Malte, et pour qu'il ait laissé échapper devant M. d'Hocquincourt le secret de ses odieuses intentions, il fallait qu'il fût plus ivre que de coutume. Et il craint encore davantage de se brouiller avec mon père, parce qu'il a besoin de lui. Mon père soigne gratuitement ses blessés et l'a sauvé lui-même deux fois. Cruvillier lui doit d'avoir conservé son bras brisé par une balle.

— Et c'est ainsi que ce misérable lui a prouvé sa reconnaissance!

— Il comptait que mon père ne saurait jamais ce qu'il a fait et que moi seule survivrais au désastre qu'il avait préparé. Dieu n'a pas permis que ce forfait s'accomplît.

— Je le bénis de m'avoir choisi pour vous délivrer... Vous êtes bien mon bon ange.

— Parlez-vous sincèrement, Monsieur le chevalier?

— Me feriez-vous l'injure d'en douter?

— Non,... mais pardonnez-moi de vous adresser une question... Qu'allez-vous faire de moi?

— Pouvez-vous me le demander?... Je vais vous rendre à votre père... et bientôt, car avant de savoir que vous étiez à bord, j'ai donné l'ordre de faire route vers Siphnos... Nous y serons demain, si le vent continue à nous être favorable.

— C'est bien, murmura tristement la jeune fille; mon père me tuera... Je ne regretterai pas la vie.

— Que dites-vous?... quoi! votre père...

— Mon père croira que je l'ai quitté pour vous suivre, et mon père ne transige pas avec l'honneur.

— Il me sera facile de lui prouver que vous êtes tombée dans un piège tendu par l'affreux Cruvillier. Votre Mauresque l'attesterait au besoin, mais j'espère que ma parole de gentilhomme suffira. »

Andronique baissa la tête sans répondre, et Tourville vit bien qu'il ne l'avait pas convaincue. Il insista en disant :

« Votre père sera si heureux de vous revoir qu'il me laissera tout au moins le temps de lui expliquer cette étrange aventure. Et pour ce qui est de vous tuer, vous me permettrez de penser qu'il vous aime trop pour...

— Que deviendrai-je, s'il me chasse? interrompit Andronique.

— Vous chasser!... Il vous recevra à bras ouverts... Et si, par impossible, il refusait, je me mettrais à vos ordres... Vous avez été élevée à Venise, et peut-être y avez-vous encore des parents;... je m'offrirais à vous y conduire;... mais je suis persuadé que vous n'en serez pas réduite à cette extrémité.

— Venise! répéta la jeune fille, très émue; oui, ma famille a marqué dans les fastes de cette noble ville qui lutte depuis des siècles contre les infidèles... Deux de mes ancêtres sont morts glorieusement à la bataille de Lépante... Morosini, qui a déjà porté si haut et si loin le drapeau de la croix et qui un jour affranchira peut-être la Grèce, Morosini est notre parent... Oui, je serais heureuse de revoir Venise et ce couvent de Murano où j'ai passé mon enfance...

— Alors, vous voilà hors d'inquiétude, dit Tourville en affectant de prendre gaiement une situation qui lui donnait déjà de graves soucis. Si la maison paternelle vous était fermée, vous trouveriez à Venise un asile honorable, et je serais heureux de contribuer à vous l'assurer.

— Je n'attendais pas moins de vous, et je vous remercie, Monsieur le chevalier. Il en sera ce que Dieu voudra,... je suis prête à me consacrer à lui, et pourtant... j'avais rêvé une autre destinée... »

Tourville, qui craignait de deviner, s'abstint de demander laquelle, mais Andronique n'attendit pas qu'il l'interrogeât.

« Vous le connaissez, ce rêve, reprit-elle lentement; je vous l'ai dit à Siphnos... Je rêvais de servir mon pays en m'attachant au héros qui le délivrera de ses oppresseurs.

— Morosini, dit le chevalier avec intention.

— Non. J'ai foi en lui, mais je ne le connais pas. Dieu qui vous a amené à Siphnos a des desseins sur vous... C'est à vos côtés que je voudrais combattre.

— J'en serais très fier, Mademoiselle, répondit Tourville, qui s'attendait à cette déclaration, mais vous savez que c'est impossible. Les femmes ne vont pas à la guerre,... surtout les femmes jeunes et belles comme vous l'êtes.

— Je renoncerais à porter les habits de mon sexe et je ferais de grand cœur le sacrifice de ma beauté.

— Je me demande comment vous vous y prendriez, dit en souriant Tourville.

— Je me défigurerais, répondit Andronique sans hésiter. Fatma possède un secret pour changer le visage d'une femme et la rendre méconnaissable.

« — J'espère bien que vous n'en userez jamais, Mademoiselle. Ce serait un crime. Dieu vous a créée belle. Vous n'avez pas le droit de détruire l'œuvre de Dieu. Je crois d'ailleurs que, fort heureusement, la science de votre Mauresque ne va pas jusqu'à transformer une blanche en négresse, ni même une charmante jeune fille en laideron. »

Andronique se tut, et le chevalier jugea qu'il valait mieux ne pas approfondir un sujet de conversation qui le préoccupait cependant beaucoup. Il redoutait plus que jamais un coup de tête, et le meilleur moyen d'en détourner Andronique, c'était de feindre de ne pas prendre au sérieux les intentions qu'elle laissait entrevoir.

Fermement résolu à la rendre à son père, et ne doutant pas de calmer la colère de Jani, il se félicitait par avance de raccommoder le bonhomme avec sa fille et d'empêcher la fille de faire une folie.

Andronique continuerait à être le bon ange du chevalier de Tourville, mais de loin.

Elle semblait résignée maintenant, et, afin de la laisser à ses réflexions, il se retira discrètement, après avoir chargé Marcouf de veiller à ce que le repos de la jeune fille ne fût pas troublé et après lui avoir commandé de se tenir à ses ordres, nuit et jour.

D'autres soins le réclamaient. Il avait à diriger la manœuvre sur une mer tellement parsemée d'îles que la navigation y est toujours assez difficile et qu'elle y est très dangereuse par un gros temps. La bourrasque s'était calmée, mais pas complètement apaisée, et Tourville passa la nuit sur le pont. On doubla sans accident l'île de Cérigo, et, la saute de vent qu'il avait prévue s'étant produite, la frégate put mettre le cap au nord-est, poussée vers Siphnos par une jolie brise qui devait l'y conduire en peu d'heures.

Décidément la belle Andronique lui portait bonheur.

Il la revit plusieurs fois pendant cette dernière journée de navigation, et il la trouva beaucoup plus calme. Elle semblait avoir pris son parti et elle ne parla plus ni de ses craintes à propos de l'accueil que lui ferait son père, ni de ses chimères de métamorphose et d'embarquement sur le vaisseau qui porterait son héros.

Tourville soupçonnait bien qu'elle n'y avait pas renoncé, mais ce serait l'affaire du vieux Jani d'y mettre obstacle quand Tourville lui aurait rendu sa fille.

Le soleil avait disparu de l'horizon lorsque la prise entra dans le port, où il n'y avait plus que des bateaux de pêche, aucun croiseur n'étant venu y mouiller depuis le départ des frégates.

L'heure était propice pour se présenter chez Jani sans exciter la curiosité des habitants, et le chevalier prit immédiatement ses mesures pour débarquer avec Andronique et sa suivante, voilées et couvertes de longs manteaux.

Andronique ne fit aucune objection. Elle pria seulement le chevalier de lui permettre de ne se montrer à son père qu'après que le chevalier aurait eu avec lui une explication préalable. La demande était trop juste, et Tourville se chargea volontiers de recevoir la première bordée de reproches qu'il prévoyait et qui ne l'effrayait guère, parce qu'il se faisait fort de se justifier facilement.

Il choisit pour les mener tous à terre six matelots sur lesquels il pouvait compter, et quand ils eurent accosté au fond du port, il leur donna l'ordre de l'attendre pour le ramener à bord.

Il n'emmena avec lui que Marcouf, qui ne serait pas de trop pour veiller à la sûreté d'Andronique, pendant que le chevalier affronterait la colère de Jani et s'évertuerait à lui faire entendre raison.

Ils grimpèrent silencieusement jusqu'à la maison du docteur, qu'ils trouvèrent ouverte et éclairée de haut en bas. Pourquoi cette illumination? Ils ne le devinèrent pas, mais elle prouvait que Jani était au logis.

Tourville entra seul, laissant les deux femmes dans le jardin, à la garde de Marcouf, très fier de la mission que son maître lui confiait.

Au rez-de-chaussée, dans la pièce qu'il avait habitée pendant sa convalescence, Tourville se trouva tout à coup face à face avec Jani, assis devant une table et occupé à écrire sur un gros registre.

On entendait au premier étage des pas et des coups de marteau. Tourville eut l'intuition que les serviteurs préparaient un départ, pendant que le vieillard mettait ses comptes en règle.

Il sut bientôt qu'il avait deviné.

Jani, en le voyant, se leva tout droit et lui dit de but en blanc :

« Qu'avez-vous fait de ma fille ? »

Puis, sans laisser au chevalier le temps de répondre :

« Je vous ai reçu chez moi, je vous ai sauvé la vie. Est-ce pour me remercier que vous l'avez enlevée ?

— Je vous jure, seigneur, que vous vous abusez, et quand je vous aurai dit...

— Je ne veux rien entendre. Je sais tout. Ma fille a été attirée sur une plage déserte où des hommes à vous l'attendaient, pendant que moi j'étais à l'autre bout de l'île, appelé par un faux avis... Ah ! vous aviez bien pris vos précautions !... J'ai appris à mes dépens ce que vaut la foi d'un chevalier de Malte !... Et vous avez l'audace de vous montrer ici après cette infamie !... Qu'y venez-vous chercher ?... Venez-vous insulter à ma douleur ?

— Je viens vous rendre votre fille.

— Je ne vous comprends pas,... je ne veux pas vous comprendre. Je vous ai guéri ; vous m'êtes sacré, et je ne souillerai pas mes mains du sang d'un perfide ; mais sortez de ma présence, et que je ne vous retrouve jamais sur mon chemin,... ou sinon je serai sans pitié...

— Ce n'est pas moi qu'il faut frapper, c'est le scélérat qui a enlevé votre fille, et, si je le retrouve, je le traiterai comme il le mérite... Je le connais, l'infâme, et vous le connaissez aussi,... c'est Cruvillier.

— Cruvillier !... vous mentez !... Quand ma fille a été enlevée, Cruvillier était sur sa frégate, et c'est à bord de la vôtre qu'on l'a portée au milieu de la nuit... Je me suis informé,... on a vu le canot que vos matelots attendaient.

— Je le crois, mais je l'ignorais quand la frégate que je montais a pris la mer, et, quand je l'ai su, j'étais attaqué par un corsaire,... un complice de

Cruvillier... Mon commandant, le chevalier d'Artigny, a été tué pendant un combat furieux... Si vous consentiez à en écouter le récit, vous ne m'accuseriez plus, car vous sauriez comment j'ai retrouvé votre fille et comment je l'ai traitée.

— Vous mentiriez encore, et je ne vous croirais pas. »

Cette fois, c'en était trop. Le rouge monta au visage de Tourville, et si le signor Jani eût été plus jeune, il aurait payé cher son insolence.

Tourville se trouva tout à coup en face de Jani.

« Me croirez-vous, moi? » dit Andronique en se montrant tout à coup.

Elle s'était avancée peu à peu jusqu'au seuil et elle avait tout entendu.

« Malheureuse! » s'écria le vieillard en se précipitant.

Le chevalier l'arrêta, et Andronique reprit :

« Tuez-moi, si vous voulez, mais d'abord, sur ma part du paradis,... sur le souvenir de ma sainte mère,... je jure que M. de Tourville vous a dit la vérité, .. je jure qu'il m'a sauvé l'honneur et la vie... M. de Tourville est le plus loyal des hommes comme il en est le plus brave... »

18

Jani se taisait.

« Ah ! s'écria-t-elle, je savais bien que vous l'accuseriez, et pour lui épargner une scène que je prévoyais, je ne voulais pas revenir ici... J'ignore ce qu'il serait advenu de moi, mais vous ne m'auriez jamais revue; c'est lui qui m'a ramenée à Siphnos... contre ma volonté.

— Ainsi tu m'aurais abandonné ! murmura le vieillard.

— Je serais morte de chagrin, mais je n'aurais pas subi le supplice de vous entendre accabler de reproches injûstes mon généreux sauveur. »

La colère du vieillard ne tint pas contre cette fière réplique. Il ouvrit ses bras à Andronique et il la serra contre son cœur en la couvrant de baisers et de larmes.

Elle aussi pleurait, et le chevalier avait beaucoup de peine à n'en pas faire autant. Marcouf, qui n'était pas loin, avait les yeux humides, et Fatma sanglotait, quoiqu'elle ne comprît pas un mot de cet émouvant dialogue entre le père et la fille.

« Pardonnez-moi, Monsieur le chevalier, dit Jani; la douleur m'avait troublé l'esprit... Si j'avais été de sang-froid, je ne vous aurais pas soupçonné, car je me serais rappelé qu'on est venu me chercher pour un prétendu malade qui se portait fort bien,... un négociant grec qui demeure très loin d'ici et que vous ne connaissez pas. Comment, pour m'attirer hors de chez moi, vous seriez-vous servi de son nom que vous n'aviez jamais entendu prononcer?... Et, je m'en souviens maintenant, Cruvillier le connaît, ce Grec; il lui a vendu maintes fois des cargaisons qu'il avait prises aux Turcs.

— Je n'ai rien à vous pardonner, répondit Tourville; je vous ai rendu votre fille;... vous ne doutez plus de son innocence, ni de la mienne,... je suis assez récompensé...

— Je vous bénis, Monsieur le chevalier, car vous m'avez sauvé, moi aussi; vous m'avez sauvé du désespoir. Que ne puis-je, pour vous prouver ma reconnaissance, vous supplier d'être encore une fois mon hôte !... Vous ne vous étonnerez pas d'apprendre que je vais partir demain et que je ne reviendrai jamais à Siphnos. Ai-je besoin de vous dire pourquoi? Cette malheureuse aventure est déjà connue de toute l'île;... et ma chère fille, j'en suis sûr, comprend qu'il nous faut partir...

— Mon père, dit Andronique, partout où vous irez, j'irai.

— Nous irons à Venise.

— C'est à Venise que je me serais réfugiée, si M. le chevalier de Tour-

Il ouvrit ses bras à Andronique.

ville ne m'avait pas fait comprendre que mon devoir était de revenir près de vous.

— Nous le reverrons, j'en ai le ferme espoir.

— Je le voudrais, dit Tourville, mais j'appartiens à Malte, et tant que mes caravanes ne seront pas terminées, je ne sais où m'appelleront les intérêts de l'Ordre. Si je navigue encore sous M. d'Hocquincourt, je lui demanderai de se séparer de ce misérable qui déshonore le pavillon chrétien; et s'il refusait...

— Vous le quitteriez pour servir le roi de France, acheva la jeune fille. Tous mes vœux seraient comblés.

— Le roi n'a pas besoin de moi. La France n'est en guerre avec personne.

— Elle l'est toujours avec les infidèles, et voilà plus de dix ans qu'ils assiègent Candie, que défendent héroïquement les Vénitiens. Si j'étais le roi Très Chrétien, je voudrais délivrer Candie. »

Tourville ne put s'empêcher de sourire en entendant la belle Andronique exprimer sous cette forme ses aspirations patriotiques. Lui aussi, il souhaitait que le roi se décidât à secourir Candie et qu'il l'appelât à faire partie de l'expédition; mais le jeune chevalier n'avait pas voix aux conseils de Sa Majesté Louis XIV.

« Mademoiselle, dit-il, je ne sais pas ce que l'avenir me réserve, mais je vous jure que si vos souhaits et les miens se réalisent, je serai de cette glorieuse entreprise, dussé-je y servir comme simple volontaire.

— Moi aussi, j'en serais ! s'écria l'enthousiaste Andronique, et mon père soignerait nos blessés...

— Près de lui, Mademoiselle, vous seriez à votre place, » répondit le chevalier pour lui rappeler qu'il n'approuvait pas ses velléités d'embarquement clandestin.

Il voulait bien qu'elle le suivît, mais avec l'autorisation de Jani.

Et Jani ne dit pas non, car il murmura :

« Plût à Dieu que je pusse être utile à nos frères chrétiens !... Je suis prêt à leur consacrer les jours que j'ai encore à vivre. En attendant que mon pays m'appelle, je ne serai plus que le médecin des pauvres. J'ai gagné assez de bien en soignant les riches, je puis me reposer, maintenant que vous m'avez rendu ma fille. Elle ne me quittera plus. »

Le chevalier n'avait plus qu'à prendre congé. Il le fit en termes affectueux. Andronique reçut ses adieux avec plus de fermeté qu'il n'en attendait d'elle, et il put croire qu'il l'avait convertie à des idées plus sages.

Il ne la connaissait pas encore.

Le père, guéri de ses soupçons, embrassa cordialement le sauveur d'Andronique, mais il n'essaya pas de le retenir.

Il se contenta de faire jurer à Tourville que si le hasard de ses croisières l'amenait à Venise, il s'enquerrait de ses amis de Siphnos. Tourville fit volontiers ce serment, qui ne l'engageait pas beaucoup.

Andronique n'exigea rien de plus.

La Mauresque baisa la main du sauveur de sa maîtresse, et il reprit le chemin du port avec Guillaume Marcouf, qui avait assisté d'un peu loin à cette dernière entrevue.

Il ne manquait pas de finesse, ce gars du Cotentin, et il ne s'étonna pas de voir à son maître une figure mélancolique, car il avait deviné la cause de sa tristesse et il se garda bien de la lui demander. Tourville l'aurait probablement mal reçu, quoiqu'il souffrît de lui certaines familiarités; Tourville était dans une disposition d'esprit à prendre tout en mauvaise part, comme il arrive à ceux qui sont partagés entre deux sentiments contraires. Il ne regrettait pas d'avoir montré de la fermeté, mais en même temps il lui en coûtait de s'éloigner, de partir. Il retombait dans les prosaïques réalités de sa vie de marin. Son bon ange l'avait quitté et ne reviendrait pas pour le protéger contre les balles « qui volent à la clarté du jour et contre la peste qui chemine dans l'ombre de la nuit ».

Cette phrase à l'orientale, il l'avait entendue de la bouche d'Andronique. Elle lui revenait à l'esprit en pensant aux dangers qui l'attendaient.

Et il plaignait la noble fille prête à se dévouer pour sa patrie et pour lui, qu'elle croyait appelé par Dieu à chasser de la Grèce les envahisseurs musulmans.

Quand le chevalier fut rentré à bord, d'autres soucis l'occupèrent. Il avait maintenant charge d'âmes, puisque, depuis la mort du chevalier d'Artigny, il commandait seul une frégate montée par de braves marins. Où les conduire sur cette mer infestée de corsaires, avec des traîtres à fond de cale, pas de poudre dans ses soutes et n'ayant de secours à attendre de personne ? Il avait dit adieu à Andronique et il ne voulait pas rester vingt-quatre heures de plus à Siphnos.

Le lendemain matin, il mit à la voile pour Malte. Jani et sa fille allaient partir pour Venise. Il croyait bien ne jamais les revoir.

IX.

LE CARNAVAL DE VENISE

LE CARNAVAL DE VENISE

ɴ quittant Siphnos, Hilarion de Tourville aspirait à s'éloigner pour toujours de ces mers où il guerroyait en partisan.

Il croyait en avoir assez fait pour prouver qu'il était digne de servir la France sur un vaisseau du roi, au lieu de continuer de donner la chasse à de misérables corsaires barbaresques, et il comptait qu'une occasion se présenterait bientôt de combattre pour une plus noble cause.

L'homme propose, et Dieu dispose : huit ans après sa première caravane, Tourville croisait encore dans la Mediterranée.

Il la connaissait maintenant mieux que ses bois du Cotentin, et il y était plus connu.

Le grand maître de l'ordre de Malte lui avait donné le commandement d'une belle frégate, et il avait pris à tâche de purger ces parages des brigands qui les infestaient.

Il y était presque parvenu après cent combats victorieux.

Il avait coulé et brûlé vingt de leurs navires, il en avait pris cinquante, sauvé dix flottes marchandes attaquées par les Turcs et délivré mille esclaves chrétiens.

Il avait inauguré un système que désapprouvaient, sans oser le dire tout haut, beaucoup de ses officiers.

Il ne vendait pas ses prises; il les ramenait à Malte avec leurs cargaisons et leurs équipages. L'Ordre se chargeait d'en tirer profit et de répartir les bénéfices.

Tourville se contentait de l'honneur.

Il n'avait pas revu d'Hocquincourt, qui ne se gouvernait pas de la même façon, ni Cruvillier, qui s'était séparé de d'Hocquincourt et qui était allé opérer fort loin de Malte, au nord et à l'est de la mer Égée, où, quand il le pouvait sans risque, il attaquait indistinctement les musulmans et les chrétiens.

Le corsaire s'était fait pirate.

Tourville ne relâchait pas souvent, et, quand il y était forcé, il relâchait de préférence dans des ports peu fréquentés, alors qu'il n'aurait tenu qu'à lui d'aller à Venise, où il eût été reçu triomphalement, car il rendait d'immenses services à la Sérénissime République.

Pourquoi fuyait-il la ville des doges? Peut-être parce qu'il sentait en lui une trop forte envie de la voir. C'était là qu'avaient dû se retirer le docteur Jani et sa fille. Tourville, pour qui ses aventures de Siphnos étaient devenues une sorte de rêve plein de poésie, avait la naïveté de vouloir garder en lui tout le charme de ce rêve. Qu'était-il advenu, d'ailleurs, de ses anciens hôtes de l'île grecque? Peut-être le père était-il mort; Andronique, très vraisemblablement, était mariée. Il ne savait rien, et il lui semblait meilleur de rester dans cette incertitude que d'aller connaître les réalités. Et Tourville n'allait pas à Venise.

Il était devenu le chevalier errant de l'Adriatique.

Il n'oubliait pas cependant qu'il y avait à Paris un jeune roi, épris de grandeur et avide de gloire, et que si ce roi daignait laisser tomber un regard sur les gentilshommes qui, loin de sa cour, illustraient le nom français, sa fortune militaire serait assurée.

Il avait écrit plus d'une fois à M. de Gouville, son beau-frère, et à M. de la Roche-Foucauld, son protecteur, pour les prier de faire valoir ses services. Ces seigneurs s'y étaient employés, mais ils n'avaient pas réussi à attirer l'attention de Sa Majesté sur leur parent, qui avait le malheur d'être trop loin du soleil. Louis, occupé à conquérir les Flandres, ne songeait guère à la Méditerranée. Colbert, ministre de la marine, qui fut le grand ministre du règne, Colbert y songeait bien, lui, et il était informé des exploits du chevalier. Il avait même de vastes desseins sur cette mer dont il voulait faire, disait-il, « un lac français » ; mais le moment n'était pas venu de les exécuter. En attendant, les protecteurs de Tourville n'obtenaient que de vagues promesses, et les années se passaient, si bien que Tourville commençait à se décourager. Il risquait sa vie tous les jours sans réussir à se faire remarquer en haut lieu, et il n'avait pas, pour se dédommager, la satisfaction de s'enrichir, puisqu'il avait volontairement renoncé à ses parts de prises.

Si peu superstitieux qu'il fût, il se disait que la fortune semblait l'abandonner depuis que le bon ange n'était plus là. Le rêve, toujours le rêve !

Quoi qu'il en fût, Tourville continuait à faire ce dur métier qui ne lui avait encore valu que de nouvelles victoires et de nouvelles blessures ; mais il commençait à s'en lasser, et il n'attendait qu'une occasion pour se retirer honorablement, dût-il rentrer au château où il était né et renoncer à l'ingrate carrière qu'il avait choisie.

L'occasion se présenta, vers la fin de l'année 1668, à la suite d'un combat prodigieux contre dix galères turques qui venaient de prendre un convoi vénitien richement chargé, qu'il leur arracha et qu'il ramena à Zante, après les les avoir coulées ou capturées. Tourville eut la pensée d'offrir à la République les prisonniers qu'il avait faits. Il les remit au provéditeur qui la représentait à Zante et qui s'empressa d'inviter, de la part du doge, le chevalier à se rendre de sa personne à Venise, où ce prince l'attendait pour le récompenser dignement en l'affiliant à Saint-Marc, honneur exceptionnel que la République accordait très rarement aux étrangers, et seulement à ceux qu'elle désirait retenir à son service.

Cette invitation était accompagnée d'une patente décernée par le sénat, où Hilarion de Tourville était qualifié : *l'invincible, le redoutable, la terreur des infidèles, le protecteur du commerce maritime.*

Et le provéditeur finissait en disant qu'il ne tenait qu'au chevalier d'ajouter à ces titres pompeux celui de généralissime des armées de mer de la Sérénissime République, avec des avantages magnifiques.

Il y avait de quoi tenter le vaillant cadet de Normandie qui, depuis tant d'années, se battait pour la gloire et surtout pour le plaisir de se battre ; mais il lui en coûtait de se mettre à la solde d'une République de marchands, lui qui aspirait à servir le roi de France.

Ce qu'il ne pouvait refuser, c'était de répondre à l'appel si flatteur du doge en se rendant à Venise sur la frégate qu'il avait si souvent menée à la victoire.

Il lui était bien permis d'être enfin à l'honneur, après avoir été si longtemps à la peine, et de prendre quelque repos après tant d'années de pénibles et périlleuses croisières.

Le chevalier n'était pas fâché non plus de voir cette ville, illustre entre toutes, qu'il ne connaissait pas encore ; et puisqu'il était à peu près résolu à clore sa vie d'aventures pour rentrer dans le calme de sa retraite normande, il se disait qu'il lui serait agréable de savoir enfin, si faire se pouvait, ce qu'étaient devenus ses amis de Siphnos.

Il fut reçu à Venise comme un souverain, au bruit du canon des forts, conduit en grande pompe au palais ducal, où le doge et le sénat l'attendaient pour le haranguer solennellement, et logé aux frais de l'État dans un des plus beaux palais du Grand Canal.

Après quoi, il eut toute liberté de vivre à sa guise et de jouir aussi longtemps qu'il lui plairait des plaisirs que Venise offrait alors à quiconque était bien pourvu d'argent. Le chevalier n'en manquait pas. La République le défrayait de tout et lui avait envoyé un présent de dix mille sequins, qu'il avait pu accepter sans scrupules, car le commerce vénitien lui devait des millions repris aux Turcs.

Tourville fut reçu à Venise comme un souverain.

Jamais le cadet de Tourville ne s'était vu si riche.

Avant d'en profiter pour se divertir, il voulut d'abord visiter les merveilles de cette ville étrange et superbe, et, le soir même, il se fit conduire à la place Saint-Marc, où l'attendait le spectacle imprévu d'une foule bizarrement accoutrée. Les hommes affublés d'une longue robe noire, à manches flottantes, d'un manteau aussi noir que la robe et d'une perruque démesurée; les femmes enveloppées de la tête aux pieds dans un vaste mantelet à capuchon avec un voile de dentelles. On ne voyait pas un visage. Hommes et femmes étaient masqués.

Tourville avait souvent ouï parler du carnaval de Venise; mais on était au mois de décembre, et il n'en revenait pas de l'étrange fantaisie qu'avaient euê tous ces gens-là de se promener déguisés de la sorte. Ils devaient en avoir l'habitude, car ils avaient l'air de se reconnaître en dépit des voiles et des masques, s'abordant, se quittant, circulant sans cesse sur la place et sous les galeries qui l'entourent de trois côtés, et riant très volontiers de l'ébahissement du chevalier qui tombait là en grand costume de cour : justaucorps de velours bleu, doublé d'incarnat, couvert d'aiguillettes de satin et de bouffettes de rubans, le chapeau galonné sur la tête et l'épée au côté.

Il venait de contempler dans toute leur majesté le doge et les sénateurs, sous les plafonds de la salle du Grand Conseil couverts des admirables peintures de Véronèse et du Tintoret, et il se demandait s'il avait maintenant sous les yeux des fous échappés des petites-maisons de Venise.

En voyant tant de gens en deuil, Marcouf, qui l'avait suivi, croyait assister à quelque cérémonie funèbre ou expiatoire, et il n'était pas très rassuré.

Son maître songeait à quitter cette place, où on le regardait comme un phénomène, lorsqu'il vit venir à lui un de ces hommes habillés de noir, qui se jeta dans ses bras, en s'écriant :

« Enfin, je vous trouve, mon cher chevalier!... Je savais bien que vous vous montreriez ici, ce soir... C'est le rendez-vous du beau monde comme l'est à Paris le Cours-la-Reine... Je vous ai vu passer tantôt quand on vous a mené en triomphe au sénat, mais je n'avais garde de vous aborder, car je suis à Venise tout à fait incognito...

— Quoi! c'est vous, d'Hocquincourt! murmura Tourville, qui avait reconnu la voix de l'ancien commandant de l'*Étoile de Diane.*

— Moi-même, cher ami,... et pas pour longtemps... **Je pars après-demain... Je vais à Paris.**

— Et votre frégate?

— Je l'ai vendue. Je suis las de courir les mers. Je vais servir dans la cavalerie. J'ai la promesse de M. de Turenne qu'il me donnera une compagnie à sa prochaine campagne. Et vous, mon cher chevalier?... Vous devez être content,... on ne parle que de vous d'un bout à l'autre de la Méditerranée, et les gens d'ici viennent de vous décerner un triomphe comme à un empereur romain. On dit déjà dans Venise qu'ils vont vous nommer généralissime de leur Sérénissime... Acceptez, Tourville!... acceptez... Ces marchands vous feront un pont d'or...

— J'aimerais mieux un vaisseau du roi à commander.

— Vous l'aurez, pardieu!... Justement, on parle d'armer, l'année prochaine, à Toulon, une flotte qui sera commandée par le duc de Vivonne. Il n'est pas marin, mais il est brave, et, avec lui, vous aurez de belles occasions... Maintenant, vous êtes bien homme à n'avoir jamais vu Venise...

— C'est la première fois que j'y viens.

— Eh bien! qu'en dites-vous?

— Je l'admire, mais je confesse que je m'y trouve fort dépaysé;... ces gens qui ont tous l'air de *carêmes-prenants!*... comme si c'était aujourd'hui le mardi gras;... expliquez-moi cela.

— Bon! vous ne savez pas qu'à Venise c'est mardi gras six mois de l'année. On prend le masque au mois d'octobre et on ne le quitte qu'à Pâques...

— Alors, ces promeneurs et ces promeneuses...?

— Sont pour la plupart des nobles, inscrits au Livre d'Or, ou des femmes de qualité. Un noble n'oserait pas se montrer autrement qu'en masque et en manteau. On porte dessous tout ce qu'on veut, même une robe de chambre, et l'on va dans cet équipage aux assemblées. Je vous conseille même de vous accommoder comme moi à l'usage du pays. Vous vous en trouverez très bien, et je me charge de vous procurer tout ce qu'il faut pour cela, dès ce soir, car je prétends vous mener au *ridotto*. C'est un aimable lieu où l'on joue fort gros jeu et où les seuls patriciens en robe rouge ont le droit de tenir la banque. Vous

« Enfin, je vous trouve, mon cher chevalier ! »

ne haïssez pas le pharaon, je suppose, quoique vous soyez resté, m'a-t-on dit, terriblement vertueux?

— Je n'y ai jamais joué depuis l'académie de M. de Renocourt, et, entre camarades, nous ne jouions que des quarts d'écu.

— Bon! mais à présent vous devez être en fonds.

— Je roule sur l'or, dit gaiement Tourville. La Sérénissime m'en a envoyé un gros sac pour me remercier d'avoir détruit quelques corsaires qui la gênaient.

— Vous voyez que ces marchands ont du bon. Moi, je ne suis pas mécon-

20

tent des profits de ma dernière campagne, et je donne l'assaut, tous les soirs, à la banque du seigneur Priuli, membre du Grand Conseil. Jusqu'à présent je n'y ai pas été malheureux, et je gagerais que vous y gagnerez des sommes. Vous verrez comme c'est amusant. »

Tourville n'était pas joueur, pas plus qu'il n'était débauché. Tourville n'avait pas de vices. Mais il se trouvait dans un état d'esprit qui le poussait à chercher des distractions. Le moment approchait où sa vie allait se décider, soit qu'il acceptât les brillantes propositions de la République, soit qu'au contraire il revînt à la cour de France chercher l'emploi qu'il ambitionnait. Avant de quitter Zante, il avait écrit une dernière fois à ses protecteurs pour leur demander conseil, en les priant de lui faire parvenir leurs réponses sous le couvert de l'ambassadeur de France à Venise. Il les attendait, ces réponses, et il ne se sentait pas éloigné, ce soir-là, de tenter la fortune au pharaon pour tromper son impatience.

« Serai-je obligé de me déguiser comme ces étranges masques pour entrer à votre *ridotto*? demanda-t-il avant de se prononcer.

— C'est l'usage, répondit d'Hocquincourt, et ce serait très facile. Il y a tout près d'ici, sous les Procuraties Vieilles, des fripiers qui vous vendraient la défroque exigée; mais on fera une exception pour vous;... on ne jure ici que par le chevalier de Tourville. Et puisque vous ne prenez pas plaisir à voir tourbillonner cette cohue, je puis vous mener sans plus tarder à la banque du seigneur Priuli.

— Bon!... mais que ferai-je de mon laquais?

— Il vous attendra à la porte, comme votre gondole vous attend, je suppose, au *traghetto*,... c'est-à-dire à l'embarcadère de la Piazzetta..

— Cette petite place en équerre avec celle-ci?

— Et où il y a le lion de Saint-Marc perché sur une colonne.

— Oui, c'est là que m'ont amené les gondoliers que la République a mis à ma disposition.

— Eh bien, c'est notre chemin pour aller au *ridotto*, qui se trouve sur le quai des Esclavons, un peu au delà du *ponte della Paglia,*... et vous verrez, en passant, le fameux pont des Soupirs.

— Vous savez votre Venise sur le bout du doigt, mon cher d'Hocquincourt.

— J'y suis venu si souvent depuis huit ans!... Pourquoi diable n'avez-vous pas fait comme moi, au lieu d'aller vous ravitailler dans les abominables trous qui foisonnent sur les côtes de la Morée? Ah! je devine,... vous faites des conquêtes partout.

— Vous vous trompez fort, je n'en ai jamais fait que sur les Turcs.

— Oh! j'en connais au moins une que vous ne pouvez pas nier... Celle de la fille du vieil Esculape de Siphnos; vous ne nierez pas qu'elle ait fait des folies pour vous, celle-là. Cruvillier nous a mis au courant.

— Cruvillier!... ah! l'infâme! »

Et Tourville expliqua tout à d'Hocquincourt, qui poussa de grandes exclamations.

Tout en causant, ils avaient fait du chemin, et M. d'Hocquincourt venait de s'arrêter devant un palais de belle apparence, dont les fenêtres étincelaient de lumières, car la nuit tombait au moment où ils s'étaient rencontrés sur la place Saint-Marc, et maintenant il faisait nuit tout à fait. Le ciel était noir comme de l'encre; de gros nuages roulaient, chassés par le vent d'est, et on entendait la mer gronder sourdement.

Tourville n'avait rien à craindre pour sa frégate, solidement affourchée sur ses ancres en dedans de la passe de Malamocco, et il lui tardait de se mettre au jeu pour tâcher d'oublier les mauvais propos que M. d'Hocquincourt avait eu le tort de lui répéter.

Marcouf avait suivi les deux chevaliers, et de très près, car il craignait de s'égarer dans ce dédale de ponts et de canaux. Il fut médiocrement satisfait quand Tourville lui commanda de battre l'estrade devant le *ridotto* et de ne s'éloigner sous aucun prétexte, jusqu'à ce que son maître vînt le relever de faction,

Ni lui, ni Tourville, ni d'Hocquincourt, n'avaient remarqué dans la foule un masque de haute taille qui s'était attaché à leurs pas et qui entra avec eux dans le palais où le seigneur Priuli tenait, contre tout venant, autant de sequins d'or que les joueurs voulaient en risquer.

Les salons regorgeaient de monde, et, au fond du dernier, Priuli, en vertu de son privilège de patricien, taillait une banque de pharaon, un jeu presque oublié aujourd'hui, qui fut le jeu à la mode pendant les deux derniers siècles. Ce noble personnage avait devant lui des montagnes d'or, près d'une balance dont Tourville ne devinait pas l'usage, et, pour marquer qu'il ne rougissait pas du métier qu'il faisait, il jouait à visage découvert.

Ainsi allaient alors les choses dans cette Venise où tout était permis à qui ne se mêlait point des affaires de l'État. L'aristocratie y gouvernait en laissant au peuple une licence complète, pourvu qu'il ne s'attaquât point à elle. La moindre atteinte à ses privilèges était un crime de mort, mais pour les plus méchantes actions l'impunité était entière; et, chose étrange, malgré la facilité que donnaient le masque, les rues étroites et les ponts sans garde-fous, les meurtres étaient rares.

Le jeu, ouvert à tous, faisait partie de ce système de gouvernement. Il détournait les esprits de la politique; il empêchait les plébéiens d'amasser pour faire fortune, et les nobles d'immobiliser leurs richesses.

Tourville, en s'approchant de la partie, ne songeait guère à ces considérations philosophiques, et d'Hocquincourt encore moins. D'Hocquincourt était venu dans l'espoir de gagner. Tourville était venu pour se distraire, et peu lui importait de laisser sur le tapis l'or qui lestait ses poches.

Son entrée fit sensation. Sa belle tête et l'élégante richesse de son costume auraient suffi pour qu'on l'admirât; mais beaucoup de ceux qui étaient là s'étaient trouvés sur son passage quand on l'avait, en grande pompe, conduit au palais ducal, et ils regardaient avec une curiosité respectueuse celui qu'ils appelaient le libérateur de l'Adriatique.

Priuli fut de tous le plus empressé. Il le salua gravement et il lui offrit un *livret,* c'est-à-dire, dans la langue des joueurs de pharaon, un petit paquet de treize cartes, en l'invitant avec un gracieux sourire à *ponter,* c'est-à-dire à miser, sur l'une d'elles, à son choix.

Tourville choisit un tas, et montrant du doigt un des monceaux d'or rangés devant le banquier :

« Volontiers, seigneur, dit-il froidement; cette masse sur cette carte. »

Il se retourna vivement et se trouva face à face avec un homme masqué.

Priuli s'inclina en signe d'assentiment et se mit à tirer les cartes une à une. A la sixième, l'as sortit pour le chevalier, et Priuli, toujours impassible, lui demanda s'il faisait le *paroli,* c'est-à-dire s'il voulait jouer quitte ou double.

Tourville allait accepter, quand une voix murmura derrière lui :

« Si le bon ange vous voyait! »

Il se retourna vivement et se trouva face à face avec un homme masqué.

Ce personnage en avait assez dit pour que Tourville voulût savoir d'où lui venait cet avertissement fort inattendu. Peu lui importaient les sequins qu'il avait gagnés et ceux qu'il aurait pu gagner encore.

« Seigneur, dit-il au banquier, excusez-moi si je remets à demain la revanche que je vous dois. La chaleur qu'il fait dans ce salon m'incommode et m'oblige à me retirer.

— A votre aise, Monsieur le chevalier, répondit courtoisement Priuli. Je vais donc faire peser tout cet or, afin de vous éviter l'ennui d'en charger vos poches, et je vais vous donner en échange un billet sur ma caisse.

— Veuillez remettre ce billet à mon ami que voici, dit Tourville en désignant d'Hocquincourt. Je ne me sens pas bien et ne saurais attendre. »

D'Hocquincourt crut que son camarade faisait *Charlemagne*, comme disent en leur argot les joueurs. Le banquier et la galerie le crurent aussi, et Tourville, à leurs yeux, perdit un peu de son prestige.

« Il n'est hardi qu'à la guerre, » murmura Priuli.

Le chevalier se souciait fort peu de ce que ces fous pensaient de lui. Il voulait s'expliquer avec l'homme qui venait de lui parler mystérieusement du bon ange, et il ne voulait pas l'aborder au milieu de cette foule.

L'inconnu semblait avoir deviné son intention, car il s'était éloigné de la table et il manœuvrait pour sortir du salon. Tourville le suivit, sans que d'Hocquincourt cherchât à le retenir. D'Hocquincourt venait d'être saisi par le démon du jeu; il ne songeait plus qu'à débanquer le seigneur Priuli, et Tourville aurait mal pris son temps pour lui faire de la morale.

X

A MURANO

A MURANO

RRIVÉ sur le quai des Esclavons, l'homme masqué s'arrêta pour attendre Tourville, qui l'aborda en disant :

« Que me voulez-vous ? Pourquoi m'avez-vous parlé bas, au pharaon ?

— Parce que je n'ai pas trouvé l'occasion de vous parler plus tôt, répondit l'homme en bon français, mais avec un accent italien très prononcé. Je vous suis depuis que vous êtes sorti du palais ducal, après la cérémonie de ce matin...

— Et pourquoi me suiviez-vous ? Est-ce que les inquisiteurs d'État vous ont chargé de m'espionner ?

— La République de Venise ne fait surveiller que ses ennemis, et M. le chevalier de Tourville est le plus ferme soutien de la gloire de Saint-Marc.

— Alors, de quelle part m'avez-vous donné un avertissement... que je ne vous demandais pas ?

— Il ne tient qu'à vous de le savoir.

— Que faut-il faire pour cela ?

— Venir avec moi.

21

— Où me conduirez-vous?

— Vous le verrez.

— Soit! montrez-moi le chemin, » dit Tourville.

Il avait oublié Marcouf; mais le gars se rappela à son souvenir en s'approchant tout doucement, et Tourville pensa avec raison qu'il ne pouvait pas le laisser seul sur le quai des Esclavons. Marcouf y serait resté indéfiniment, faute de savoir retrouver le palais où la République avait logé son maître.

Le chevalier lui fit signe de le suivre et suivit lui-même l'envoyé mystérieux, qui le conduisit au *traghetto* du quai, un embarcadère où des gondoles publiques attendaient d'être louées au trajet ou à l'heure, comme font à Paris les fiacres.

Elles étaient alors exactement ce qu'elles sont encore aujourd'hui et ce qu'elles étaient déjà depuis des siècles, ces étranges embarcations qui ressemblent à des catafalques, avec leur cabine basse en cuir noir, — la *felze*, — leur fer à l'avant en forme de hallebarde, et toutes uniformément peintes en noir, en vertu d'une loi qui datait de l'an 1450 et à laquelle les patriciens eux-mêmes étaient obligés de se conformer.

Tourville les trouvait originales et amusantes, mais Marcouf les avait en une sainte horreur, prétendant qu'elles avaient été faites pour porter le diable en terre, et non pas pour voiturer les chrétiens sur l'eau.

L'homme masqué en choisit une assez grande, à deux rameurs, et, sans discours inutiles, il invita du geste le chevalier à y monter.

« J'emmène avec moi mon valet, dit Tourville.

— Comme il vous plaira, seigneur. »

Marcouf fit la grimace, mais son maître le poussa dans la gondole, et Marcouf s'y accroupit prudemment.

Tourville entra sous la *felze*, et l'homme y prit place à côté de lui, après avoir donné brièvement aux rameurs des ordres que le chevalier ne comprit pas; car s'il avait fini par apprendre l'italien, il n'entendait pas un mot du zézayant patois vénitien.

L'homme masqué en choisit une assez grande, à deux rameurs.

Au commandement du gondolier d'arrière, — le *poupier,* comme ils disent, — la gondole démarra, tourna presque aussitôt à droite, passa sous le pont de la *Paglia* et s'engagea dans le canal étroit qui sépare le palais ducal du sombre édifice où la Sérénissime République enfermait alors les prisonniers d'État.

Depuis sa triomphale arrivée, Tourville n'avait encore navigué que sur le Grand Canal, par un beau soleil d'hiver, entre deux rangées de palais magnifiques, et il fut frappé du contraste. La nuit était sombre : pas une étoile au ciel, pas un fanal aux murs. Il ne connaissait pas Venise, et il ne savait pas où on le menait, faute d'avoir daigné s'en enquérir. Tout autre que lui aurait hésité ; mais Tourville ignorait la peur, et il prenait même un certain plaisir à se laisser emporter par cette barque à Caron qui semblait voler sur l'eau noire.

Il finit pourtant par se demander s'il n'était pas tombé dans un piège tendu par quelque ennemi inconnu : Cruvillier peut-être, qui n'aurait pas été fâché de se débarrasser de lui, afin de l'empêcher de se plaindre du méchant tour qu'il avait joué à la belle Andronique ; mais il était un peu tard pour s'en aviser, et il mit de l'amour-propre à ne pas questionner son guide, qui ne desserrait pas les dents.

Il chercha seulement à s'orienter, et, en sa qualité de marin, il n'eut pas de peine à constater que la gondole traversait, du sud au nord, la partie de Venise qui s'allonge vers le Lido, c'est-à-dire vers l'est.

Marcouf, beaucoup moins rassuré, tressautait au fond de la barque chaque fois que les rameurs jetaient leurs cris d'avertissement : *già è,* voilà ! et puis : *preme,* à droite, ou bien : *stali,* à gauche, pour éviter d'accrocher les gondoles qui venaient en sens inverse.

Les canaux succédaient aux canaux ; on passait sous des ponts et devant des églises dont l'eau baignait les marches. Parfois, la fière silhouette d'une statue équestre se dressait sur une place déserte. On n'entendait pas un chant, pas un bruit. C'était lugubre.

Enfin, la gondole déboucha à un canal plus large que les autres, et Tourville vit devant lui la lagune frissonnant sous le vent qui avait pris de la force.

« Où sommes-nous? demanda-t-il d'un air indifférent.

— Seigneur, répondit l'inconnu masqué, nous sommes dans le canal *dei Mendicanti;* nous venons de laisser derrière nous l'église *San-Giovanni e Paolo* et le monument du héros Colleoni; nous arrivons aux *Fondamente nuove,* qui sont les quais de Venise...

— Et où allons-nous? interrompit Tourville, que cette énumération n'intéressait guère et ne renseignait pas du tout.

— A Murano, seigneur. Ne le saviez-vous pas? »

Tourville avait complètement oublié que la belle Andronique avait été élevée dans un des couvents de cette île, située au nord et tout près de Venise. Il s'en souvint tout à coup, et il ne douta plus des intentions de son guide.

Était-ce Andronique qui le lui avait envoyé? Il le crut, et, supposant qu'elle habitait Murano avec son père, il ne pensa plus qu'à la joie de les revoir.

Marcouf n'osait ni remuer ni parler. On passait devant un îlot qui sert de cimetière aux Vénitiens, et il fermait les yeux pour ne pas voir les pierres tombales dont la blancheur tranchait sur l'horizon noir.

Marcouf ne craignait ni l'eau ni le feu, mais il avait peur des revenants.

Les courtes vagues de la lagune secouaient rudement la gondole, et les deux rameurs eurent de la peine à doubler la pointe orientale de l'île, car le vent était contraire. Ils y parvinrent, après trois quarts d'heure d'efforts, et Tourville, qui s'y connaissait, rendit justice à leur vigueur et à leur adresse. Les meilleurs canotiers de sa frégate n'auraient pas fait mieux.

Enfin, la gondole accosta, et, en prenant terre, l'homme masqué dit au chevalier :

« Ces barcarols vont vous attendre, seigneur. Je les recommande à votre générosité, car le temps est mauvais ce soir, et la traversée de retour sera dure. Maintenant, veuillez me suivre. »

Tourville s'était promis de ne plus l'interroger, et il grimpa derrière lui par un chemin assez raide, qui les mena au sommet d'une côte rocheuse. De là, ils dominaient tout à la fois l'île et la lagune.

« Je le savais bien, qu'il nous menait en enfer, murmura Marcouf. Je vois les diables qui nous attendent. »

A cent pas d'eux, flambait sous un hangar un immense brasier devant lequel passaient et repassaient des hommes à demi nus, armés d'instruments qui de loin ressemblaient à des fourches.

« Qu'est-ce que cela? demanda le chevalier stupéfait.

— Seigneur, c'est une verrerie. »

Tourville, qui n'en avait jamais vu, s'arrêta un instant à regarder ce curieux spectacle.

« La maison où nous allons y touche, reprit l'homme. Vous la voyez d'ici, à la clarté des fourneaux. »

Tourville n'y comprenait plus rien. Il savait bien qu'en France, et particulièrement en Normandie, il existait des gentilshommes verriers; il avait aussi entendu dire qu'à Venise, depuis les temps les plus reculés, on fabriquait des glaces taillées en biseau; mais quelle apparence que le chirurgien de Siphnos se fût lancé dans cette industrie!

C'était cependant la seule explication plausible de cette aventure, et le chevalier vit bientôt que c'était la vraie.

Sur le seuil de la maison que le guide avait désignée se tenait un homme qui leva les bras au ciel en apercevant Tourville et que Tourville eut quelque peine à reconnaître, car il avait beaucoup changé depuis huit ans, quoiqu'il fût encore très vert. Il avait troqué sa robe et sa toque de médecin grec contre un habit et un bonnet à la vénitienne. Il avait coupé sa longue barbe grise et il portait une ample perruque, tout comme les nobles et les bourgeois qui se promenaient sur la place Saint-Marc.

Jani reçut le chevalier avec de grandes démonstrations de joie et lui dit tout d'abord :

« Ma chère fille et moi, nous avions appris que vous veniez de débarquer à Venise. Il nous tardait de vous voir, et vous ne pouviez pas deviner que nous nous étions fixés à Murano. J'ai prié mon ami et associé Carlo Carini d'aller vous chercher. Il ne vous avait jamais vu, mais vous n'étiez pas difficile à trouver, car, depuis ce matin, il n'est pas un Vénitien qui ne connaisse le visage du chevalier de Tourville. Andronique lui a expliqué ce qu'il aurait à faire et à dire pour vous décider à le suivre. Il y a réussi, et j'en remercie Dieu. »

Carini venait d'ôter son masque. Tourville vit que c'était un beau jeune homme dont la figure avait une expression intelligente et sympathique, avec le type italien très prononcé.

« Va, mon cher enfant, reprit Jani; les contremaîtres t'attendent à la fabrique. Quand tu auras donné tes ordres, tu viendras nous rejoindre chez ma fille, qui désire te remercier. »

L'associé salua et laissa Jani en tête-à-tête avec Tourville, encore tout étonné.

« Venez, Monsieur le chevalier, » reprit le vieillard.

Et regardant Marcouf :

« C'est ce garçon qui vous servait à Siphnos?... Mes gens vont le bien traiter. Il le mérite, pour vous avoir été fidèle. »

Après avoir donné cette marque d'intérêt à Guillaumet, qui en fut très flatté, le bon Jani introduisit Tourville dans son *casino,* comme on appelle à Venise les habitations des îles de la lagune et des rives de la Brenta.

Il était splendide, ce *casino,* qui ne ressemblait guère à la modeste maison de Siphnos. Sous le vestibule étaient rangés des laquais en livrée. Un large escalier de marbre conduisait, au premier étage, à une immense salle dont les hauts plafonds avaient été peints par d'anciens maîtres vénitiens.

Le chirurgien, devenu verrier, devait rouler sur l'or.

Tourville n'eut pas le temps de le complimenter sur sa nouvelle fortune, car Andronique vint à lui.

Elle aussi était transfigurée. Sa beauté avait pris un autre caractère. A Siphnos, le galant chevalier d'Hocquincourt, s'il lui eût été présenté, n'aurait pas manqué de la comparer à Vénus. Maintenant, elle ressemblait plutôt à

Minerve, l'imposante déesse. Les lignes de son visage n'avaient rien perdu de leur pureté, mais ses yeux brillaient d'un feu sombre, le feu du patriotisme. Elle avait l'air d'une inspirée.

Elle n'était pas vêtue à la grecque. Elle avait pris le grand habit des patriciennes de Venise, moins élégant, mais plus majestueux, et ce nouveau costume lui seyait à merveille.

« Soyez le bienvenu, Monsieur le chevalier. »

« Soyez le bienvenu, Monsieur le chevalier... Il y a huit ans que je vous attends, dit-elle avec un sourire qui illumina, comme un rayon de soleil, sa physionomie sévère.

— Pardonnez-moi, Mademoiselle, murmura le chevalier. J'étais en mer et...

— Je le sais,... je sais tout ce que vous avez fait presque jour par jour, depuis que vous nous avez quittés. Voulez-vous que je vous cite des épisodes de vos croisières?... Vous souvenez-vous de ce jour où, près de la côte d'Albanie, vous avez failli tomber au milieu d'une flottille de corsaires algériens qui vous guettaient cachés derrière le cap Linguetta?...

22

— Comment l'aurais-je oublié?... J'étais perdu, si un brave pêcheur italien, sorti tout exprès du petit port d'Avlona, n'était venu, au péril de sa vie, m'avertir du danger...

— Giuseppe Tiépolo, de Chioggia... Je l'ai récompensé en lui achetant une maison, où maintenant il vit heureux avec sa femme et ses enfants. N'est-ce pas lui aussi qui, deux ans après, entre les îles de Sainte-Maure et de Céphalonie...

— Ah! s'écria Tourville, ingrat que j'étais! moi qui croyais que le bon ange ne veillait plus sur moi, et c'était lui qui me protégeait!

— C'est Dieu qui vous a protégé, parce qu'il a des desseins sur vous, Monsieur le chevalier,... et vous les remplirez en affranchissant mes deux patries, l'Italie et la Grèce... Je lui demande de nous permettre de vous y aider, mon père et moi... J'espère qu'il me fera cette grâce...

— Il a béni mes efforts, dit Jani; je lui dois des richesses que j'emploierai à soutenir notre sainte cause. Les temps sont venus où votre roi va être forcé de secourir Candie... J'ai acquis d'assez grands biens pour armer à mes frais des vaisseaux qui prendront part à cette glorieuse croisade contre les infidèles.

— Me jugeriez-vous digne d'en commander un? demanda Tourville.

— Certes, oui, mais...

— Monsieur le chevalier, interrompit Andronique, mon père n'aspire pas à un si grand honneur. C'est la France que vous devez servir, et votre place est marquée sur la flotte du roi Louis XIV.

— Je le voudrais, Mademoiselle, mais le roi ne songe pas à moi. J'ai tout fait pour me signaler, et il sait à peine mon nom, qui est connu d'un bout à l'autre de l'Adriatique. J'avoue que je suis découragé.

— Vous ne pouvez pas faillir à votre destinée, et s'il est vrai que je suis votre bon ange, écoutez ma voix... Je vous conjure de ne pas renoncer à la gloire qui vous attend.

— Elle ne m'attend pas au service de la France, Mademoiselle, puisque le roi ne m'y appelle pas. La République de Venise m'a fait des offres magnifiques : il ne tiendrait qu'à moi de commander sa flotte. Me conseillez-vous d'accepter?.

— Non, Monsieur le chevalier. Les Vénitiens sont des marchands qui vous emploieraient à protéger leur commerce. Vous êtes né pour combattre sous le drapeau de la France. Présentez-vous à votre roi et demandez-lui un vaisseau... Il ne vous le refusera pas,... je vous le prédis, et vous savez que je lis dans l'avenir. »

Tourville ne croyait pas beaucoup à la science divinatoire de la belle Andronique, et pourtant ce langage fit sur lui une profonde impression. Andronique lui avait déjà porté bonheur; pourquoi sa prédiction ne s'accomplirait-elle pas cette fois encore?

« Puissiez-vous dire vrai. s'écria-t-il. Les offres du sénat me tentent peu, et si je ne dois pas revoir Venise, je n'y regretterai que vous, Mademoiselle, et votre digne père.

— Nous n'y resterons pas, Monsieur le chevalier, dit Jani. Ma fortune est faite, et je me reprocherais d'en jouir tranquillement avant que mes frères de Grèce soient délivrés de leurs oppresseurs. Si la France se décide à envoyer une expédition au secours de Candie, j'en veux être,... et j'en serai.

— Quoi, seigneur! vous abandonneriez cette fabrique en pleine prospérité, ce palais délicieux...

— Je céderai tout à ce brave Carini, qui s'en accommodera... pour l'amour de moi, car, lui aussi, il est patriote, et il aimerait mieux servir son pays... »

Le chevalier n'osa pas demander ce que deviendrait alors Andronique, mais elle lut dans sa pensée, car elle lui dit, sans qu'il l'interrogeât :

« Je suivrai mon père. »

Où et comment? Elle ne s'expliqua pas sur ces deux points, et Tourville s'abstint d'insister. Il s'attendait à tout de la part du père et de la fille, aussi exaltés l'un que l'autre, et rien ne pouvait plus l'étonner.

Il s'empressa même de passer à un autre sujet d'entretien. Il s'enquit de la vie qu'ils menaient, depuis qu'ils habitaient Murano, et il ne fut pas peu surpris d'apprendre qu'ils ne voyaient presque personne à Venise, quoique le riche verrier Jani, veuf d'une Bragadini dont les ancêtres étaient inscrits au Livre d'Or de la noblesse, fût très-considéré dans la ville des doges. Il n'y venait que pour ses affaires commerciales, et sa charmante fille se privait volontairement de se montrer dans les salons patriciens, où elle aurait eu de plein droit ses entrées.

Et il ne paraissait pas que sa merveilleuse beauté eût attiré à Murano des prétendants à sa main, qu'elle aurait sans doute mal reçus, car il semblait que, depuis son départ de Siphnos, elle n'eût pas songé à autre chose qu'à sa patrie et à son héros, ce chevalier de Tourville qu'elle n'avait pas cessé de protéger de loin.

Profondément touché de ce dévouement persévérant, et un peu troublé aussi par les incidents de cette journée si bien remplie, Tourville jugea convenable de ne pas trop prolonger cette première visite, et il prit congé, sans que la belle Andronique exigeât de lui autre chose que la promesse de ne pas quitter Venise sans la revoir.

Tourville s'y engagea; il regagna sa gondole avec Marcouf, et les rameurs l'eurent bientôt ramené au seuil du palais que la République avait mis à sa disposition.

Tourville fut un peu surpris de trouver ce palais brillamment illuminé et toute une flottille de gondoles rangées devant le perron du vestibule, où l'attendaient une armée de serviteurs. Le sénat traitait son hôte en prince, mais il avait eu soin de mêler à la livrée quelques affiliés de Saint-Marc, espions des inquisiteurs d'État.

Peu importait au chevalier, qui n'avait rien à cacher.

Un majordome le reçut à l'entrée et lui présenta sur un plateau d'argent des lettres apportées par un envoyé de l'ambassade de France, où venait d'arriver un courrier de Paris.

Tourville les attendait avec impatience, et elles arrivaient à point, puisqu'il allait avoir une grave résolution à prendre à très bref délai. Il s'agissait d'accepter ou de refuser les propositions du gouvernement vénitien ; il ne pouvait pas différer longtemps de faire connaître sa réponse, et il comptait que ces lettres de France allaient le fixer sur les chances qui lui restaient d'entrer au service du roi.

Il y en avait une de M. de la Roche-Foucauld, une de M. de Gouville, son beau-frère, et une de la comtesse de Tourville. Il commença par celle-là, car il avait pour sa mère une profonde affection, il faisait grand cas de ses conseils, et pour rien au monde il ne lui aurait désobéi.

La bonne dame se prononçait nettement : elle pressait son fils de revenir et elle appuyait son avis sur d'excellentes raisons. Elle lui représentait que la réputation qu'il s'était acquise dans le Levant lui ferait obtenir un emploi digne de son mérite, tandis que le métier de corsaire ne le mènerait tout au plus qu'à s'enrichir, et que l'honneur qu'il y pourrait acquérir n'était point comparable à celui qu'il pouvait espérer en servant sa patrie et son roi.

Elle ajoutait que si ces considérations ne le déterminaient point à rentrer en France, il devrait encore le faire pour revoir une mère qui l'avait toujours tendrement aimé.

Cette touchante prière suffisait à décider Tourville, et il aurait pu se dispenser de décacheter les deux autres missives.

Il les lut pourtant, et il ne trouva rien qui le détournât de se rendre au désir de la comtesse.

M. de la Roche-Foucauld se bornait à l'assurer que sa protection ne lui ferait jamais défaut et qu'il restait tout au service de son jeune parent.

M. de Gouville engageait le chevalier à venir se montrer à la cour, et il expliquait pourquoi le moment serait très bien choisi. L'expédition de Candie était arrêtée en principe dans les conseils de Sa Majesté. M. Colbert, ministre de la marine, consacrait tout son temps à la préparer. On disait que la flotte, composée de vaisseaux et de galères, serait sous les ordres de M. le duc de Vivonne et que les troupes seraient commandées par M. le duc de Beaufort, lequel avait toujours voulu du bien au marquis de Gouville, qui se trouvait ainsi en situation de lui recommander son beau-frère.

Il n'en fallait pas tant pour mettre fin aux hésitations de Tourville. Tous ceux qui l'aimaient étaient d'accord pour l'inviter à prendre congé de la Sérénissime République, tous y compris son bon ange, qui venait de l'exhorter à ne plus combattre que pour la France et pour la Grèce.

« Fais tes paquets, dit-il à Marcouf; nous partons dans trois jours... et pas pour aller en croisière.

— Pour le Cotentin, peut-être! s'écria joyeusement Guillaumet.

— Pour Paris d'abord, et pour le Cotentin après. »

Le gars remercia Dieu en faisant le signe de la croix, et le chevalier, heureux d'en avoir fini avec les hésitations, prit plaisir à relire ces lettres des siens qu'il n'avait pas vus depuis tant d'années. Ses souvenirs d'enfance lui revinrent, évoqués par ces mots que sa sœur aînée, Lucie, marquise de Gouville, avait ajoutés de sa main à l'épître du marquis : « Il me tarde d'embrasser *mademoiselle Hilarion.* »

Cette allusion à la scène où il avait figuré habillé en fille toucha le vaillant marin, vainqueur en cent combats, et il essuyait une larme quand le chevalier d'Hocquincourt entra en disant :

« Enfin, je vous retrouve! Qu'êtes-vous devenu, bon Dieu! et pourquoi m'avez-vous laissé seul aux prises avec ce maudit Priuli, qui m'a gagné tout ce que je possédais... et même ce que je ne possédais pas, car... j'aime mieux me confesser tout de suite,... j'ai perdu contre lui le billet qu'il vous avait fait et qu'il m'a remis après votre départ.

— Ne vous tourmentez pas de cette bagatelle, mon cher chevalier, dit Tourville. Vous vous acquitterez plus tard,... à votre commodité.

— Neuf livres d'or!... oui, mon cher... Il a pesé et il s'est trouvé que vous aviez gagné sur une carte neuf livres d'or,... qui font plus de trente mille francs de notre monnaie française... et que je vous dois.

— Vous me les rendrez à Paris, quand vous serez en fonds. Je n'ai nul besoin de cette somme. La République m'a comblé, et je vais lui céder ma frégate.

— Alors, décidément, vous renoncez à servir Saint-Marc?

— J'aime mieux servir la France; je suis sûr que vous m'approuverez, puisque vous allez faire comme moi.

— Oui, j'y suis décidé... Quand partez-vous?

Il obtint, dès le lendemain, son audience du doge.

— Dès que j'aurai pris congé du doge, et j'espère qu'il m'accordera une audience après-demain.

— Alors, nous pourrons partir ensemble. En voyageant à deux, la poste nous coûtera moins cher.

— Je serai très heureux de faire route avec vous, mon cher chevalier, comme, sur mer, au temps de mon premier embarquement.

— Et moi donc!... Vous êtes le meilleur *matelot* que j'aie jamais eu depuis que je navigue. Et, pardieu! chevalier, il faut que je vous embrasse. »

Après l'accolade, le bon d'Hocquincourt se répandit en protestations d'amitié qui étaient sincères; puis le naturel revint au galop, et il se mit à questionner

Tourville sur la cause de son brusque départ du *ridotto;* mais il n'en tira que des réponses évasives, et il dut s'en aller sans avoir pu satisfaire sa curiosité.

Tourville était fermement décidé à ne parler à personne de sa visite à Murano ; il était moins fixé sur la suite qu'il donnerait à cette visite. Il avait pris l'engagement de revenir au *casino* du chirurgien-verrier, et cet engagement, il hésitait à le tenir. Ce n'était pas que l'envie lui manquât de revoir Andronique ; mais il se demandait s'il ne valait pas mieux éviter de l'entendre encore exposer des projets qu'il ne voulait pas encourager. Il admirait son courage et il éprouvait pour elle autant de sympathie que de reconnaissance ; mais il lui semblait sage de ne pas attiser le feu du patriotisme qui enflammait cette belle et touchante héroïne. Le vieux Jani ne cherchait pas à l'éteindre chez sa fille, ce feu dont il brûlait lui-même ; mais il avait sur elle des droits dont Tourville tenait à le laisser libre d'user comme il l'entendrait. S'ils se lançaient dans la noble et périlleuse entreprise qu'ils rêvaient, le chevalier n'aurait pas à se reprocher de les y avoir poussés. Il penchait donc à s'abstenir de retourner à Murano, mais il ne se dissimulait pas que ce serait de l'ingratitude, après ce qu'ils avaient fait pour lui. Le père lui avait sauvé la vie à Siphnos ; la fille, dans l'Adriatique, l'avait dix fois préservé des corsaires. Depuis huit ans, leur dévouement ne s'était pas lassé ; le romanesque et pur attachement d'Andronique pour le chevalier qu'elle appelait son héros ne s'était pas démenti. Comment n'en aurait-il pas coûté à Tourville de partir sans les revoir ?

Il obtint, dès le lendemain, son audience du doge, qui lui exprima tous ses regrets de n'avoir pu le retenir au service de Venise et lui annonça que la République lui achèterait sa frégate au prix qu'il fixerait lui-même. Il ne restait plus au chevalier de Tourville qu'à dire adieu aux vaillants marins de son équipage, et il s'acquitta le même jour de ce devoir. Ce fut une scène émouvante, car ils l'adoraient, et plus d'un lui baisa les mains en le suppliant de se souvenir d'eux quand il reprendrait un commandement.

Enfin, le jour suivant, comme il hésitait encore, une visite inattendue de Jani au palais Balbi vint fort à propos mettre fin à ses incertitudes.

Le brave vieillard lui dit que sa fille et lui avaient appris son départ, qu'ils le félicitaient d'avoir pris ce parti et qu'ils faisaient les vœux les plus ardents que le roi de France lui confiât un de ses vaisseaux. Sur leurs projets, il glissa légèrement, et Tourville, ravi de le trouver si raisonnable, ne lui en demanda pas davantage. Mais Jani fit beaucoup de questions sur ceux du chevalier. Il voulut savoir comment Tourville allait employer le temps de son séjour en France. En passerait-il une partie au château de la comtesse sa mère? ou logerait-il à Paris? Suivrait-il la cour, si elle se transportait à Saint-Germain ou dans quelque autre résidence royale, en attendant qu'elle se fixât à Versailles, qui n'était pas encore habitable? Verrait-il M. le duc de Beaufort et M. Colbert?

Tourville répondit de son mieux à ces interrogations, qui témoignaient de l'intérêt que le vieillard et sa fille prenaient à tout ce qui touchait leur héros. Il chargea Jani de l'excuser auprès d'Andronique et de l'assurer que le chevalier de Tourville aurait toujours pour elle les mêmes sentiments. L'entrevue avait été cordiale, la séparation fut amicale, et Tourville ne songea plus qu'à quitter la ville des doges.

23

XI

CE GROS CREVÉ DE VIVONNE

CE GROS CREVÉ DE VIVONNE

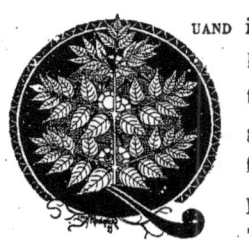UAND il était arrivé à Paris, Hilarion avait été reçu par le chevalier d'Hocquincourt, qui lui avait cédé la moitié de son hôtel de la rue du Petit-Bourbon et qui, malgré ses travers, était un galant homme. Tourville avait fait sous les ordres de d'Hocquincourt sa première campagne de mer; d'Hocquincourt était son frère d'armes : Tourville pouvait bien accepter d'être son hôte.

Paris manquait alors d'auberges où un seigneur de quelque importance pût s'installer convenablement pour un séjour prolongé; le marquis de Gouville, qui passait une grande partie de l'année dans ses terres de Normandie, n'avait pas à Paris de maison montée où il pût recevoir son beau-frère, et M. de la Roche-Foucauld était un trop grand personnage pour qu'un parent qui n'était encore qu'un cadet de famille se permît de descendre chez lui.

Ces messieurs l'avaient d'ailleurs chaleureusement accueilli, et M. de la Roche-Foucauld s'était empressé de le conduire, presque au débotté, au Louvre, où la cour allait passer l'hiver.

Le jeune chevalier y avait, comme on dirait de nos jours, fait sensation. Il n'était pas aussi connu à Paris qu'à Venise, car en ce temps-là elles étaient rares, les gazettes qui auraient propagé sa renommée; mais d'Hocquincourt, très répandu dans tous les mondes, **allait** racontant partout les exploits de son ami.

La bonne mine de Tourville avait fait le reste, et son succès était complet. Le roi lui avait témoigné le plaisir qu'il prenait à voir un gentilhomme dont on parlait avec tant d'éloges, et il avait daigné l'interroger sur la manière de combattre les Turcs. Tourville racontait bien, parce qu'il racontait clairement et simplement. Le roi, après l'avoir écouté avec attention, lui avait trouvé beaucoup d'esprit et de jugement et avait conclu en disant qu'il voulait le fixer à son service; à quoi Tourville avait répondu qu'il serait au comble de ses vœux s'il pouvait sacrifier sa vie pour Sa Majesté.

Ce début promettait; mais, trois mois après cette audience royale, le chevalier en était toujours au même point.

Il avait ses entrées à la cour, mais l'occasion d'aborder le roi ne s'était plus présentée, et il attendait encore l'effet de l'accueil et des promesses du souverain. On parlait, sous le manteau, de l'expédition de Candie, mais il semblait qu'un mot d'ordre eût été donné d'en haut pour n'en point parler ouvertement.

Les gens qui se prétendaient bien informés — il y en avait déjà sous Louis XIV — disaient tout bas qu'il s'était élevé une grosse difficulté avec le pape Clément IX, à propos du commandement des galères que Sa Sainteté voulait envoyer au secours de Candie, en même temps que la flotte française.

Ce qu'il y avait de certain, c'est que rien ne se décidait et que, si on laissait passer la saison favorable, le départ de l'armée de secours serait forcément remis à l'année prochaine.

Et en attendant, le pauvre chevalier se morfondait dans une inaction qui le désolait et dont il n'apercevait pas la fin.

Il en était presque venu à regretter de **n'avoir pas** accepté les offres de la Sérénissime République de Venise.

Ses protecteurs s'évertuaient à le réconforter et n'y réussissaient guère. Il était allé voir sa mère en Cotentin, et le bonheur de l'embrasser tendrement, après une longue séparation, ne l'avait pas consolé des déceptions qu'il venait d'éprouver.

Il lui manquait pour le soutenir en ce temps d'épreuves les encouragements de ses amis de Siphnos.

Ils ne lui avaient pas donné signe de vie depuis la visite du père au palais Balbi, et il ne leur avait pas donné de ses nouvelles, pour plus d'une raison. La première était qu'il n'écrivait jamais qu'à son corps défendant. L'homme de mer n'était pas homme de plume, et lorsqu'il naviguait, il avait regretté plus d'une fois de ne pas avoir un secrétaire qui lui aurait épargné l'ennui de noircir du papier. Les autres raisons, plus excusables, celles-là, étaient qu'il craignait de troubler le repos de Jani et de sa fille, et qu'il doutait fort qu'ils fussent encore à leur casino de Murano, le père lui ayant formellement déclaré qu'il allait céder sa verrerie à son associé.

Tourville, d'ailleurs, était persuadé que sa romanesque aventure avec Andronique était close, et les projets guerriers de la belle Grecque lui semblaient de plus en plus chimériques. Mais il pensait encore au bon ange envolé.

Depuis son arrivée à Paris, il vivait très retiré, sans négliger toutefois de rendre ses devoirs à qui de droit. Il se montrait au Louvre et chez M. de la Roche-Foucauld, mais on ne le voyait jamais dans les antichambres de puissants personnages qui auraient pu lui être fort utiles : M. Colbert, par exemple, qui tenait le département de la marine, ou M. de Louvois, chargé depuis trois ans déjà de tout le détail des armées.

Et si le chevalier négligeait les ministres, il avait le tort encore plus grand de négliger aussi des seigneurs bien en cour, comme le frère de la marquise de Montespan, M. le duc de Vivonne, qui paraissait devoir être appelé bientôt à commander sur mer; ou encore M. le duc de Beaufort, qui, après avoir été longtemps en disgrâce, après ses frasques de la Fronde, s'était raccommodé avec le roi et venait de conduire contre les Barbaresques de Gigelli une entreprise dont l'insuccès ne lui avait pas fait perdre la faveur de Louis XIV.

Tourville s'était quelquefois laissé entraîner par son ami d'Hocquincourt au jeu de paume, où il excellait, comme à tous les exercices du corps, et même au cabaret de Renard, qui était le rendez-vous habituel des nobles viveurs de l'époque, et que M. de Beaufort avait beaucoup fréquenté du temps où il se glorifiait d'exploits populaciers qui lui avaient valu le surnom de *Roi des Halles*. Mais Tourville ne se plaisait guère en ces lieux-là. Il passait plus volontiers ses journées à errer solitairement dans Paris et ses soirées chez sa sœur, la marquise de Gouville, qui, pendant ses courts séjours à Paris, recevait la meilleure compagnie.

En dépit de cette sage conduite, ses affaires n'avançaient pas.

On était à la fin d'avril, et les bruits de l'envoi à Candie d'une flotte et d'une armée prenaient chaque jour plus de consistance, sans que Tourville entendît parler d'un commandement que le roi lui avait presque promis. Ses protecteurs commençaient à se décourager aussi. M. de la Roche-Foucauld s'en était allé dans un de ses châteaux; et M. de Gouville avait repris le chemin de la Normandie; si bien que le pauvre chevalier ne savait plus à quel saint se vouer.

Il en était là lorsqu'un matin, sortant de l'hôtel d'Hocquincourt pour aller promener aux Tuileries ses rêveries et ses chagrins, il fut abordé à la porte de l'hôtel par une femme mal accoutrée et encapuchonnée d'une mante rabattue sur son visage. Il la prit pour une mendiante et il allait mettre une aumône dans la main qu'elle lui tendait; mais, au lieu de recevoir la pièce qu'il lui offrait, elle lui glissa entre les doigts un papier plié en quatre et elle détala vivement.

Le chevalier ne pouvait pas courir après elle, et peu s'en fallut qu'il ne jetât le papier. Il se décida cependant à le déplier et il eut la stupéfaction d'y lire ces mots : « Hâtez-vous de voir M. le duc de Vivonne, à l'hôtel de Mortemart, et M. le duc de Beaufort, en sa nouvelle maison de la rue Quincampoix. C'est le chemin pour aller à Candie. »

Sans cette dernière phrase, Tourville n'aurait pas pris au sérieux cette invitation à faire immédiatement deux visites qu'il avait négligées, mais il fallait que la personne qui lui parlait de Candie fût informée du dessein qu'il avait formé de faire partie de l'expédition, et qu'il n'avait confié qu'à ses intimes.

Elle lui glissa entre les doigts un papier plié en quatre.

Qui donc lui donnait cet avis? Ses protecteurs étaient absents, et d'Hocquincourt n'aurait pas mis tant de mystère à lui conseiller une démarche qu'il lui avait plus d'une fois recommandée, en causant avec lui.

Le chevalier se creusait la tête pour deviner cette énigme, quand tout à coup il lui vint une idée :

« Le bon ange! » murmura-t-il.

La supposition était invraisemblable; mais la noble fille qui, depuis huit ans, l'avait si souvent averti quand un danger le menaçait sur la mer, celle-là pouvait bien lui indiquer, à Paris, le moyen d'entrer dans la marine du roi. Seulement, il fallait qu'elle y fût, à Paris; et alors, comment ne lui avait-elle pas encore fait savoir qu'elle y était? Comment aussi était-elle informée de ce qui se passait à la cour, et comment se trouvait-elle à même de désigner au chevalier les deux personnages qui étaient en situation de lui être utiles?

Autant de questions que Tourville se posa sans pouvoir y répondre, et qu'il se réserva d'examiner plus tard; mais il crut que l'avertissement venait d'elle, et il résolut d'en profiter.

Que risquait-il? Les deux ducs connaissaient certainement son nom; Ils ne refuseraient pas de le recevoir et de l'entendre.

Le pis qui pût lui arriver, c'était de n'en obtenir que des promesses vagues. Et, en ce cas, il se retrouverait exactement dans la situation où il vivait depuis quatre mois.

Il savait où demeuraient ces deux seigneurs. L'hôtel qu'habitait M. de Vivonne était au faubourg Saint-Germain, presque dans le voisinage de la rue du Petit-Bourbon, et Tourville décida de commencer par là cette tournée de sollicitations, toute nouvelle pour lui.

L'heure était convenable, car on dînait alors à midi, et le duc devait avoir fini. Il passait pour aimer la table et pour posséder un excellent estomac. Le chevalier arriverait donc au moment où la facile digestion d'un repas succulent disposerait M. de Vivonne à lui faire un accueil aimable.

Le calcul était juste, car il fut introduit sans difficulté sur l'annonce de son nom, et il trouva ce seigneur, rouge à faire frémir, sans perruque, vautré dans un immense fauteuil, une main appuyée sur son large ventre qui menaçait de faire crever son justaucorps écarlate à galons d'or.

Un maître d'hôtel, debout, lui présentait un verre de cristal, rempli de vin de Champagne, et quelques gentilshommes qui avaient eu l'honneur d'être ses convives s'apprêtaient à lui faire raison.

C'était un singulier personnage que Louis-Victor de Rochechouart de Mortemart, duc de Vivonne et prince de Tonnay-Charente. Il n'avait alors que trente-trois ans et il était déjà gros comme un muid. Sa figure grasse et fleurie aurait fait honneur à un chanoine, mais ses yeux pétillaient de l'esprit des Mortemart, cet esprit railleur et salé que ses trois sœurs possédaient au même degré que lui. Il n'avait l'air ni d'un savant ni d'un homme de guerre, et pourtant il était très lettré et d'une bravoure à toute épreuve. Il vivait à Paris dans la familiarité de Racine, de Molière et de Boileau, et il avait brillamment servi sur terre et sur mer. Malheureusement, ses qualités étaient gâtées par un goût immodéré pour la bonne chère et par une incurable paresse.

Tourville, qui le connaissait de réputation, ne fut pas trop surpris de ses allures débraillées et lui débita, sans se déconcerter, un compliment approprié à la circonstance, que Vivonne interrompit pour lui dire :

« Soyez le bienvenu, Monsieur le chevalier !... Il y a longtemps que je désirais vous voir, et vous arrivez à point. Je viens de fêter à table avec quelques amis mon nouveau grade de lieutenant général ès mers du Levant, et vous allez boire avec nous au succès des galères que je vais mener à Candie.

— De grand cœur, Monseigneur, » répondit Tourville, en trempant ses lèvres dans le verre que lui présentait l'officier de bouche.

En même temps, il pensait joyeusement :

« C'est donc vrai !... on va secourir Candie, et c'est lui qui va commander une partie de la flotte... L'avis que j'ai reçu est venu à propos, d'où qu'il vienne. »

« Eh quoi, chevalier ! s'écria Vivonne, qui avait fort bien vu Tourville poser son verre plein, est-ce ainsi que vous me tenez tête?... Il me paraît que nous ne sommes pas frères en Bacchus,... mais je ne vous en veux pas,... peu d'hommes ont le triple talent qu'avait notre roi Henri IV; et vous, sur trois, vous en avez deux... Vous ne buvez pas, mais vous battez les Turcs, et quant à la troisième qualité... Hé!... hé!... Monsieur le chevalier, on connaît vos exploits, on les dit nombreux, mais il en est un surtout... Parlez-nous donc un peu de la belle Andronique... »

La foudre tombant aux pieds de Tourville l'aurait assurément moins trou-

« Eh quoi, chevalier! » s'écria Vivonne.

blé que le nom d'Andronique lancé tout à coup par le haut et puissant seigneur qu'il venait solliciter.

« Il faut que cet étourdi d'Hocquincourt ait bavardé, » se dit le chevalier.

Et il répondit tout haut :

« Monseigneur, je ne sais à quoi vous faites allusion...

— Bon! vous êtes discret... C'est une qualité indispensable à un gentilhomme aimé des dames... Mais cette discrétion ne saurait s'étendre à une aventure dont toutes les rives de la Méditerranée ont retenti... Cette jeune Grecque si merveilleusement belle que vous enlevâtes à Siphnos...

— Monseigneur, interrompit vivement Tourville, je n'ai jamais enlevé personne !

— A d'autres, chevalier !... Vous n'en voulez pas convenir, par crainte que je ne vous croie occupé que de conquêtes pareilles... Ne craignez rien... Je sais fort bien que vous vous battez comme vingt diables et que vous êtes marin jusqu'au bout des ongles... Vous avez été, pardieu ! à bonne école, puisque vous avez navigué avec ce vieux païen de Cruvillier...

— Cruvillier est un scélérat, Monseigneur, mais je vous prie de croire que je n'ai pas suivi son exemple, et que...

— Ah ! vous tenez à vos secrets, vous !... et ce n'est pas le vin qui vous déliera la langue, puisque vous n'y touchez pas... Je ne saurais vous contraindre à parler; mais, de grâce, mon cher chevalier, apprenez-nous du moins ce qu'est devenue cette infante... Aurait-elle été reprise par les Turcs?... Dans ce cas, je gagerais que sa grande beauté en a fait une sultane. »

Tourville se tut, de peur de répondre insolemment à ce débauché qui abusait de son rang pour le mettre à la gêne, à propos d'une jeune fille dont le pur souvenir hantait doucement son cœur. La colère le gagnait, et il ne savait comment se tirer de cette situation pénible sans offenser le lieutenant général ès mers du Levant.

C'était à peu près la répétition de la scène qu'il avait eue avec d'Hocquincourt en arrivant à Venise, à cette différence près que d'Hocquincourt était son égal et que d'Hocquincourt s'était abstenu d'insister.

Tourville se sentait d'autant moins disposé à répondre aux questions de M. de Vivonne, qu'il était maintenant convaincu que l'avis qu'il avait reçu et qui prenait le caractère d'une mystification pouvait venir de quelque personnage indigne, ayant su indirectement son désir de faire partie de l'expédition de Candie.

« L'auriez-vous au contraire cachée dans quelque kiosque où vous la retrouverez, lorsque vous retournerez dans les eaux grecques? reprit l'impitoyable Vivonne. Nous brûlons du désir de le savoir,... ne nous faites pas languir. »

Tourville n'y tenait plus, et la patience lui échappa.

« Monseigneur, dit-il brusquement, je venais vous demander l'honneur de votre protection. Je m'aperçois que j'ai mal pris mon temps pour vous entretenir de mes espérances. Il ne me reste qu'à me retirer, en vous priant d'excuser la liberté que j'ai prise...

— Là!... là!... ne vous fâchez pas, Monsieur le chevalier!... dites-moi plutôt en quoi je puis vous servir... Auriez-vous formé le dessein d'être du voyage à Candie?

— Le roi comblerait mes vœux s'il m'accordait cette faveur, mais...

— Vous souhaiteriez un commandement. Je comprends cela, et je serais très fier de vous avoir sous mes ordres... Seulement, je ne suis que général des galères, et vous n'êtes pas fait pour ce déplaisant service... Songez donc!... au lieu de commander à de braves marins, commander à des forçats!... J'ai commencé mon apprentissage à l'expédition de Gigelli, voilà deux ans de cela, et je ne suis pas encore accoutumé aux figures de ces coquins. Croyez-moi, chevalier, c'est un vaisseau qu'il vous faut,... un beau vaisseau que vous gouvernerez à votre guise... On m'a dit que là-bas, dans l'Archipel et dans l'Adriatique, vous faisiez chaque jour laver et gratter le pont de votre frégate, comme le parquet d'un salon... Vous souffririez trop sur les galères, car elles sont d'une malpropreté surprenante. »

Tourville crut s'apercevoir que, pour le coup, M. de Vivonne le raillait, et il fut au moment d'éclater.

Ces deux hommes n'étaient pas faits pour se comprendre. Autant le grand seigneur que Mme de Sévigné appelait le *gros crevé* était insouciant et désordonné, autant le chevalier de Tourville était sobre et grave. Ils n'avaient qu'un point de commun : la bravoure. Encore n'étaient-ils pas braves de la même façon, car M. de Vivonne avait ce qu'on pourrait appeler le courage passif. Il restait calme et indifférent sous le feu le plus vif; il ne craignait rien au monde que la fatigue, et il s'en vantait, car il disait souvent qu'il avait choisi la marine parce qu'on y avait le plaisir de faire la guerre sans être obligé de marcher ou de monter à cheval. Tourville, lui, était l'homme d'action, l'homme des abordages, le sabre au poing et le poignard aux dents. Et, de plus, il connaissait à fond le métier de marin, que Vivonne entendait fort peu. Dans un temps où toute la science d'un commandant consistait à se bien battre, Tourville savait manœuvrer un vaisseau mieux que le pilote le plus expérimenté.

C'était la première fois que le duc et le chevalier se trouvaient en contact, et ils venaient de s'apercevoir qu'ils ne se convenaient guère. Ils devaient nécessairement se mal quitter.

« Monseigneur, dit Tourville, je crois que vous avez raison, et que les galères ne sont pas mon fait. Je renonce donc à l'honneur d'en commander une sous vos ordres, et je vous baise les mains.

— Reconduisez M. le chevalier! » dit M. de Vivonne à ses gens.

Et au moment où Tourville, après l'avoir salué, passait la porte du salon, il lui cria :

« Mes compliments à la belle Andronique, lorsque vous la reverrez! »

Le chevalier eut la force de ne pas se retourner, quoique ce dernier trait l'eût piqué au vif, et il se hâta de sortir de l'hôtel où on l'avait si fraîchement reçu.

XII

CHEZ UN PERSONNAGE PLUS SÉRIEUX

ESSENTANT vivement l'affront que Vivonne venait de lui faire, Tourville, qui n'était pas accoutumé à être traité de la sorte, se jura de ne plus jamais s'y exposer, dût-il manquer la campagne de Candié, et il n'était pas disposé à renouveler ce jour-là auprès de M. le duc de Beaufort une tentative qui lui avait si mal réussi auprès de M. le duc de Vivonne.

Tourville reprit tristement le chemin de la rue du Petit-Bourbon, et, par fortune, en rentrant à l'hôtel, il y trouva le chevalier d'Hocquincourt, qui ne s'y tenait pas souvent et qui lui fit encore plus d'amitiés que de coutume.

Tourville, qui ne savait pas dissimuler, lui dit tout ce qu'il avait sur le cœur en lui racontant sa visite à M. de Vivonne. D'Hocquincourt jura ses grands dieux qu'il n'avait jamais parlé d'Andronique au général des galères, et cela par l'excellente raison qu'étant en assez mauvais termes avec lui, il ne le voyait jamais. Il affirma d'ailleurs qu'il avait à peu près oublié cette vieille histoire, et il conclut en disant :

« Mon cher, vous vous y prenez très mal pour réussir. Je ne sais qui a pu

vous souffler la fâcheuse idée d'aller faire votre cour à ce goinfre cynique. Le
roi le tient en très médiocre estime, et Vivonne n'est pas en état de vous servir,
alors même qu'il le voudrait, ce dont je doute fort, car il hait d'instinct tous les
gentilshommes qui ne lui ressemblent pas. Vous auriez mieux fait de vous adresser à M. de Beaufort. Il a de gros défauts, dont le moindre est de se conduire
et de s'exprimer comme un portefaix, mais il est franc du collier, et quand il
promet, il tient. Le diable, c'est qu'il n'a pas beaucoup plus d'influence que
Vivonne. Il a été, pendant la Fronde, le chef de la cabale des *Importants,* mais
au fond son importance a toujours été très-mince...

— A qui donc recourir, pour me recommander à Sa Majesté?... Le temps
s'écoule, et on dit que l'expédition va partir...

— Il n'y a qu'un homme dont le roi suit volontiers les avis, parce que cet
homme possède l'art de les donner sans que le roi s'en aperçoive :... c'est
Colbert.

— Le ministre?... Hélas! je ne le connais pas.

— Soyez sûr qu'il vous connaît. Il a l'œil sur tous les officiers de marque.
Il sait, je le gagerais, tout ce que vous avez fait. S'il juge que vous méritez
d'avoir un commandement, vous l'aurez. Pourquoi n'allez-vous pas le voir?

— Parce que les visites ne me réussissent pas, mon cher chevalier, répondit en souriant Tourville. J'ai peur d'être éconduit encore une fois, et plutôt que
de m'exposer à de nouvelles rebuffades, je me résignerais à m'en aller planter
mes choux en Cotentin.

— Vous vous en lasseriez bien vite. Croyez-moi, mon cher, présentez-vous
hardiment,... et le plus tôt sera le mieux,... à l'hôtel Colbert, qui est au coin
de la rue Neuve-des-Petits-Champs et de la rue Vivienne. Vous serez reçu, j'en
réponds, et j'ai le pressentiment que vous ne vous repentirez pas d'y être allé.
Mais ne perdez pas de temps; il m'est revenu qu'on distribuait déjà les com-
mandements. Si vous différiez, vous risqueriez fort d'arriver trop tard à la dis-
tribution. »

Écœuré par l'étrange accueil que lui avait fait M. de Vivonne, Tourville hésitait à tenter une nouvelle démarche, quand il se souvint des adjurations d'Andronique et de Jani, qui, à Murano et à Venise, l'avaient supplié de tout faire pour être de la croisade de Candie, à laquelle le père et la fille voulaient prendre part. Y aller sur un vaisseau qu'il commanderait, c'était la seule chance qui lui restât de les revoir.

« Soit! dit-il après un instant de réflexion, j'irai.

— C'est maintenant qu'il faut vous y rendre, reprit d'Hocquincourt. Il y a eu, ce matin, conseil; M. Colbert est rentré à son hôtel, et vous le trouverez travaillant dans son cabinet. C'est sa vie, il ne s'arrête que pour soumettre son travail au roi et pour donner audience aux gens qui peuvent être utiles au service de Sa Majesté, les plus humbles aussi bien que les plus grands. Il reçoit des constructeurs de vaisseaux, des fondeurs de canons et jusqu'à des maîtres timoniers. Il ne fera pas attendre le libérateur de l'Adriatique, comme ils vous appelaient à Venise. »

Les deux chevaliers s'entretenaient ainsi dans la cour de l'hôtel d'Hocquincourt, et Marcouf assistait de loin à leur entretien. Il n'avait pas accompagné son maître à l'hôtel du duc de Vivonne et il guettait son départ pour l'aborder. Quand Tourville sortit pour s'acheminer vers l'hôtel Colbert, il le suivit, et Tourville, qui avait remarqué son manège, l'appela pour savoir ce qu'il lui voulait.

« Ah! Monsieur le chevalier, dit le gars, je n'ai pas voulu parler devant M. d'Hocquincourt, mais il me tardait de vous apprendre que, tout à l'heure, j'ai vu dans Paris... Dieu sait si je m'y attendais!...

— Qui as-tu vu? demanda Tourville avec impatience.

— Le vieux médecin de Siphnos,... le bonhomme Jani...

— Tu as rêvé cela. Jani est à Venise.

— Non, non, Monsieur le chevalier. Je n'en pouvais pas croire mes yeux, mais je suis sûr que c'est lui,... et il exerce encore la médecine, car je l'ai vu saigner au bras un gentilhomme qui venait de tomber de cheval dans la rue, devant la porte d'une belle maison. Il était sans connaissance, ce gentilhomme;

des laquais sont sortis de la cour; ils l'ont emporté dans la maison après la saignée, et Jani est entré avec eux;... il y est peut-être encore...

— Où est-elle, cette maison?

— Pour ça, Monsieur le chevalier, je ne saurais vous le dire. Je me trouvais dans un quartier où je n'étais jamais venu... C'est loin d'ici,... de l'autre côté de la rivière;... mais si je la revoyais, je la reconnaîtrais bien; elle est au fond d'une grande cour, et il y a devant la cour une grille toute dorée.

— Jani était seul? demanda le chevalier, qui pensait à Andronique.

— Tout seul, notre maître, et tout drôlement habillé :... il avait une grande robe et un bonnet fourré. Il aura laissé sa fille là-bas, à la verrerie.

— C'est bien. Tu peux me suivre. »

Certes, ce n'était pas pour chercher cette maison que Tourville emmenait avec lui Marcouf, car il doutait encore que Jani fût à Paris. Quelle apparence que le millionnaire de Murano s'amusât à pratiquer une saignée dans la rue? Marcouf avait dû prendre pour Jani quelque pauvre diable de barbier-chirurgien, comme il en existait encore à cette époque, où les médecins n'en savaient pas beaucoup plus long que les barbiers.

Tourville ne s'arrêta pas à creuser cette idée. Les conjectures n'étaient plus de saison au moment où cette visite au plus grand ministre qu'ait jamais eu le Grand Roi allait peut-être décider de l'avenir du jeune chevalier. Et il se recueillait avant d'affronter cette épreuve.

Il savait le chemin de l'hôtel Colbert, et il n'eut aucune peine à le trouver; mais quand il s'arrêta devant la porte monumentale dont le fronton portait, sculptées en pierre, les armes parlantes de Colbert, — la couleuvre, en latin *coluber*, une espèce de calembour héraldique, — Tourville demeura stupéfait d'entendre Marcouf lui dire :

« C'est là dedans que Jani est entré... J'en suis sûr, Monsieur le chevalier; si vous ne me croyez pas, demandez aux laquais qui sont dans la cour,... je les reconnais,... ils y étaient déjà quand Jani a saigné le gentilhomme qui venait de tomber de cheval. »

Tourville n'avait garde de s'en informer ; car s'il ne doutait plus que l'accident fût arrivé devant l'hôtel Colbert, il doutait encore que la saignée eût été pratiquée par le médecin de Siphnos, et, sur ce point, la livrée du ministre n'aurait pas pu le renseigner. Mais si ce n'était pas Jani, la coïncidence était vraiment étrange, et elle devait donner à réfléchir au chevalier.

« Je l'ai vu saigner au bras un gentilhomme qui venait de tomber de cheval. »

Il ne s'y attarda point et il envoya Marcouf demander si Son Excellence voulait faire à M. le chevalier de Tourville l'honneur de le recevoir.

La réponse ne se fit pas attendre : un huissier à chaîne d'or vint chercher le chevalier de la part du ministre et le conduisit au premier étage de l'hôtel.

Le cabinet où il l'introduisit était tendu de tapisseries de haute lice, garni de tableaux de grands maîtres italiens, et d'une quantité de ces objets précieux qu'on appelle aujourd'hui des objets d'art, laques, figurines, statuettes, miroirs de Venise encadrés d'argent, pendules à incrustations de cuivre.

Au milieu de ces richesses, devant un bureau de poirier sans dorure et couvert d'un vieux tapis de drap tout usé, se tenait Jean-Baptiste Colbert, premier ministre de Louis XIV. .

Il n'avait pas encore quarante ans, étant né en 1619, et, après avoir rétabli les finances du royaume gaspillées par le surintendant Fouquet, il était en train de créer la marine française.

Entièrement vêtu de noir, avec le cordon bleu de l'ordre du Saint-Esprit en sautoir, il avait de grands traits durs, de gros sourcils froncés, un front plissé par le travail incessant, et une physionomie chagrine. Robuste, carré, avec un cou de taureau et des épaules à porter le monde, il personnifiait parfaitement cette forte, intelligente et laborieuse bourgeoisie qui, déjà sous la monarchie absolue, gouvernait la France, et dont il était sorti, car son père était marchand de draps à Reims, en Champagne.

L'aspect de cette figure sévère n'était pas fait pour mettre à l'aise le chevalier de Tourville, venu pour demander une faveur.

Les premières paroles de Colbert le rassurèrent.

« Je vous attendais, Monsieur le chevalier, » dit-il en désignant du geste un fauteuil à côté du sien.

Et comme le visage de Tourville laissa percer quelque étonnement, il reprit :

« Si je ne vous avais pas vu aujourd'hui, je vous aurais mandé dès demain. Je tenais à vous annoncer moi-même une heureuse nouvelle,... heureuse pour vous, Monsieur, et heureuse pour la France.

« Voici ce que le roi a dit ce matin au conseil où ont été nommés les capitaines et les vaisseaux qui composeront sa flotte de Candie : il a dit ces propres paroles, que je vous répète fidèlement : « Le chevalier de Tourville a déjà remporté bien des avantages considérables contre les Turcs. Il sait la manière de « les combattre. Je veux qu'il soit de cette expédition. »

— C'est mon plus cher désir, murmura Tourville, très ému.

— Et, par ordre de Sa Majesté, je vous ai nommé au commandement du *Croissant,* qui est un vaisseau de quarante-quatre canons et deux cent vingt

« Je vous attendais, Monsieur le chevalier. »

hommes d'équipage. Vous en méritez un plus important, mais le roi a dû tenir compte de services non pas plus glorieux que les vôtres, Monsieur le chevalier, mais plus anciens.

— Monsieur, dit Tourville profondément touché, je ne pourrai jamais faire assez pour remercier le roi de m'appeler à l'honneur de le servir, et je vous serai reconnaissant toute ma vie, car je suis certain que je vous dois cet honneur.

— Point du tout, Monsieur le chevalier. J'ai été très heureux du choix que Sa Majesté a fait de vous, mais je n'y suis pour rien. Elle n'avait pas oublié l'entretien qu'elle eut avec vous quand vous lui fûtes présenté, il y a quatre mois. Je me suis borné à lui donner des détails qu'elle m'a demandés sur les combats que vous avez soutenus dans le Levant et dont j'ai toujours été exactement informé...

— Se peut-il qu'ils aient attiré votre attention, Monsieur le ministre!

— Depuis que vous avez débuté en 1660, Monsieur le chevalier. Je sais tout ce que vous valez, et je souhaiterais que notre marine comptât beaucoup d'hommes comme vous. Ce ne sont pas les vaillants qui nous manquent, mais quand je pense que nos meilleurs traités de conduite des vaisseaux et de tactique navale sont dus à deux révérends pères jésuites, aumôniers sur la flotte, je rougis pour nos officiers.

— J'entends assez bien ces matières, dit en souriant Tourville, mais j'avoue humblement que je serais très empêché de rédiger ce que je sais pour l'instruction des marins qui viendront après moi.

— D'autres se chargeront de ce soin, Monsieur le chevalier. Il suffit que vous commandiez aussi brillamment que vos frégates de Malte le vaisseau que le roi vous confie. Vous servirez sous M. le duc de Beaufort. Il est quelquefois d'humeur fantasque, mais il est brave comme son aïeul Henri IV, et je suis assuré que vous vous entendrez fort bien avec lui, car je sais qu'il fait grand cas de vous. Maintenant, Monsieur le chevalier, j'espère que vous serez prêt à partir quand il le faudra.

— Demain, Monsieur, si vous me l'ordonnez.

— Pas sitôt, mais très prochainement. La flotte se rassemble et s'équipe à Toulon. Elle se compose de vingt vaisséaux, dont dix de haut bord, et de treize galères qui seront commandées par M. le duc de Vivonne. Elle portera de six à huit mille hommes de troupes d'élite. Le roi veut qu'elle appareille aux premiers jours du mois de juin.

« Ce sera une belle campagne,... aussi bien sur terre que sur mer, puisque nos soldats aideront comme nos marins à chasser les Turcs qui assiègent Candie depuis plus de vingt ans. Il y aura de la gloire pour tout le monde, et je compte, Monsieur le chevalier, que vous en prendrez votre large part. »

Tourville s'inclina, plein d'admiration pour le grand ministre qui prévoyait tout. Il le comparait mentalement au général des galères, et il pensait : « Il me parle de la guerre, lui, au lieu de me parler de la fille de Jani, comme ce débauché de Vivonne. »

« J'attends de vous un autre service, reprit Colbert. J'ai une entière confiance en votre jugement, Monsieur le chevalier, et j'attache un grand prix à être informé par vous le plus souvent possible des événements qui se passeront sous vos yeux. »

Et comme il crut voir que Tourville fronçait le sourcil :

« Entendez-moi bien, ajouta le ministre. Je ne vous demande pas de m'adresser des rapports sur la façon dont votre chef, M. le duc de Beaufort, conduira les opérations. Je tiens seulement à recevoir directement vos appréciations sur les faits de guerre auxquels vous assisterez et sur l'issue probable de la campagne.

— Je suis très honoré de la confiance que vous m'accordez, Monsieur, et je voudrais y répondre en vous envoyant fréquemment des... mémoires sur ce que j'aurai vu, mais je dois confesser qu'à bord j'ai toutes les peines du monde à me décider à écrire.

— Je comprends cela, mais vous pourriez dicter à un secrétaire.

— Le malheur, c'est que je n'en ai pas.

— Je puis vous en donner un qui vous servira aussi d'interprète. Il parle
et il possède à fond toutes les langues orientales.

— C'est donc un trésor? s'écria gaiement Tourville. J'accepte de grand
cœur, et si vous voulez bien, Monsieur, m'adresser ce phénomène...

— Il vous rejoindra à Toulon, et je vous ferai en même temps cadeau
d'un bon chirurgien. Vous serez privilégié, car nous en manquons sur la flotte
Je n'ai pas encore eu le temps de régulariser comme je le souhaiterais ce service important, et voici le moment, car les chirurgiens auront de la besogne
à Candie.

« Celui que je vous enverrai avec le secrétaire est très habile dans son
art, et je ne doute pas que vous n'en soyez satisfait. Je viens de le voir à
l'œuvre...

— Alors, il est ici?

— Il n'y sera plus demain. Vous le trouverez à Toulon. Il se présentera
de ma part, et je suis sûr que vous lui ferez bon accueil, car c'est lui qui
m'a demandé à servir sur le vaisseau que vous allez commander.

— Il me connaît donc?

— Je ne crois pas, mais il a longtemps habité l'archipel grec, et votre
renommée est très répandue dans ces mers. Il est passionné pour son métier et
il tient à l'exercer sous un chef qui lui fournira des occasions,... c'est-à-dire des
blessés. Or, il suppose que le *Croissant* sera toujours au feu en première ligne.

— Je l'espère bien!... Voilà, Monsieur le ministre, un chirurgien comme
on en voit peu, et je suis très fier de la préférence qu'il m'accorde.

— Je vous réponds de lui, Monsieur le chevalier. Il m'a été recommandé
par un des meilleurs agents que j'aie dans le Levant, et il vient de me donner
des preuves de son savoir-faire. Il m'avait demandé une audience, et il est arrivé
au moment où l'un de mes commis, M. Baluze, que je tiens en grande estime,
venait de tomber de cheval dans la cour de mon hôtel. Votre futur chirurgien l'a
saigné, pansé et soigné, si bien que l'accident n'aura pas de suites graves. Il
m'a ensuite présenté sa requête, et je l'ai accueillie favorablement. Je signerai

ce soir sa commission et je l'expédierai à Toulon, où il vous attendra... avec le secrétaire que je vous destine. »

Tourville allait demander les noms, mais le ministre se leva. Les audiences que Colbert accordait n'étaient jamais longues, et le chevalier comprit qu'il ne lui restait qu'à prendre congé. Ainsi fit-il, et avant de le laisser partir, le ministre lui annonça qu'il allait lui adresser d'ici à trois jours des instructions écrites.

Tourville sortit radieux. En quelques instants, sa fortune venait de faire un pas décisif. Il était maintenant capitaine de vaisseau dans la marine du roi, et cet honneur auquel, la veille encore, il désespérait d'atteindre, il le devait à son seul mérite. Les sollicitations n'y étaient pour rien. Un ministre clairvoyant et juste avait fait spontanément ce que ses protecteurs n'avaient pas pu obtenir. Un avenir de gloire s'ouvrait devant l'heureux chevalier, qui désormais pouvait prétendre à tout. Son beau-frère lui avait prédit qu'il serait maréchal de France et cordon bleu. Pourquoi la prédiction ne se réaliserait-elle pas?

La joie qu'il éprouvait ne l'empêchait pas de songer à ce chirurgien, qui pouvait fort bien être Jani.

« Eh bien, se disait-il, si c'est lui, il me parlera d'Andronique, et le souvenir du bon ange me portera bonheur. »

Il se disait aussi que le mauvais plaisant qui avait cru le mystifier en était maintenant pour ses frais de maladroite plaisanterie.

Mais il n'avait pas de temps à perdre, car il voulait partir dès qu'il aurait reçu les derniers ordres du ministre, et il lui fallait auparavant remercier le roi, écrire à la comtesse de Tourville, à M. de la Roche-Foucauld et à M. de Gouville pour leur annoncer la grande nouvelle de sa promotion; il lui fallait aussi s'équiper à la hâte pour une campagne de terre et de mer, et faire ses adieux à d'Hocquincourt, dont il n'avait eu qu'à se louer pendant son séjour à Paris.

Marcouf, qui attendait son maître dans la rue, ne se permit pas de le questionner, et Tourville se borna à lui dire de se préparer à partir pour Toulon.

Le gars ne demandait pas mieux, car il s'ennuyait à Paris, après s'être fort amusé au château où le chevalier l'avait emmené quand il était allé voir

Mme la comtesse sa mère. Là on avait fêté Marcouf, grandi de cent coudées aux yeux des paysans du Cotentin depuis qu'il était venu de si loin, et il les avait éblouis par le récit de ses merveilleuses campagnes. Il n'aurait tenu qu'à lui d'y épouser la fille de quelque riche herbager ; mais il n'aurait pas quitté le

Il les avait éblouis par le récit de ses merveilleuses campagnes.

service de M. Hilarion pour l'empire du Cathay, comme on disait encore en ce temps-là, quand on parlait de la Chine.

Pendant son séjour à Tourville, Marcouf s'était informé de Jean Gavray, mais personne au pays ne savait ce qu'était devenu ce mauvais garnement, dont il n'avait plus de nouvelles depuis qu'il l'avait entrevu un soir sur le Pont-Neuf, conduisant une bande de tire-laine.

De partir en guerre, Marcouf était presque aussi content que son maître, quoiqu'il n'eût en perspective ni le bâton de maréchal ni le collier de l'Ordre. Il avait pris goût à la vie d'aventures; elle lui manquait, et sa joie de la reprendre n'était pas troublée par certaines incertitudes qui ne laissaient pas de préoccuper le chevalier.

Tout en faisant ses préparatifs, Tourville en était revenu à s'inquiéter de ces rapports que le ministre lui avait demandés. Quoi qu'en dît Colbert, cela sentait un peu l'espionnage. On ne procédait pas autrement à Venise, où tous ceux qui servaient la République étaient tenus de surveiller leurs supérieurs. La mission, si déguisée qu'elle fût, ne plaisait pas au chevalier; il se promettait déjà de l'éluder, et il n'était pas jusqu'au secrétaire qu'on allait lui donner pour l'aider à la remplir qui ne lui fût suspect. Ce secrétaire-interprète ne serait-il pas chargé secrètement d'envoyer des rapports sur Tourville lui-même, tout en rédigeant ceux que Tourville lui dicterait sur les opérations des chefs de la guerre de Candie?

La présence de ce serviteur imposé, et dont il se promettait bien de n'utiliser que fort peu les services, gâtait un peu sa joie.

XIII

SA MAJESTÉ LE ROI DES HALLES

XIII

E nos jours, c'est encore un beau spectacle que celui de la grande rade de Toulon, entre le cap Brun et la Grosse-Tour, quand le soleil éclaire les énormes cuirassés dormant sur leurs ancres et les légers avisos fendant les eaux bleues de la mer, calme comme un lac.

Mais le tableau est sévère. Les vaisseaux, uniformément peints de couleurs sombres, n'égayent pas les yeux, et les fumées des vapeurs en marche rayent l'azur du ciel de longues traînées noires.

Il n'en allait pas de même sous le Grand Roi, au temps de la renaissance de la marine française.

Les vaisseaux de guerre étaient tout à la fois des monuments et des œuvres d'art. Ils avaient des canons, beaucoup de canons, mais ils portaient presque autant d'or que de bronze. Leurs poupes, surchargées de dorures, étaient ornées de figures de vingt pieds de haut, dont quelques-unes avaient été sculptées par le grand statuaire Puget. Les galères étaient des merveilles de luxe et d'élégance. Les grands appartements de Versailles n'étalaient pas plus de richesses.

Ces coques dorées comme des châsses, leurs officiers les menaient au feu, sans se soucier des boulets qui effondraient les galeries resplendissantes et emportaient les gentilshommes vêtus de velours et de soie.

On naviguait mal, mais on se battait bien.

Et au commencement du mois de juin de l'an 1669, le coup d'œil était splendide à l'entrée de cette imposante rade, où les vingt vaisseaux de M. de Beaufort et les treize galères de M. de Vivonne attendaient, pour appareiller, un ordre qui n'arrivait pas.

M. de Beaufort montait le *Monarque,* portant quatre-vingt-quatorze canons et six cents hommes, sans compter les troupes de débarquement.

M. de Vivonne montait la *Générale,* portant cent soixante soldats et quatre cent dix forçats.

Par exception, la galère capitane, commandée par M. de Manse, arborait le pavillon de notre saint-père le pape, au nom duquel opérait l'armée du roi de France.

Le corps à débarquer était sous les ordres de M. le duc de Navailles. « Ce duc, dit Saint-Simon dans ses immortels *Mémoires,* était un homme de qualité de Gascogne, maigre, jaune, poli et ignorant à l'excès, mais plein d'honneur, de valeur et de fidélité. »

Vivonne était à bord de sa galère ce qu'il était partout : un type achevé de bravoure et d'incurie.

Mais Beaufort était Beaufort, un seigneur qui ne ressemblait à personne et dont l'histoire nous a transmis le portrait original.

Petit-fils de Henri IV, fils de César de Vendôme et de la fille du duc de Mercœur, il avait été élevé par sa mère, la femme de France la plus grossière et la plus ignorante, comme l'appelait le cardinal de Retz, et il n'en savait pas plus qu'elle, quoiqu'il eût beaucoup d'esprit naturel. Chasseur passionné, joueur de paume forcené, batailleur enragé, il méritait bien son surnom de *Roi des Halles,* avec sa stature athlétique, sa mine hautaine et ses airs bravaches.

Quant à son langage, pour s'imaginer ce qu'il était, il faut lire les Mémoires de la duchesse de Nemours, qui a écrit cette phrase où il est pris sur le vif :

« Il formait un certain jargon populaire de mots si mal placés que cela le rendait ridicule à tout le monde, quoique ces mots n'eussent peut-être pas laissé de paraître fort bons, s'il avait su les placer mieux, n'étant mauvais seulement que dans les endroits où il les mettait. » ·

C'est ainsi qu'il lui arrivait à chaque instant de dire : une *confusion* pour une contusion, des *hémisphères* pour des émissaires, et une foule d'autres coq-à-l'âne qui faisaient rire jusqu'à ses subordonnés et qu'on retrouve quelquefois jusque dans sa correspondance officielle.

M. de Vivonne, fin lettré, s'en amusait fort et ne se privait pas de s'en moquer publiquement.

Aussi paresseux l'un que l'autre, les deux amiraux ne faisaient que d'arriver à Toulon, où M. de Navailles les avait devancés d'un grand mois, et, le premier jour de juin, les trois chefs venaient de tenir, à bord du *Monarque*, leur premier conseil de guerre.

Le duc de Beaufort avait lu à haute voix, non sans les estropier fréquemment par sa façon de prononcer les mots, les instructions de Sa Majesté, très clairement rédigées par M. Colbert.

Ces instructions portaient que le point de rendez-vous de la flotte serait l'île de Cérigo, et non pas l'île de Corfou, qui avait été désignée d'abord; que M. de Vivonne partirait le premier avec les galères, et ferait escale dans le port de Civita-Vecchia, d'où il se rendrait de sa personne à Rome, afin d'y prendre les derniers ordres de Sa Sainteté le pape Clément IX.

A ces instructions était joint un plan de route proposé par le R. P. L'hoste, plan qui avait été adopté à l'unanimité, et le départ de l'escadre des galères avait été fixé au lendemain.

M. de Vivonne venait de quitter le *Monarque*, par l'échelle de bâbord, lorsque le chevalier de Tourville accosta ce vaisseau par l'échelle de tribord.

Il était à Toulon depuis six semaines, le zélé chevalier, et il n'avait perdu ni un jour ni une heure pour mettre en état le vaisseau qu'il commandait. Le *Croissant* aurait pu servir de modèle à toute la flotte. Il n'y manquait pas un agrès ; les munitions et les approvisionnements étaient au grand complet. L'équipage était exercé aux manœuvres et au tir. Avec ses quarante-quatre canons et ses deux cent vingt-cinq hommes, il aurait pu combattre sans désavantage le plus puissant navire de guerre.

Et ce n'était pas la faute de Tourville s'il n'était pas encore venu saluer son général en chef, arrivé seulement l'avant-veille. Il lui tardait d'autant plus de lui rendre ses devoirs, qu'à Paris il n'avait pas eu le temps de se présenter à l'hôtel de Beaufort.

Le duc et le chevalier se connaissaient réciproquement de réputation, et, grâce à la sienne, Tourville pouvait compter qu'il serait bien reçu ; mais, étant donnée celle du duc, renommé pour sa brusquerie et pour ses incartades, cette première visite ne laissait pas de l'embarrasser un peu.

Colbert était renseigné sur le personnage par les plaintes de ses intendants. Beaufort, quand ils venaient vérifier ses comptes, ne parlait que de les faire jeter à la mer. A cinquante-trois ans qu'il avait alors, c'était toujours le même homme qui, pendant la Fronde, s'était avisé un jour de demander au président de Bellièvre si, en donnant un soufflet au duc d'Elbeuf, il ne changerait pas la face des affaires ; à quoi le président avait répondu que cela changerait tout au plus la face du duc d'Elbeuf.

Il avait, du reste, au commencement de la guerre civile, provoqué et tué en duel son beau-frère le duc de Nemours, car il était *haut à la main*, c'est-à-dire prompt à dégainer, et, comme il était de première force à toutes les armes, c'était un dangereux adversaire.

Mais personne n'intimidait Tourville, et il entra, la tête haute, dans la galerie de l'arrière.

Le duc y était, mais pas tout entier, car il se tenait à cheval sur la balustrade extérieure, une jambe et la moitié du corps dehors, et fort affairé à apostropher de là des ouvriers qui travaillaient aux dorures de la poupe du *Monarque*.

Dès qu'il aperçut le chevalier, il rentra pour le recevoir, en continuant à maugréer contre les doreurs, et surtout contre les intendants de la marine qui

« Enfin ! on m'envoie donc un vrai marin et un vrai soldat!... Je vous connais, mon *biau* chevalier... »

spécularisaient sur le métal en mettant de la *lavasserie,* au lieu d'or de bon aloi, sur son vaisseau amiral. Mais il reconnut tout de suite Tourville pour l'avoir vu au Louvre, et il lui fit fête.

« Enfin ! s'écria-t-il, on m'envoie donc un vrai marin et un vrai soldat !... Je vous connais, mon *biau* chevalier,... et j'ai connu aussi votre père quand il était à l'armée de M. le Prince. C'était un digne et vaillant gentilhomme, et je sais que vous marchez sur ses traces. Vous avez bien fait de demander à servir avec moi, car je vous ferai voir de belles occasions, en Candie,... pourvu que nous n'arrivions pas trop tard... On dit *de delà* qu'il y a eu des nôtres une furieuse sortie, qu'on a chassé l'ennemi des ouvrages, qu'on l'a mené battant jusqu'à un mille de Candie neuve et que les Turcs sont *constellés.* »

Il voulait dire : « consternés », et le chevalier eut de la peine à répondre sans rire :

« Monseigneur, je connais ces mécréants. Ils sont tenaces, et ils ne lèveront pas le siège pour avoir été repoussés.

— Je l'espère bien, car je ne me consolerais pas de m'être dérangé pour rien. Je tiens à aller aux coups.

— Moi aussi, Monseigneur.

— Je vous crois;... mais si vous restez sur votre vaisseau, vous ne les verrez pas de près, ces Turcs endiablés, car tout va se passer à terre. C'est pourquoi je débarquerai dès que nous serons mouillés dans le port, et j'irai leur tirer la barbe, à ces chiens de Mahomet...

— Je voudrais qu'il me fût permis d'en faire autant.

— Je vous le permettrai, mon *biau* chevalier, toutes les fois que nous sortirons pour leur tirer des croupières. M. Colbert pourra bien grogner, s'il vient à le savoir, mais je m'en moque... Vous non plus, vous n'êtes pas venu pour rester à votre bord tandis qu'on se cognera sur le plancher des vaches. C'est bon pour les paresseux comme ce gros crevé de Vivonne qui sort d'ici...

— Monseigneur, je vous assure que M. le duc de Vivonne est très brave, dit Tourville, toujours prêt à rendre justice, même aux gens qu'il n'aimait pas.

28

— Oh! il n'a pas peur pour sa peau, ricana Beaufort; il n'a peur que de se remuer... Moi,, c'est tout le contraire;... je n'aime que ça... La belle affaire de rester assis sur le banc de quart d'une galère pendant qu'il pleut des boulets!... une vieille femme en ferait tout autant... Parlez-moi de charger, l'épée au poing, quand on a un bon cheval entre les jambes... Les jours de bataille, je monterai *Phœbus,* mon grand bai brun, et vous nous verrez travailler l'ennemi, l'un portant l'autre; car il se bat comme un reître, mon bon Phœbus,... il mord pendant que je tape... Mais j'en ai amené trois autres, mon *biau* chevalier;... vous choisirez celui qui vous plaira le mieux, et vous galoperez à mes côtés. »

Tourville s'inclina en signe de remerciement, mais il s'abstint d'accepter, car il doutait fort que le roi approuvât cette invention de son généralissime, qui trouvait tout simple de faire d'un capitaine de vaisseau un officier de cavalerie.

Tourville ne se lassait pas de contempler cet étrange animal, vêtu d'un vieux justaucorps vert, surchargé de broderies ternies et de rubans fanés, coiffé d'une perruque blonde mal peignée et posée de travers, un poing sur la hanche et caressant de son autre main sa longue moustache de capitan matamore.

Et en dépit de ses airs de soudard et de ses discours extravagants, ce duc batailleur plaisait fort au sage chevalier. La sympathie naît des contrastes; — pas toujours cependant, car Tourville ne pouvait souffrir M. de Vivonne, qui ne lui ressemblait guère.

« C'est entendu, reprit Beaufort; mais si la flotte se canonne avec les Turcs, je ne vous empêcherai pas de vous couvrir de gloire sur votre *biau* petit vaisseau. Je me suis laissé conter que vous en avez fait un vrai bijou! Voilà qui est très bien, *m'n* enfant;... moi, je n'y tiens pas. »

On le voyait bien. Le *Monarque* était une véritable arche de Noé, encombrée de chevaux et de chiens appartenant à Monseigneur, de bœufs, de moutons et de poules destinés à nourrir l'équipage. On y faisait un vacarme assourdissant, et la galerie où le duc recevait le chevalier n'était pas mieux tenue que le pont du vaisseau. On n'y aurait pas trouvé un siège pour s'asseoir. Sur une table d'ébène s'étalaient les restes d'un repas grossier, servi dans une superbe vaisselle de vermeil. Des cartes marines, un vieux luth sans cordes, un magnifique sabre turc, des traités de vénerie à moitié déchirés et la règle imprimée du royal jeu de longue paume gisaient pêle-mêle avec des assiettes malpropres et des verres à demi pleins.

Ce désordre, qui n'était pas pour plaire à Tourville, s'accordait parfaitement avec les habitudes et le caractère de l'insouciant petit-fils du grand roi Henri.

« Je vous loue de prendre tant de soin, continua le duc ; il paraît que le service en va mieux. Et, surtout, j'espère bien que vous ne souffrirez à votre bord aucune de ces vermines dont M. Colbert voudrait nous empoisonner,... écrivains, commis et autres racailles de plumes... S'il s'avisait d'en mettre sur le *Monarque,* je commencerais par faire jeter tous les encriers à la mer, et ensuite je ferais prendre le même chemin à tous ces barbouilleurs de papier. »

Tourville en savait quelque chose, de ce projet du ministre, mais il n'avait garde de dire que Colbert se proposait de lui envoyer un secrétaire.

« Croiriez-vous, *m'n* enfant, reprit Beaufort, qui affectionnait cette abréviation, chère aux dames de la halle; croiriez-vous qu'il veut aussi nous expédier des docteurs de la Faculté!... Vous figurez-vous ces gens-là à mon bord en robe noire et en bonnet pointu, comme dans l'*Amour médecin,* la pièce de ce farceur de Molière, que je vis représenter, sur le théâtre de Versailles, il y aura tantôt quatre ans... Ce serait pour faire mourir de rire nos matelots et nos soldats...

— Ils mourront plus glorieusement s'ils meurent de la main des Turcs, dit Tourville.

— Là !... je savais bien que vous n'aimiez pas non plus ces vilains oiseaux de malheur, ni ces griffonneurs de dépêches... Laissons cela, mon fils, et prêtez-moi vos ouïes, que je vous *dénonce* l'ordre de départ,... maintenant que la flotte est *comprimée...*

Il voulait dire : « concentrée ».

« Ce sera au premier vent favorable pour *débucher* de la rade. »

Le bon duc avait la tête farcie de termes de chasse, et le chevalier n'eut pas de peine à comprendre qu'il fallait traduire : « débouquer », en terme de marine.

« Une heure après le signal d'appareillage, répondit Tourville, le *Croissant* sera sous voiles, Monsieur le duc. Et comme le vent pourrait cette nuit tourner au nord, je vous demande congé de rentrer à mon bord.

— Allez, *m'n* enfant!... allez! et donnez ordre à tout, pour qu'on ne *lanterne* pas, au dernier moment. »

La recommandation était inutile, mais Tourville, qui était l'exactitude en personne, la reçut respectueusement et s'empressa de quitter le *Monarque* pour regagner le *Croissant*.

Ce ne fut pas sans peine qu'il parvint à descendre dans son embarcation, qui l'attendait au bas de la coupée de tribord, tant le pont du vaisseau amiral était obstrué par des groupes de soldats de toutes armes et par des escouades de matelots embarquant des futailles pleines d'eau.

Il revenait très satisfait de sa visite. Seulement, les propos décousus du généralissime avaient rappelé son attention sur un fait qui l'avait beaucoup préoccupé, après son arrivée à Toulon.

Le médecin annoncé par Colbert ne s'était point présenté, le secrétaire pas davantage, et dans les quelques lettres que le commandant du *Croissant* avait reçues du ministre, il n'était question ni de l'un ni de l'autre.

Tourville en était encore à se demander si ce médecin était Jani, et il penchait maintenant à croire que non. Jani n'aurait pas différé si longtemps de profiter de la bonne volonté du ministre. Et de ce retard, le chevalier avait fini par conclure que Colbert avait changé d'idée, peut-être de peur de contrarier le duc de Beaufort, dont il connaissait la répugnance à embarquer sur la flotte qu'il commandait des non-combattants, qui étaient pour lui des non-valeurs.

Le chevalier s'était consolé assez facilement de ne pas voir arriver Jani, dont la présence à bord du *Croissant* aurait pu lui causer des embarras, mais il regrettait fort de rester sans nouvelles d'Andronique. Il aurait voulu savoir ce que son père avait fait d'elle, et, au moment de s'engager dans une campagne décisive pour son avenir, son bon ange lui manquait.

Il se disait que, sans les exhortations d'Andronique, il aurait accepté les offres du doge de Venise et ne serait pas capitaine de vaisseau au service du roi de France. Sa mère et ses protecteurs avaient bien contribué aussi à relever son ambition un peu découragée, mais la belle Grecque avait peut-être influé

Il se mit à examiner le plan de route.

davantage sur la glorieuse résolution qu'il avait prise de préférer l'honneur à l'argent.

Tourville pensait à elle en montant sur son vaisseau, où il trouva tout dans l'ordre accoutumé. Officiers, volontaires et matelots rivalisaient de zèle pour mériter ses éloges, et ce n'était pas à son bord qu'on voyait la moindre apparence de désordre.

Tout y était à sa place, hommes et choses, et le logement qu'il occupait à l'arrière ne ressemblait guère à celui du petit-fils de Henri IV.

Rien n'y traînait, pas plus que sur le pont ni dans les batteries. Le chevalier avait pour principe qu'un vaisseau de guerre ressemble à une jolie femme, en ce point que le moindre détail qui cloche dans sa toilette dépare absolument l'ensemble.

Ces idées ont depuis longtemps prévalu dans la marine, mais alors elles étaient nouvelles, et, avec d'autres mérites plus éclatants, Tourville a eu celui de les avoir le premier et de les répandre.

Marcouf l'attendait, Marcouf qui était resté son valet, mais qui était aussi marin, très capable d'aider à la manœuvre et toujours prêt à se dévouer pour son maître.

Après avoir averti les officiers de se tenir *parés* au premier signal, le chevalier se retira dans son salon de poupe, où il se mit à examiner le plan de route dont l'amiral venait de faire distribuer un exemplaire à chaque commandant.

Il aurait eu à y faire quelques observations de détail, mais en somme ce plan était bien conçu, et il se contenta de l'annoter, pour son usage personnel.

Son aversion pour les écritures n'allait pas jusqu'à l'empêcher de se servir d'une plume quand c'était nécessaire. Il rédigeait même très bien, à l'occasion, et on a de lui des lettres qui ne feraient pas mauvaise figure à côté de celles des célèbres épistoliers de son temps.

Cette occupation le retint jusqu'à ce que le jour baissât, et il allait demander des flambeaux, lorsque Marcouf entra pour lui annoncer qu'un canot venait d'amener à bord du *Croissant* trois messieurs, dont l'un se disait chargé de dépêches du ministre de la marine.

Assez surpris de recevoir un message de Colbert apporté par trois messagers, le chevalier donna l'ordre d'introduire celui qui avait la lettre.

Il vit entrer un vieillard qu'il ne reconnut pas tout d'abord et que Marcouf n'avait pas reconnu non plus, tant il était changé d'aspect et de costume.

Ce fut seulement au son de sa voix que le chevalier s'aperçut que ce vieillard, bourgeoisement habillé de noir et complètement rasé, était le riche verrier de Murano, autrefois chirurgien à Siphnos : Jani, le bon Jani, le vrai, le seul Jani.

On croira sans peine que Tourville l'embrassa, avant de lui demander des explications. Tourville aimait ce brave homme, et il n'était pas sans se reprocher d'avoir eu des torts envers lui. La meilleure façon de s'en excuser, c'était de commencer par lui faire accueil, et Tourville n'y manqua pas. Il s'abstint

On croira sans peine que Tourville l'embrassa...

même de l'interroger, mais le bonhomme vint au-devant de ses questions, en lui disant :

« Je suis arrivé à Toulon depuis huit jours, mais j'avais l'ordre de ne pas me présenter à vous avant le 1ᵉʳ juin, et cet ordre, je sais pourquoi M. Colbert me l'a donné...

— Ainsi, seigneur Jani, interrompit Tourville, c'est le ministre qui vous envoie?

— Ne le savez-vous pas?... M. Colbert m'a dit qu'à Paris il vous avait annoncé mon arrivée prochaine...

— Il ne vous a pas nommé. Il m'a parlé d'un médecin étranger : j'avais à peu près deviné que ce médecin c'était vous, mais je n'en étais pas certain... et je n'y pouvais pas croire... Le hasard qui vous a mis en rapport avec notre grand ministre est si surprenant!...

— Ce n'est pas un hasard, Monsieur le chevalier. Il est bien vrai que j'ai été assez heureux pour donner des soins, après un accident, à une personne de sa maison, mais M. Colbert me connaissait déjà de nom et de réputation. Avant de venir à Paris, j'étais en correspondance avec lui depuis dix ans...

— Quoi! lorsque vous habitiez Siphnos?...

— J'étais son agent secret;... je l'étais gratuitement, veuillez le croire,... pour l'honneur de servir la France qui va bientôt délivrer la Grèce opprimée... Je l'ai toujours renseigné exactement, et je suis très fier de l'avoir aidé à préparer l'expédition de Candie. Je n'ai demandé pour récompense que l'autorisation d'y prendre part et d'y contribuer de ma fortune. Il me l'a accordée. J'ai donné soixante mille-sequins pour construire un vaisseau qu'on achève en ce moment à l'arsenal de Venise,... et me voici à bord de celui que vous commandez,... prêt à vous suivre partout où vous irez et à donner ma vie pour la sainte cause que vous allez défendre dans le Levant.

— C'est beau! c'est sublime!...

— Non; c'est tout simple. Je vous avais annoncé ma résolution, quand je vous ai vu à Venise. Je n'attendais pour l'exécuter que l'occasion;... elle s'est présentée, et je suis accouru. »

Tourville avait sur les lèvres une question qu'il hésitait à formuler. Dans les explications que le vieillard venait de fournir, il n'avait pas dit un seul mot de sa fille, et le chevalier n'avait osé lui demander des nouvelles d'Andronique.

« Je ne suis pas venu seul, reprit Jani. J'amène avec moi un ingénieur très distingué, M. Castellan, qui vous est adressé par M. Colbert et a commission du ministre de faire la traversée à bord de votre vaisseau. Il a défendu Candie pendant plus d'un an, et il y retourne.

— Je vais le recevoir, dit Tourville. M. Colbert m'avait parlé aussi d'un secrétaire qui devait me servir en même temps d'interprète...

— Il est venu de Paris avec moi, Monsieur le chevalier, et il attend vos ordres sur la dunette. Voulez-vous le voir?

— Il convient, je crois, que je voie d'abord M. de Castellan. Il est officier, et il pourrait s'offenser d'être reçu après mon secrétaire. Je vais donc le faire appeler. Holà! Guillaumet! »

Marcouf, qui se tenait à portée de la voix, entra aussitôt, et à l'ordre que lui donna son maître, il répondit que si M. de Castellan était le plus vieux des deux nouveaux venus qui attendaient dans le carré, ce seigneur venait de s'étendre sur une banquette, où il s'était endormi.

« Le plus jeune est bien éveillé, ajouta Marcouf.

— Eh bien, fais-le entrer, » dit gaiement le chevalier.

Un instant après, parut un garçon habillé de noir comme Jani, et en le voyant Tourville ne put retenir un cri de surprise.

Le secrétaire que Colbert lui envoyait et que Jani lui amenait, c'était Andronique! la belle Andronique travestie en cavalier; Andronique méconnaissable pour tout autre que pour Tourville, car elle portait avec une aisance parfaite le costume masculin, qui convenait à sa taille élancée et à sa figure sévère. Pour parachever le déguisement, elle avait fait le sacrifice de ses beaux cheveux. Elle n'avait pu changer ses yeux ni les lignes si pures de son visage, mais, en Grèce, les jeunes hommes sont souvent aussi beaux que les jeunes filles, et on devait la prendre pour un éphèbe, comme disaient les Athéniens d'autrefois.

Le timbre grave de sa voix ajoutait encore à l'illusion, et il fallait qu'elle fût complète, puisque Marcouf s'y était trompé, lui qui avait vu Andronique plus d'une fois, et dans des circonstances inoubliables.

A plus forte raison s'y tromperaient les marins et même les officiers du *Croissant.*

« Vous ici, Mademoiselle! murmura Tourville, très ému.

— Je m'appelle Vacili, dit Andronique en souriant; je suis le secrétaire de

M. le chevalier de Tourville, qui commande ce vaisseau, et je suis le fils unique du docteur Georges Jani qui en est le chirurgien. »

Cette courte réplique précisait la situation. Tourville, averti, savait dès à présent sur quel pied il devait traiter à bord le père et la fille et ce qu'il aurait à dire lorsqu'on lui parlerait d'eux ; car il ne doutait pas que ce programme n'eût été soumis au ministre et approuvé par lui.

Il s'expliquait maintenant certains discours de Colbert qu'il n'avait pas compris lorsque Colbert les lui avait tenus à Paris dans son cabinet. Jani et sa fille avaient une mission, mais, quelle que fût cette mission, ils n'en étaient ni moins héroïques ni moins dévoués au glorieux blessé de Siphnos.

« Ne m'attendiez-vous pas? demanda doucement le bon ange.

— Je vous... espérais, dit le chevalier, mais...

— Aviez-vous donc oublié notre dernière entrevue à Murano?... Mon père vous a dit là qu'il serait de l'expédition de Candie, et moi je vous ai dit : « Je suivrai mon père. » Notre plan était déjà fait, et si je ne vous l'ai pas exposé, c'est que vous n'étiez pas encore décidé à entrer au service du roi. Mais nous vous avons suivi à Paris,... à votre insu, Monsieur le chevalier,... et nous n'avons pas cessé un seul instant de vous servir...

— Comme au temps où vous m'avertissiez, quand je donnais la chasse aux corsaires de l'Adriatique. Ainsi, c'est de vous que m'est venu l'avis que j'ai reçu de me présenter à M. de Vivonne?...

— De moi, par ordre de M. Colbert, dit Jani. Il craignait pour vous le mauvais vouloir de ce seigneur.

— Il n'avait pas tort de le craindre. Mais je ne suis pas sous ses ordres, et M. de Beaufort, qui commande en chef, est très bien disposé pour moi,... beaucoup mieux que pour les médecins et pour les secrétaires, ajouta le chevalier, car il ne peut les souffrir, et je me garderai bien de lui signaler votre présence à mon bord.

— M. Colbert sait cela, et il m'a enjoint de ne pas me montrer, tant que je serai sur ce vaisseau. Après le débarquement, je produirai la commission que

« Je m'appelle Vacili, » dit Andronique en souriant.

j'ai reçue du ministre, et M. de Beaufort ne m'empêchera pas de panser les blessés à terre. C'est au siège que je pourrai servir utilement, car c'est là seulement qu'on se battra.

— Malheureusement! soupira Tourville, à moins que la flotte, en arrivant devant Candie, ne reçoive l'ordre de canonner les travaux des assiégeants,... auquel cas je compte que mon vaisseau sera en première ligne; mais j'ai pris mes précautions... M. de Beaufort m'a promis de m'emmener à terre, et quand il y aura des coups à donner et à recevoir, j'y serai.

— Moi aussi, Monsieur le chevalier, dit Andronique. La place de votre secrétaire est à côté de vous.

— Pas toujours. Dans une sortie contre les Turcs, je n'aurais rien à lui dicter, répliqua Tourville en riant.

— Il y sera pour vous porter bonheur, Monsieur le chevalier. »

Et Jani ajouta gravement :

« *Mon fils* et moi, nous avons fait d'avance le sacrifice de notre vie. Nous comptons fermement que vous ne nous ménagerez pas. »

Tourville tressaillit. Ce père qui s'offrait en holocauste avec sa fille l'effrayait, et pourtant il ne pouvait s'empêcher de l'admirer.

Mais ce n'était pas seulement de l'admiration que lui inspirait Andronique. Il avait pour cette noble fille des sentiments qu'il n'aurait pu définir : un respect profond et une sympathie passionnée. Il lui semblait qu'elle était descendue du ciel pour le protéger et qu'elle y remonterait après qu'il aurait accompli les grands desseins pour lesquels Dieu l'avait marqué.

Le sort en était jeté. Jani et Andronique suivaient sa fortune. Mais il fallait aviser à les installer convenablement à bord du *Croissant*, et il s'en occupa sans plus tarder. L'espace ne manquait pas, car les officiers n'étaient pas au complet, et Tourville, toujours simple dans ses goûts, n'occupait qu'une partie du château de poupe, affecté à son logement. Le médecin et le secrétaire furent casés dans deux cabines contiguës, par les soins d'un premier maître que le commandant fit appeler pour le charger de ce détail.

Tourville ne mit pas dans la confidence Marcouf, qui n'avait pas encore reconnu les deux nouveaux venus. Il serait temps de l'y mettre quand le gars aurait découvert qui ils étaient, s'il y parvenait.

Et il fallait que Tourville eût le cœur aussi haut placé qu'eux pour associer ainsi, sans arrière-pensée, l'héroïne de Siphnos à sa fortune.

Le gros Vivonne se serait moqué bien fort du désintéressement de ce chevalier vertueux, s'il avait pu savoir que la belle Andronique venait de s'embarquer sur le *Croissant* et que Tourville persistait à ne penser qu'à la gloire.

M. de Castellan s'était réveillé, et Tourville passa le reste de la soirée à l'interroger, après l'avoir fait dîner à sa table. Cet officier lui apportait une lettre de M. Colbert qui l'accréditait et qui priait Tourville de le questionner, pendant la traversée, sur les opérations du siège, qu'il avait quitté momentanément pour venir à Paris renseigner le ministre.

Tourville n'avait garde d'y manquer, quand ce n'eût été que pour faire honneur à la recommandation de son protecteur. Il commença, séance tenante, et il vit tout de suite que M. de Castellan méritait la confiance que Colbert avait mise en lui.

Cet ingénieur, qui avait le titre de surintendant des mines, avait été au service de la République de Venise, sous les ordres du provéditeur général Morosini, qui défendait Candie. Il avait rendu d'importants services dans les dernières années de ce siège, qui dura plus longtemps que le siège de Troie. On ne s'en serait pas douté à le voir, petit, chétif et borgne, portant mal les quarante ans qu'il avait. Mais sous ces piètres dehors il y avait un vaillant soldat et un spécialiste de premier ordre. Passionné pour son art, il ne rêvait que mines, contre-mines, fourneaux, mèches et inventions destructives qu'il prenait un plaisir extrême à appliquer lui-même, car il était toujours prêt à payer de sa personne. Il n'avait pas son pareil pour asphyxier les Turcs dans un boyau de sape, et pour les faire sauter en l'air au moment où ils criaient victoire! Méprisant la guerre au grand soleil, qu'il qualifiait de jeu d'enfant au prix de ses chers combats souterrains, il n'avait qu'un travers, c'était de prétendre qu'il n'était pas militaire et que les travaux périlleux qu'il dirigeait si bien n'étaient que des travaux de terrassement.

Tourville goûta bien vite cet esprit original, fortifié par un jugement droit et par une expérience consommée.

Dès le premier soir, en causant avec M. de Castellan, Tourville en apprit plus long sur la véritable situation de la ville assiégée que n'en savaient probablement les chefs de l'expédition qui allait la secourir.

Tourville passa le reste de la soirée à l'interroger, après l'avoir fait asseoir à sa table

Et il se promit de donner, quand on y serait, d'utiles avis à M. de Beaufort. Il put s'assurer aussi, dans ce premier entretien, que M. de Castellan ne connaissait ni Andronique ni Jani. Arrivé en poste et brisé de fatigue, il avait tout simplement profité du canot qui amenait à bord du *Croissant* le médecin et le secrétaire de M. de Tourville. Pendant la traversée, il n'avait échangé que quelques mots avec eux, et il s'était endormi en arrivant.

Tout annonçait donc que Jani et sa fille ne seraient pas inquiétés, et il ne restait à Tourville qu'à prier Dieu pour que le vœu d'Andronique fût exaucé.

Il passa le reste de la soirée à se promener sur le pont de son vaisseau, en songeant à l'avenir, et, avant de se retirer dans sa galerie, il eut la joie de constater que le vent du nord s'élevait : le vent qui allait pousser la flotte vers la Sicile, qu'il fallait doubler avant de mettre le cap à l'est pour aborder à Candie.

« Un bon coup de mistral, suivi d'une jolie brise du ponant, pensait Tourville, et avant quinze jours nous ouvrirons le feu sur les tranchées des Turcs. Et, cette fois, ce sera le pavillon de France que j'arborerai devant l'ennemi. »

Il ne doutait plus de rien depuis que son bon ange était à bord, et, au moment d'affronter les dangers d'un siège meurtrier, il ne se demandait pas si le bon ange y échapperait.

XIV

LES GALÈRES

XIV

LES GALÈRES

OURVILLE ne s'était pas trompé de beaucoup. Partie de Toulon le 5 juin, la flotte doubla, le 19, à quatre heures du matin, le cap Carabusa, qui forme la pointe occidentale de l'île de Candie.

Elle n'avait essuyé en route qu'un fort coup de vent du nord-ouest, à la hauteur des îles d'Hyères, presque en sortant du port, et elle avait rallié, par le travers du cap Sapienza, une des pointes de la Morée, quatorze bâtiments vénitiers qui apportaient cinq cents chevaux pour monter la cavalerie française.

Pendant cette courte traversée, tout s'était admirablement passé à bord du *Croissant*. Tourville, adoré de ses officiers et de ses matelots, n'avait eu qu'à laisser faire pour qu'ils s'accommodassent de la présence de son chirurgien et de son secrétaire.

Jani n'avait pas encore eu l'occasion de panser un blessé, mais il s'était mis tout de suite à soigner les malades, qui, d'ailleurs, n'étaient pas nombreux.

Vacili était entré en fonctions dès le premier jour. Tourville l'avait chargé de rédiger, pour son usage personnel et d'après les indications de M. de Castellan, un mémoire sur les travaux du siège, et Vacili s'était acquitté de ce travail presque technique avec une facilité qui faisait honneur à l'instruction que recevaient les jeunes filles nobles dans les couvents de Venise.

Le surintendant des mines avait pris en goût le jeune secrétaire et prétendait, dès qu'on serait à terre, lui démontrer sur place le jeu du *camouflet*, et les mérites d'un *rameau* adroitement poussé jusque sous le *logement* de l'ennemi.

Vacili paraissait manquer d'enthousiasme pour la guerre souterraine, mais il écoutait volontiers les récits de ce vétéran du siège, qui lui en racontait l'origine et les commencements : comme quoi, l'an 1644, des galères de Malte, commandées par le chevalier de Boisbaudran, un Français du Poitou, ayant rencontré six vaisseaux turcs, en prirent deux à l'abordage, après avoir mis les quatre autres en fuite, trouvèrent sur l'une de leurs prises la propre sultane du grand sultan de Constantinople, Ibrahim Ier, laquelle s'en allait en pèlerinage à la Mecque, et l'emmenèrent esclave à Malte avec un petit enfant qu'elle avait. De quoi Sultan Ibrahim conçut une si furieuse colère qu'il envoya cent cinquante mille Turcs pour s'emparer de l'île de Crète, occupée par les Vénitiens et beaucoup moins fortifiée que l'île de Malte. Il avait sacrifié vingt mille hommes pour prendre la Canée, la seconde ville de la Crète, et ses troupes avaient échoué devant la capitale. Mais les Turcs étaient revenus l'année suivante, et, tantôt vainqueurs, tantôt vaincus, ils avaient fini par conquérir l'île tout entière, à l'exception de la seule ville de Candie, qui tenait héroïquement, et, ne pouvant la réduire, ils avaient résolu de la bloquer, en bâtissant une Candie neuve à côté de l'ancienne et en s'y logeant avec une puissante artillerie.

La sultane était morte, Sultan Ibrahim aussi ; mais son successeur, Mahomet IV, n'avait pas levé le siège, et les choses en étaient là depuis dix-neuf années, lorsque la République de Venise s'était vue contrainte à implorer l'assistance du pape et de tous les princes chrétiens, particulièrement du roi de France.

Le brave M. de Castellan savait tout cela mieux que Tourville, qui cependant avait pensé souvent à Candie, pendant qu'il croisait dans le Levant, et infiniment mieux que le duc de Beaufort, qui n'en savait pas un mot, ne s'étant jamais occupé que de la Fronde et de ses plaisirs. Mais l'ingénieur n'apprenait rien à Vacili, car Candie était, depuis des années, l'unique objet des aspirations patriotiques de la fille du médecin de Siphnos.

Elle ne se plaisait pas moins à entendre évoquer des souvenirs qui ravivaient sa haine contre les ennemis de sa foi, et elle acheva de faire la conquête du vieil officier en l'écoutant avec autant de déférence que d'attention.

On touchait au but, puisque l'île était en vue, et la partie suprême allait s'engager, peut-être avant la fin du jour.

Tourville, dès l'aube, n'avait pas quitté la dunette et n'attendait qu'un signal pour commander le branle-bas. L'escadre voguait à toutes voiles en rasant la terre de très près. Son secrétaire et le surintendant des mines se tenaient sur la galerie où il se promenait, en interrompant parfois sa promenade pour examiner la côte avec une lunette d'approche.

En tête de la flotte rangée en bon ordre s'avançait le *Monarque,* vaisseau amiral, étincelant de dorures, qui venait de hisser, comme pour narguer les Turcs, le pavillon fleurdelisé du roi de France et le pavillon donné par le pape, magnifiquement brodé à ses armes.

Le *Croissant,* très bon voilier, suivait de près l'amiral.

Le soleil se levait, et le temps était splendide.

On passa devant la Canée, que les Turcs occupaient depuis vingt ans. Ils y avaient abrité leurs bâtiments de guerre, trop peu nombreux pour qu'ils osassent les risquer contre la flotte chrétienne, et Tourville, en les voyant immobiles dans le port, ne put s'empêcher de se plaindre tout haut de la couardise de ces mécréants qui condamnait à l'inaction la marine française, à quoi M. de Castellan répondit :

« Prenez patience, Monsieur le chevalier; c'est à Candie qu'ils nous attendent, et là vous verrez beau jeu. »

Au delà du golfe de la Sude s'allongeaient les terres fertiles de la Crète.

couvertes de moissons et de vignes. On ne se serait pas douté que la guerre avait passé là. Tout était vert et riant dans ces riches plaines parsemées de maisons blanches, et l'horizon était fermé par les cimes neigeuses du mont Ida, de mythologique mémoire.

Tourville, sur sa dunette, goûtait le charme de ce magnifique spectacle, et il tressaillit de joie lorsque, vers quatre heures du soir, on commença d'entendre gronder le canon dans le lointain.

Alors le pays changea d'aspect. Plus d'arbres, plus de maisons. Rien que des terrains dévastés et des collines dénudées, au pied desquelles flottaient les bannières d'un camp turc.

Tourville avait sous la main M. de Castellan, qui lui expliquait au fur et à mesure les tableaux qui se déroulaient devant eux.

« Ce que vous voyez là, Monsieur le chevalier, disait-il, c'est la première ligne de circonvallation que les Turcs ont tracée pour assurer leurs derrières ;... ils entendent fort bien la fortification, les maudits ! on ne le saurait nier, et vous en verrez bientôt d'autres preuves. Cette rivière qui se jette dans la mer, là devant nous, c'est la Djofra. Ils y abritent leurs *sakolèves,*... des barques effilées qui en sortent la nuit pour aller surprendre nos chaloupes quand elles s'aventurent hors du port. Cette plaine sablonneuse, protégée, du côté de la ville, par un parapet gazonné, c'est leur champ d'exercices, et à l'aide de votre lunette, monsieur le chevalier, vous pouvez voir leurs cavaliers galopant en lançant le javelot qu'ils appellent le *djerid.*

— Et plus en avant, ces longues lignes de maçonnerie? demanda Tourville.

— C'est Candie neuve, Monsieur le chevalier, la ville qu'ils ont bâtie et d'où ils battent nos bastions de Candie vieille. Cette fumée blanche qui monte vers le ciel, c'est la fumée de leur canonnade qui ne s'arrête jamais. S'il faisait nuit, vous pourriez suivre dans les airs la trace des bombes qu'ils lancent incessamment sur les nôtres.

« Ah! reprit le vieil ingénieur, voilà qu'ils tirent sur nous, maintenant. »

Une batterie de pièces de quarante-huit, établie tout au bord de la mer, venait d'envoyer, par bravade, une salve inoffensive sur la flotte de secours, qui défilait hors de portée.

« Voilà une volée qui ne nous fera pas de mal, ajouta en riant M. de Castellan.

— Non, ils sont trop loin, dit entre ses dents Tourville, mais c'est bien pis que si leurs boulets arrivaient jusqu'à nous; car ils nous insultent, et nous les laissons faire.

— Monsieur le chevalier, s'écria Vacili, l'amiral vous fait signal de mettre en panne et de venir de votre personne à son bord. »

Entre autres talents, le jeune secrétaire, depuis qu'il était embarqué, avait acquis celui de lire, pour ainsi dire, à livre ouvert ce langage des pavillons, récemment inventé pour communiquer de loin d'un vaisseau à un autre, et considérablement perfectionné par Tourville.

« Enfin ! dit-il, M. de Beaufort a senti l'outrage;... je gagerais qu'il m'appelle pour me donner l'ordre d'attaquer.

« Monsieur de Castellan, dites à l'officier de quart de faire carguer les hautes voile et *parer* le grand canot. Je vous emmène avec moi,... vous pourrez renseigner utilement M. l'amiral.

« Vous m'accompagnerez aussi, Vacili. »

Ces ordres furent exécutés en un clin d'œil, et le *Croissant* imita la manœuvre du *Monarque,* qui avait déjà mis en panne pour l'attendre, pendant que les autres vaisseaux continuaient à faire route vers la rade de la Fosse, le seul mouillage où l'on pût jeter l'ancre sous les murs de la ville assiégée.

Le signal n'était adressé qu'au *Croissant* que montait Tourville.

Marcouf, qui ne quittait jamais son maître, descendit avec lui dans le canot, où prirent place aussi l'ingénieur et le secrétaire.

Jani était dans le carré de l'équipage, occupé à panser un gabier qui venait d'avoir un doigt écrasé en exécutant une manœuvre, et sa fille ne le consultait plus quand il s'agissait d'obéir à un ordre du chevalier.

Le canot eut tôt fait d'accoster le *Monarque*.

Dès que Tourville parut sur le pont, le duc de Beaufort, qui l'attendait, lui cria, du haut de sa tête :

« *Sambieu !* mon *biau* chevalier, vous avez ouï comme moi la pétarade de ces *galvaudeux* de Turcs;... que vous en semble?... Moï, je suis d'avis qu'il nous faut leur rabattre le caquet avant de prendre notre mouillage. Il ferait beau voir ces drôles insulter le pavillon du roi sans leur envoyer des prunes de fer. Nous allons les canonner un brin pour passer le temps,... rien que nous deux, *m'n* enfant,... pendant que l'escadre filera de l'avant...

— Monseigneur, dit Tourville, je vous remercie de m'avoir choisi pour vous aider à châtier ces malandrins; mais le vent ne porte pas à terre, et nos deux vaisseaux ne pourront pas s'approcher jusqu'à la portée du canon.

— Je le sais bien, mon fils; mais voyez-vous ces deux galères qui nous arrivent de la Fosse,... elles battent pavillon vénitien, et c'est M. Morosini qui les envoie à ma rencontre pour me faire honneur... Ce *lambineur* de Vivonne n'est pas encore arrivé en Candie, mais nous nous passerons bien de lui;... ces bons Vénitiens vont donner la remorque à nos deux vaisseaux et les mener jusque sous le bastion qui montre son nez là-bas, près de cette méchante rivière...

— Le bastion Saint-André, Monseigneur, dit M. de Castellan, qui se tenait respectueusement en arrière, son feutre gris à la main.

— Hé ! vous ! l'homme au justaucorps de buffle !... de quoi vous mêlez-vous ? » lui demanda brusquement Beaufort.

Tourville s'empressa de présenter le surintendant des mines, et d'expliquer brièvement pourquoi il l'avait amené.

« Bon ! et ce joli gars est-il aussi dans les mines? reprit le duc.

— Monseigneur, c'est mon secrétaire. »

A cette réponse, M. de Beaufort fut pris d'un accès de fou rire.

« Quoi ! vous aussi, Tourville, vous donnez dans les écrivassiers!... Je vous avais pourtant dit que je n'en voulais pas sur la flotte;... vous avez donc embarqué celui-là par-dessus bord?... J'avais donné des ordres...

— Monseigneur, c'est M. Colbert qui me l'a envoyé de Paris,... je ne pouvais pas refuser...

— Non, *sambieu!* vous ne pouviez pas, puisque maintenant les commis font la loi aux gentilshommes, mais il faut lui faire voir le feu, à ce *biau* secrétaire; mettez-le donc sur la galère qui va vous remorquer et qui recevra les premiers coups. »

Andronique, impassible, semblait ne pas entendre. Que lui importaient les

« Quoi! vous aussi, Tourville, vous donnez dans les écrivassiers! »

sarcasmes de cet écervelé de Beaufort, au moment où elle allait enfin payer de sa personne pour l'indépendance de sa patrie !

Tourville, qui la regardait, lut sa résolution sur son visage.

« Ce sera fait, Monseigneur, dit-il, et je réponds qu'il n'aura pas peur. Vous trouverez bon, je pense, que M. de Castellan monte avec lui sur la galère. Il connaît admirablement les points faibles des ouvrages que nous allons attaquer, et il indiquera au capitaine qui la commande l'endroit le plus favorable à un embossage.

— Oh! pour ça, *m'n* enfant, vous ferez ce que vous voudrez;... mais les, v'là quasiment par notre travers, les deux vénitiennes,... et je vois un canot qui *déborde* de la première... C'est son capitaine qui vient prendre mes ordres,... je *vas* les lui *colloquer*... Vous, mon cher, embarquez avec votre monde; mettez-les en passant sur la galère qui va vous traîner et rentrez à votre bord... Quand vous y serez, faites ce que vous me verrez faire... Il s'agit bonnement de donner une leçon à ces marauds en turban... Quand je jugerai qu'ils en ont assez, je signalerai à mon vénitien de ramer vers la rade de la Fosse;... le vôtre suivra, et comme ça nous aurons brûlé un peu de poudre avant de débarquer. »

Ce programme agréait fort à Tourville, qui ne demandait qu'à aller au feu, et il s'empressa d'obéir, tout en se réservant de décider ce qu'il allait faire de Vacili.

Marcouf était resté dans le canot, et les galères se trouvaient maintenant presque bord à bord avec le *Monarque*.

La conférence entre leurs commandants et le duc de Beaufort ne fut pas longue.

La plus grande vint donner la remorque au vaisseau amiral, et, pendant que l'autre manœuvrait pour se rapprocher du *Croissant,* Tourville l'accosta en même temps que son capitaine qui venait de recevoir les instructions de M. de Beaufort et qui mit gracieusement sa galère à la disposition du chevalier de Tourville, en se déclarant prêt à recevoir à son bord tous ceux que Tourville désignerait pour y monter.

M. de Castellan devait en être, et Vacili demanda doucement la permission de l'accompagner.

Tourville devina que l'héroïque fille de Jani tenait à montrer qu'elle voulait toujours être au plus fort du danger. L'occasion était de celles où elle pouvait quitter son héros, car les boulets ne choisissent pas ceux qu'ils frappent. Elle n'avait qu'à prier Dieu de l'en préserver sur son vaisseau, et elle ne doutait pas que Dieu le protégeât.

Tourville, moins rassuré pour elle, s'en remit aussi à la Providence; il ne retint pas son secrétaire, seulement il voulut que Marcouf montât aussi sur la galère, et Marcouf obéit.

Le transbordement s'opéra très rapidement, et Tourville alla reprendre son commandement à bord du *Croissant.*

Le vieil ingénieur n'était pas fâché d'avoir avec lui Vacili. Il aimait à pérorer, et Vacili était un auditeur complaisant. Mais Vacili fut accaparé tout de suite par le commandant vénitien, charmé de sa bonne mine et de la facilité avec laquelle ce jeune homme parlait l'italien.

Ce commandant était un patricien de la famille Foscari, une des plus illustres de Venise. Il connaissait M. Morosini, provéditeur général de Candie, M. de Saint-André Montbrun, généralissime des troupes de la République, et M. de Castellan, qui était un des anciens du siège.

Andronique n'avait jamais mis les pieds sur le pont d'une galère, quoiqu'elle en eût de loin vu plus d'une à Venise et à Siphnos.

Marcouf était dans le même cas, quoiqu'il en eût vu aussi à Marseille, à Malte et à Toulon.

Et pour ceux-là, c'était un étrange spectacle que celui de l'intérieur d'une galère.

Qu'elles fussent chrétiennes ou turques, elles étaient toutes construites sur le même modèle, ces immenses barques, imitées des trirèmes antiques.

De nos jours, on n'en a qu'une très vague idée.

Il faut se figurer un bâtiment long de soixante mètres, large de vingt, et tellement bas sur l'eau que, dans sa partie centrale, il s'élevait à peine au-dessus des vagues. Au lieu d'être d'une hauteur démesurée comme celle des vaisseaux de guerre de ce temps-là, la poupe n'avait guère que trois mètres de hauteur; mais elle était presque toujours surchargée de dorures et d'ornements. L'avant était pris tout entier par cinq pièces de canon placées de front, la seule artillerie qu'il y eût à bord. Le navire avait deux mâts, mais il ne marchait jamais à la voile, les forçats faisant l'office du vent.

Une grille de bronze séparait la poupe de la *couverte*, c'est-à-dire du pont; entre cette grille et les canons gardés sur la *rambade*, c'est-à-dire sur l'avant, par des maîtres armés, s'alignaient vingt-cinq bancs : douze à bâbord et treize à tribord, divisés par une longue estrade en planches appelée la *coursive*.

Sur chacun de ces bancs, cinq rameurs enchaînés qui mangeaient et dormaient là, vêtus seulement d'une chemise et d'un caleçon de cotonnade, coiffés d'un bonnet rouge, la jambe rivée à une chaîne de trois pieds de long, et portant au cou un bâillon de liège, suspendu à une corde, — le *tap* dans le langage du bagne, — qu'on les forçait de prendre entre leurs dents pour les empêcher de crier, au moment du danger.

Le *comite* qui se promenait sur la *coursive* commandait à la chiourme : *Alerte! le tap en bouche!*

Et, les coups de fouet aidant, qu'on ne leur ménageait pas, la chiourme obéissait aussitôt.

Dans cet enfer flottant, il n'y avait pas que des scélérats couverts de crimes et dignes de la corde. Il y avait aussi des captifs, c'est-à-dire des esclaves pris sur l'ennemi ou même achetés. Ceux-là, pour la plupart, mouraient de misère et de désespoir. D'autres, et particulièrement les criminels, s'accoutumaient à leur sort et rivalisaient de cynisme, au nez et à la barbe des argousins qui les fouaillaient.

Marcouf faisait triste mine en regardant ces misères; mais quel tableau pour Andronique!

M. Foscari établit ses passagers dans sa galerie réservée, où ils étaient à l'abri du contact des bêtes féroces entassées de l'autre côté de la grille, et se mit à donner ses ordres à ses officiers.

Il s'agissait de porter la remorque au vaisseau de M. de Tourville, de le traîner jusqu'à une demi-portée de canon des fortifications turques, de virer dès qu'il présenterait à l'ennemi sa batterie de tribord, et d'attendre pour le ramener au large qu'il eût lâché quelques bordées.

L'autre galère devait opérer de même avec le *Monarque,* et elle commençait son mouvement.

Il n'y avait pas besoin d'être marin pour comprendre que, jusqu'au moment où les vaisseaux seraient embossés, les galères qui les précédaient allaient recevoir tout le feu de l'ennemi, et comme les Turcs étaient alors les premiers canonniers du monde, on devait s'attendre à des pertes sérieuses.

Par ordre de l'amiral, le reste de la flotte filait vers la rade. C'était un véritable duel qui allait s'engager entre les deux vaisseaux et deux gros bastions turcs, un duel où les galères allaient jouer le rôle actif que jouaient dans les combats singuliers de ce temps-là les témoins, qu'on appelait alors des seconds, et cela avec toute raison, puisqu'ils se battaient aussi sérieusement que ceux qu'ils assistaient.

« *Vogue avant,* mes chérubins!... voguez *séme,...* *arranque!...* *arranque!...* » cria le *comite-real* en distribuant des coups de nerf de bœuf sur les épaules des forçats.

Il y eut des grondements aussitôt étouffés, et un de ces malheureux, comme pour braver l'argousin, entonna, en français, une chanson fameuse alors dans les *chiourmes :*

> Je montai sur la capitane
> Où sont peu de gens de soutane,
> Mais plusieurs filous du Marais,
> Vagabonds et coupe-jarrets,
> Consuls de la Samaritaine...

Celui-là devait être un Parisien, et il n'était pas facile de deviner comment il était venu échouer sur les bancs d'une galère vénitienne. Marcouf se mit à le dévisager. La *Samaritaine* lui avait rappelé le Pont-Neuf où, neuf ans auparavant, des filous l'avaient assailli passant avec son maître.

Tous les forçats enchaînés sur l'*espale* faisaient face à l'arrière, excepté les deux premiers rameurs de poupe, qu'on appelait *tire-gourdins,* parce qu'ils maniaient des rames plus longues et par conséquent plus lourdes. Celui qui

chantait était sur le troisième banc, et il montrait à Marcouf un visage effroyable, sans cheveux, sans barbe, sans sourcils, sans oreilles et sans nez.

Il avait subi cette triple amputation pour s'être évadé. Il n'avait plus figure
humaine, et Marcouf n'avait garde de le reconnaître. Il détourna les yeux sans
s'expliquer pourquoi ce monstre lui tirait la langue.

Vacili fermait les siens pour ne pas voir ces horribles têtes ; M. de Castellan ne regardait que le fort, dont la galère se rapprochait de plus en plus.
M. Foscari venait d'emboucher son porte-voix pour commander à son lieutenant
posté sur la *rambade* d'ouvrir le feu avec ses cinq pièces.

A ce moment, les batteries turques se couvrirent tout à coup d'un nuage
blanc troué d'éclairs ; l'écho des montagnes répéta un roulement formidable ;
des boulets passèrent en sifflant, et il y en eut un, mieux pointé que les
autres, qui vint en ricochant culbuter toute une rangée de forçats. Trois furent
écrasés sur le banc brisé ; les deux autres disparurent sous les débris. Le sang
jaillit jusque sur la grille de poupe, et Vacili en reçut des éclaboussures.

Un des deux galériens renversés se releva. Le boulet avait rompu la
chaîne et délivré le misérable, qui se dressa sur l'*espale* et sauta à la mer en
criant :

« Bonsoir, Guillaumet !... tu me reverras, le jour où je tuerai ton maître. »

C'était Jean Gavray, et Marcouf comprit pourquoi ce forçat mutilé qu'il
croyait n'avoir jamais vu avait fait la grimace en le regardant.

On croira sans peine que les argousins ne songèrent point à repêcher ce
scélérat.

Les cinq canons de la rambade ripostèrent bravement, et le fort envoya
une nouvelle volée, qui enfila de bout en bout la galère et y fit un ravage
effroyable. Un officier vénitien fut coupé en deux, et bon nombre de forçats
furent tués ou blessés ; un boulet traversa la galerie de poupe sans toucher ni
M. Foscari ni les trois passagers qui l'entouraient. Les blessés hurlaient, et le
tap en bouche ne suffisait pas à étouffer leurs cris. Mais le timonier n'avait pas
été atteint, et, sous l'impulsion de la barre qu'il tenait d'une main ferme, la

galère vira doucement ; le vaisseau qu'elle remorquait fit la même évolution et lâcha toute sa bordée de tribord sur les ouvrages turcs. C'était lui maintenant qui allait soutenir le feu, car la fine galère qui avait pris du champ ne se trouvait plus sous les canons turcs.

Le misérable se dressa sur l'espale.

Au même instant, à un mille sur l'avant, le *Monarque* entrait en action, et tout disparut dans d'épais tourbillons de fumée.

Puis le feu se ralentit, la fumée se dissipa, chassée par le vent d'ouest qui fraîchissait ; un signal fut hissé au grand mât du vaisseau amiral, et les quatre bâtiments filèrent vers la rade, où le reste de la flotte était déjà à l'abri.

Les Vénitiens n'étaient pas contents. La bravade du duc de Beaufort leur coûtait cher. Un de leurs officiers avait été broyé à l'avant par un boulet ; deux autres avaient été blessés. Il manquait aussi une douzaine de forçats, qu'on ne plaignait pas, mais qu'on regrettait, par la seule raison qu'un forçat était une valeur.

M. d'Amfreville, intendant de la marine du Levant, avait alors coutume de dire qu'un pendu n'était bon qu'à nourrir les corbeaux, tandis qu'il y avait toujours quelque bribe à tirer du plus malicieux galérien.

Le commandant Foscari et même M. de Castellan étaient bien de cet avis, et, si l'amiral les avait consultés, ils auraient certainement opiné pour qu'on s'abstînt d'engager ce combat inutile.

Andronique était glacée d'horreur. Si elle avait demandé à monter sur la galère, qui allait être le poste le plus périlleux, c'est qu'elle voulait s'aguerrir avant de s'exposer sous les yeux de Tourville. Elle craignait d'avoir peur, et elle ne voulait pas qu'il la vît faiblir. La noble fille n'aurait pas dû se défier de son courage, car elle avait déjà fait ses preuves sur la frégate où l'affreux Cruvillier l'avait enfermée après l'avoir enlevée à Siphnos ; mais là, elle n'avait pas vu les effets du feu ; elle avait seulement entendu le fracas du combat du fond de la cabine où on l'avait jetée, et il lui semblait que ce n'était pas assez pour être sûre d'elle-même.

Maintenant l'expérience était faite. Elle n'avait pas bronché sous les boulets turcs ; elle ne les avait pas même salués, comme il arrive aux novices qui baissent instinctivement la tête au premier ronflement des projectiles.

Elle était restée droite et ferme comme un vieux soldat, à ce point que M. Foscari avait complimenté le jeune secrétaire qui se tenait si bien.

La crainte n'avait pas de prise sur son âme intrépide, mais un autre sentiment faisait battre son cœur, et ce sentiment, c'était la pitié. Elle venait de voir de près ce que coûtait la gloire, et elle en était à douter que l'amour dont elle brûlait pour sa patrie justifiât ces tueries et ces cruautés. Le spectacle de ces malheureux bâillonnés et roués de coups l'avait écœurée. Ils ne se battaient pas pour une cause, ceux-là. On les traînait à la bataille comme un vil bétail

qu'on pousse à l'abattoir. Elle aurait voulu pouvoir les délivrer et leur dire :
« Soyez des hommes et rachetez vos crimes en servant librement votre pays. »

Et il lui tardait de quitter ce bagne pour combattre en terre ferme, aux
côtés de son héros.

Marcouf, lui, ne pensait qu'à Jean Gavray. La courte apparition de cet
affreux garnement l'avait bouleversé. Il croyait voir encore sa face de réprouvé,
et la menace qu'il avait lancée avant de se jeter à la mer retentissait encore à

Les cinq canons de la rambade ripostèrent bravement.

ses oreilles. « Tu me reverras le jour où je tuerai ton maître, » avait crié Jean
Gavray. Marcouf avait beau se dire qu'il avait dû se noyer, Marcouf n'était
pas tranquille, et il se jurait de faire bonne garde si Tourville débarquait pour
courir à terre les mêmes périls que M. de Beaufort.

Il n'était pas rassuré non plus sur les résultats de cette canonnade dont le
Croissant venait d'avoir sa part. Les boulets sont aveugles, et Tourville n'était
pas invulnérable.

Andronique partageait les inquiétudes de Marcouf, et elle pensait aussi à
son père, qui n'avait pas dû se ménager.

32

La galère vénitienne entra dans la rade de la Fosse, au bruit du canon de la ville qui saluait l'amiral; et le vaisseau de Tourville vint bientôt mouiller dans ses eaux. Il n'eut pas plus tôt jeté l'ancre qu'un canot s'en détacha. Tourville n'avait pas oublié son secrétaire, et il l'envoyait chercher en toute hâte; inquiet, lui aussi, car de son bord il avait vu la galère essuyer seule pendant une demi-heure le feu bien dirigé des canonniers turcs.

M. Foscari ne laissa point partir ses passagers sans les féliciter encore de leur courageuse attitude, ni sans les charger de ses compliments pour le chevalier, qu'au fond de son cœur il donnait à tous les diables, car, en sa qualité de Vénitien, il plaçait sa République au-dessus de tout, et il en voulait à ces Français qui avaient attiré de grosses avaries à sa galère et à sa chiourme.

Andronique ne se doutait guère que son illustre parent Morosini était dans les mêmes idées que son compatriote Foscari, et que, à la veille de tenter un suprême effort pour chasser les infidèles qui assiégeaient le dernier boulevard de la chrétienté, il ne se préoccupait que des intérêts particuliers de Venise.

Parmi ceux qui défendaient Candie et parmi ceux qui venaient la secourir, Andronique et Jani seuls se dévouaient pour une idée.

A bord du *Croissant*, Andronique eut la joie de retrouver sains et saufs son père et son héros. Tourville n'avait pas une égratignure, quoiqu'il eût toujours été au poste le plus exposé, et Jani avait été si affairé à panser les blessés qu'il s'était à peine aperçu du danger.

Sans s'inquiéter des signes que lui faisait Marcouf, qui avait hâte de lui parler de Jean Gavray, Tourville, après avoir fait fête à M. de Castellan, s'enferma avec son secrétaire, sous prétexte de lui dicter un rapport sur l'engagement qui venait de finir, et en réalité pour avoir avec son bon ange un entretien sérieux.

Tourville avait réfléchi pendant l'action, et il se reprochait maintenant d'avoir souffert que la belle Andronique fît la campagne. Il se disait qu'il n'avait pas le droit d'accepter le sacrifice qu'elle voulait lui faire de son repos et de sa

Elle était restée ferme et droite comme un vieux soldat.

vie. Il était un peu tard pour s'en aviser, mais il ne désespérait pas de lui persuader de renoncer à une entreprise insensée. Il avait un argument tout prêt, qui était qu'il n'aurait rien à faire comme capitaine de vaisseau, puisque la guerre allait se poursuivre à terre. Elle était venue pour courir les mêmes périls que lui, et désormais il n'en courrait plus aucun. Donc, il n'y avait plus de raison pour qu'elle restât à la merci d'un hasard qui ferait découvrir que le secrétaire de M. de Tourville était une femme. C'était un miracle que personne n'eût encore pénétré ce secret, et c'était jouer gros jeu que de continuer. Il parla dans ce sens, et il avait quelque mérite à le faire, car il sentait bien qu'il lui en coûterait de se séparer d'elle.

Il se heurta à une résolution inébranlable.

« J'ai une mission de Dieu, dit la nouvelle Jeanne d'Arc; je l'accomplirai jusqu'au bout. Si vous me chassez de ce vaisseau, j'irai aux tranchées et j'aiderai mon père à soigner les blessés. Il pense comme vous que les vaisseaux ne seront plus engagés et il veut aller là où on se battra. Mon devoir est de le suivre, Monsieur le chevalier, et je le suivrai. »

La sagesse de Tourville ne tint pas contre cette simple et ferme réponse

« Moi aussi, j'irai au siège, murmura-t-il; M. le duc de Beaufort m'a demandé de l'y accompagner, et je lui dois obéissance, puisqu'il commande nos forces de terre et de mer.

— Vous pourrez donc m'emmener, Monsieur le chevalier, dit vivement la jeune fille, et je serai près de vous, tout en étant près de mon père. »

Cette fois, il n'y avait rien à répliquer, et le chevalier se tut. Il avait fait une dernière tentative pour soustraire Andronique aux dangers qu'elle tenait à braver, la tentative échouait devant une volonté indomptable. Il ne restait à Tourville qu'à laisser leur destinée s'accomplir.

Jani vint mettre fin à cet entretien décisif. Il venait annoncer à Tourville qu'il espérait sauver tous ses blessés, quoiqu'il en eût amputé deux, et il ajouta que M. de Castellan se faisait fort de le mettre à même de rendre de grands services aux combattants des tranchées. On manquait de chirurgiens à Candie,

et le débarquement de l'armée de secours allait donner le signal de vigou-
reuses attaques contre les travaux des assiégeants.

Tourville l'assura qu'il ne mettrait point obstacle à ses projets, et, afin
d'éviter de se prononcer davantage, il le laissa en tête-à-tête avec sa fille pour
se faire conduire à bord du *Monarque,* où il tenait à voir l'amiral, avant qu'il
eût conféré avec les chefs de la défense, M. Mórosini et les autres.

Marcouf l'attendait sur le pont pour lui parler de Jean Gavray; mais
Tourville ne l'écouta guère. Il avait d'autres soucis que celui de ce gibier
de potence, et il ne se dit pas qu'une vipère est quelquefois plus à redouter
qu'un lion.

XV

LA TAVERNE DES SEPT BOMBES

XV

EAUFORT avait tenu sa promesse. Il avait emmené à terre le chevalier de Tourville, qui, lui, avait tenu celle qu'il avait faite à son secrétaire, car Jani et sa fille étaient aussi entrés dans Candie.

M. de Castellan avait débarqué le soir même de l'entrée du *Croissant* dans la rade.

Marcouf suivait son maître, qui revenait tous les soirs coucher à bord de son vaisseau, après avoir assisté au conseil de guerre, où il était souvent admis, par une exception qu'il devait à la faveur spéciale dont l'honorait maintenant M. de Beaufort.

Ce conseil se tenait dans une maison ruinée — il n'y en avait plus d'autres dans la ville — où le provéditeur Morosini campait plutôt qu'il n'habitait, car on y vivait sous une pluie de bombes.

M. le duc de Navailles, commandant les troupes françaises, prenait part au conseil avec ses officiers généraux, MM. de Choiseul, de Dampierre et de Maulevrier. M. de Castellan y était appelé à cause de ses connaissances spéciales, et Tourville, qui y représentait la marine, n'y faisait pas mauvaise figure, ayant quelquefois à donner son avis sur le concours que pourrait apporter la flotte à la grande action qui se préparait.

33

Le duc de Beaufort était pressé d'en finir. M. Morosini l'était beaucoup moins. Le duc répétait à tout propos que le roi ne l'avait pas envoyé à Candie pour se chauffer au soleil, mais pour donner un bon coup de collier; que les paroles ne servaient de rien et qu'il fallait agir sans plus *barguigner,* comme il disait. Le provéditeur avait beau lui objecter que les positions occupées par les Turcs étaient formidables et qu'il convenait d'en étudier les points faibles avant de risquer une attaque qui, si elle échouait, serait désastreuse; le duc répondait qu'il n'était pas besoin de tant de cérémonies pour monter à l'assaut et jeter à la mer ces chiens de Turcs.

Il arrivait même que les discussions s'aigrissaient et qu'on se renvoyait des reproches. Elles avaient commencé dès la première séance, entre M. de Navailles qui réclamait le concours immédiat des troupes vénitiennes, et M. de Saint-André Montbrun, leur commandant, lequel avait répondu qu'il ne lui restait pas deux mille cinq cents hommes en état de prendre les armes; que, depuis deux jours, les postes n'avaient pas été relevés et qu'il pourrait tout au plus en distraire deux ou trois compagnies pour servir d'éclaireurs aux Français.

A Paris, l'ambassadeur de Venise avait affirmé au roi et à ses ministres que la garnison était encore forte de douze mille hommes. On était loin de compte.

Les déceptions se succédaient, et, pendant que M. de Beaufort s'emportait, le chevalier de Tourville augurait assez mal du succès de l'entreprise. Il ne mettait pas en doute le courage des Vénitiens : leur général, le marquis de Saint-André, n'était pas encore remis d'une grave blessure reçue en repoussant un assaut des Turcs. Mais Tourville se défiait plus que jamais de la politique de nos alliés. Le général glorieusement blessé lui était très sympathique; Morosini ne lui plaisait guère, avec sa figure pâle, sa physionomie sagace et son étrange costume, qui était de soie pourpre depuis les souliers jusqu'au chapeau.

Tourville, par moments, se demandait si la fille de Jani, qui était la compatriote et la parente de ce guerrier diplomate, ne parviendrait pas à pénétrer ses desseins, si elle avait pu l'approcher; mais Tourville ne pouvait pas songer à amener son secrétaire au conseil, où il n'avait lui-même qu'une entrée de faveur.

Il la voyait tous les soirs, car elle revenait coucher à bord, après avoir passé la journée avec son père, qui avait immédiatement pris le service auprès des malades dont la ville était pleine.

Elle semblait plus calme depuis qu'elle croyait être assurée que le chevalier l'appellerait, le jour où, de sa personne, il irait au combat; et ce jour ne pouvait pas être éloigné, car le débarquement des troupes, vivement mené, touchait à son terme.

Tourville ne doutait pas que le duc de Beaufort, en dépit des objections, ne livrât bataille, aussitôt qu'il aurait tous ses soldats sous la main, et Tourville se flattait d'empêcher Andronique d'être de la sortie.

Marcouf, bien entendu, n'accompagnait son maître que jusqu'à la porte de la maison du provéditeur. Il était donc libre à peu près toute la journée, et il profitait de ses loisirs pour errer à travers la ville, qui offrait un spectacle lamentable. Les rues étaient jonchées d'éclats de bombes; les maisons en ruine n'avaient plus ni portes, ni fenêtres, ni toitures. On ne rencontrait que des blessés, qu'on emportait sur des hallebardes en guise de civières.

On ne rencontrait pas de morts. Il y en avait tant qu'on avait renoncé à faire des funérailles. On les enterrait à la place où ils tombaient.

Mais les vivants étaient fort altérés, et, dans cette malheureuse Candie qui n'était plus qu'un monceau de décombres, les tavernes ne manquaient pas. Or y buvait même de très bon vin de Palæo-Castro, le meilleur cru de toute l'île, qui en possède beaucoup et d'excellents.

Dès le premier jour, Marcouf en avait découvert une dont la singulière enseigne avait attiré son attention. On l'appelait la taverne des *Sept Bombes*, parce qu'elle avait été démolie naguère par sept bombes tombées coup sur coup. Il n'en était resté que le rez-de-chaussée et le plancher du premier étage, que le tavernier avait eu l'ingénieuse idée de recouvrir d'une couche de terre et de paille mouillée, assez épaisse pour amortir désormais l'effet des projectiles, si gros et si lourds qu'ils fussent. Il jurait ses grands dieux qu'ils ne feraient pas plus de mal qu'un œuf qui se casse sur le pavé, et on l'en croyait sur parole, car depuis qu'il avait blindé son cabaret pas un n'y était tombé, par un hasard tout à fait extraordinaire.

Cet homme était un vieux sergent de mineurs qui avait servi sous les ordres de M. de Castellan et qui avait, comme lui, la manie de parler continuellement de mines et de contre-mines, en assaisonnant ses discours de hâbleries effrayantes.

Avec son bon sens normand, Marcouf avait reconnu tout de suite que le père La Lanterne, comme on l'appelait, mentait souvent et exagérait toujours; mais les buveurs qui se rassemblaient chez lui écoutaient avidement ses récits et les prenaient pour paroles d'Évangile.

Il leur racontait que les Turcs lançaient des flèches empoisonnées et garnies d'artifices qui éclataient dans le corps des blessés; qu'ils faisaient, au moment où l'on s'y attendait le moins, partir des mines qui mettaient en capilotade la moitié d'un régiment, à telles enseignes que, de soixante-deux soldats qui gardaient un retranchement au bastion de la Sablonnière, on n'avait retrouvé que trois jambes, deux têtes et la moitié d'un tronc; qu'ils empalaient leurs prisonniers pour les faire rôtir et les manger après; qu'ils leur arrachaient les yeux pour les fricasser avec une pointe d'ail; et cent autres bourdes propres à donner la chair de poule aux niais qui les avalaient.

Marcouf riait de leurs mines effarées et pensait à part lui que l'autorité militaire ferait bien de fermer ce cabaret où on enseignait aux soldats tout le contraire de la bravoure; mais il n'avait garde de dénoncer le père La Lanterne, qui vendait de si bon vin : un vrai nectar, au prix duquel le meilleur cidre du Cotentin n'était que de la piquette.

Et puis, il s'amusait de voir défiler à la taverne des *Sept Bombes* des soldats en uniformes de toutes les couleurs. Dans le corps d'armée commandé en chef par le duc de Navailles figuraient des détachements de quinze régiments de France : Lorraine, Rozan, Bretagne, Harcourt, etc., deux compagnies de mousquetaires à cheval de la maison du roi, une compagnie de volontaires composée d'officiers réformés; et d'autres encore, sans compter que le cabaret des *Sept Bombes* était fréquenté aussi par les Esclavons de M. Morosini, de grands diables à longues moustaches, vêtus de rouge et hérissés d'armes, qui avaient tout l'air d'être de vrais bandits.

Au milieu de cette cohue bigarrée, Marcouf passait inaperçu avec son costume qui tenait tout à la fois de l'uniforme et de la livrée. Il répondait quand on lui parlait, mais il n'abordait personne, se bornant à boire sec et à trinquer parfois avec de bons drilles qui l'invitaient et auxquels il ne manquait pas de rendre largement leur politesse; car depuis qu'il était au service de Tourville il avait toujours ses poches bien garnies, et, quoique bas Normand, il dépensait facilement ses écus. Il avait même du goût pour le jeu, et, s'il eût osé, il en aurait risqué quelques-uns aux parties de dés que jouaient sur des tambours, dans un coin de la taverne, des soudards avinés. Mais il avait la sagesse de s'abstenir, parce qu'il vivait toujours dans la crainte salutaire d'encourir un blâme du meilleur des maîtres.

Il n'en passait pas moins des heures entières aux *Sept Bombes,* et il n'en partait que pour aller attendre le chevalier de Tourville, sur le port, à sa sortie du conseil qui se tenait chez M. Morosini et qui finissait toujours tard.

Le troisième jour après le débarquement, Marcouf, à la taverne, fut invité poliment par un homme qui portait l'uniforme de l'un des régiments français avec les insignes du grade de bas officier, comme on disait alors pour désigner les sergents, et qui devait avoir blanchi sous le harnois militaire, car il approchait de la soixantaine, s'il ne l'avait dépassée. D'ailleurs il ne payait pas de mine, avec ses yeux enfoncés dans l'orbite, sa peau tannée comme du vieux cuir et son visage osseux, tout couturé de cicatrices.

Ce vieux reître était jovial, et il ne tenait pas, comme le maître de la taverne, des propos décourageants; au contraire, à l'entendre, les Turcs n'étaient pas si redoutables qu'on le disait, ni si féroces; il avait été, autrefois, leur prisonnier, et ils l'avaient fort bien traité, à ce point que s'il avait voulu se convertir au mahométisme, ils l'auraient fait pacha, pour le moins. Il avait refusé de renier, et ils l'avaient renvoyé en le comblant de présents. En un mot, disait-il, ces Turcs étaient les meilleurs gens du monde, et il ne fallait pas croire aux histoires effroyables que contait le père La Lanterne.

A quoi Marcouf répondait sagement qu'il ne tenait pas du tout à faire l'essai de leur mansuétude et qu'il tâcherait de ne jamais tomber entre leurs mains.

Mais cet homme paraissait si bien renseigné que Marcouf profita de l'occasion pour lui demander ce qu'il pensait du siège et de l'expédition entreprise pour contraindre les Turcs à le lever.

Marcouf n'avait jamais osé questionner son maître à ce sujet, mais il n'augurait pas très bien du résultat final.

Le sergent s'empressa de le rassurer. Il affirma que les Turcs ne pouvaient plus tenir, que leur général Achmet-pacha n'aspirait qu'à rentrer dans son sérail, qu'il avait dû, à son grand regret, laisser à Stamboul, et qu'il suffirait d'une sortie vigoureusement conduite pour les jeter tous à la mer.

« Seulement, ajouta-t-il en hochant la tête d'un air entendu, il faut qu'elle soit bien dirigée, et je crains que nos généraux n'attaquent pas au bon endroit. Je le connais, moi, ce bon endroit, et si j'avais voix au chapitre,... mais je ne suis qu'un pauvre diable de bas officier, et on ne me consultera pas.

« Il paraît que le grand coup est pour après-demain matin, au petit jour? »

Il y avait un point d'interrogation au bout de cette dernière phrase, négligemment lancée, et Marcouf répondit :

« Ma foi, Monsieur le sergent, je ne pourrais pas vous le dire, vu que je n'en sais rien. Mon maître doit le savoir, puisqu'il va tous les jours au conseil chez le gouverneur, mais vous pensez bien qu'il ne me raconte pas ce qui s'y passe.

— Votre maître? demanda le vétéran; vous voulez dire votre colonel? De quel régiment êtes-vous?

— D'aucun. Je suis au service de M. le chevalier de Tourville, capitaine de vaisseau.

« A la santé du grand Tourville! » dit-il en levant son verre, qu'il vida d'un trait,

— Le chevalier de Tourville!... quoi! il est ici?

— Il commande le *Croissant*. Est-ce que vous le connaissez?

— De réputation, oui. J'étais déjà dans Candie quand il naviguait dans l'Archipel, il y a une dizaine d'années. On ne parlait que de lui. En voilà un qui sait la manière de battre les Turcs! Il vaut une armée à lui tout seul, et s'il commandait la sortie, elle serait bellement menée, j'en réponds. »

Cet éloge du chevalier alla droit au cœur de Marcouf, qui fit aussitôt déboucher un nouveau flacon de palæo-castro pour régaler l'admirateur de son maître, et le sergent ne se fit pas prier pour trinquer.

« A la santé du grand Tourville! dit-il en levant son verre, qu'il vida d'un trait. Je ne l'ai jamais vu, et je voudrais bien savoir comment est fait un héros,... car c'est un héros.

— Rien de plus facile. Il est au conseil, mais il rentre tous les soirs à bord de son vaisseau.

— Avec vous, jeune homme?

— Oui, Monsieur le sergent, avec moi; je vais l'attendre sur le port, près du canot qui vient le chercher et qui nous ramène à bord, lui, son secrétaire et votre serviteur.

— Son secrétaire!... qu'est-ce que c'est que ça?... Je ne connais pas ce grade-là.

— C'est un écrivain que le ministre a envoyé à M. le chevalier, qui n'aime pas à manier la plume.

— Ah! bon!... un commis de l'intendance!... Vilaine espèce!

— Celui-là est très doux, très avenant, et joli comme une femme.

— Alors il ressemble à votre maître, car je me suis laissé dire que M. de Tourville est si beau qu'on l'a quelquefois pris pour une demoiselle.

— C'est vrai,... quand il était tout jeune... Mais ça ne lui arrive plus... Il a vingt-sept ans à présent et il est toujours beau; seulement, il a l'air sévère, et quand il vous regarde, on n'a pas envie de lui désobéir.

34

— C'est bien ainsi que je me le figure, et je suis convaincu que c'est lui qui délivrera Candie. Les autres ne feront que des sottises.

— Les autres ?

— Eh! oui,... votre duc de Beaufort ne sait qu'aller aux coups,... il n'entend rien à la guerre;... ses généraux ne connaissent pas Candie, et ils iront donner tête baissée dans quelque embuscade... Les Vénitiens, c'est encore pis... Morosini n'a qu'une idée, c'est de tirer du jeu l'épingle de sa République, et il ne demande qu'à traiter avec le pacha... En vérité, je vous le dis, mon garçon, il n'y a que M. de Tourville qui chassera les Turcs,... s'il veut m'écouter.

— Vous écouter, Monsieur le sergent? demanda Marcouf, tout étonné.

— Eh!oui,... je lui indiquerai le véritable point d'attaque;... je connais les ouvrages turcs comme je connais les poches de mon justaucorps,... je sais où sont leurs mines et les endroits où ils se gardent mal.

— Mon maître vous écoutera, je n'en doute pas, Monsieur le sergent,... et si vous voulez vous trouver au port à l'heure où il embarque...

— Je ne demande pas mieux, mais je ne sais si j'oserai l'aborder,... il ne me connaît pas. »

Marcouf ne songeait qu'à faire profiter le chevalier des renseignements d'un homme si bien informé. Le vin de Palæo-Castro l'avait disposé à la confiance, et il ne lui vint pas à l'esprit de demander à cet homme où il avait pris ses informations, ni de se dire qu'elles lui avaient peut-être été fournies par les Turcs qui l'employaient comme espion.

« Je vous présenterai à M. de Tourville, dit le gars en se rengorgeant.

— Eh bien, jeune homme, si vous faites cela, vous nous rendrez un fameux service à nous tous qui défendons Candie, car, je vous le répète, il n'y a que votre maître qui soit capable de nous sauver en prenant le commandement de la grande sortie;... et s'il ne s'en mêle, nous périrons tous dans ce trou maudit.

— A Dieu ne plaise, Monsieur le sergent!... Voulez-vous voir M. le chevalier dès ce soir?

— Le plus tôt sera le mieux.

— Il ne tient qu'à vous, et vous n'attendrez pas longtemps, car le jour baisse déjà. C'est bien heureux que vous ayez eu l'idée de vous adresser à moi dans cette taverne où on ne sait auquel entendre.

— Jeune homme, votre figure m'a plu tout de suite. Je me suis dit : « Voilà un brave ! » et je vois que je ne m'étais pas trompé. Vous ne ressemblez pas aux ivrognes qui fréquentent chez ce vieux coquin de La Lanterne. C'est bien par hasard que je suis entré dans son cabaret.

— La compagnie qu'on y rencontre ne me plaît guère, mais il faut avouer que son vin est bon.

— Excellent. Nous en viderons bien une troisième bouteille. Holà ! vieux bombardier, encore une !... et du meilleur ! »

Le tavernier l'apporta, quoiqu'il fût très occupé à décrire à une douzaine de soldats attablés les effets de certaines fioles carrées que les Turcs lançaient dans les tranchées et qui, en se brisant, répandaient une fumée sulfureuse si infecte qu'on tombait asphyxié dès qu'on la respirait.

Marcouf remarqua qu'il dévisageait le sergent d'un œil soupçonneux, et pensa que La Lanterne lui en voulait de faire bande à part, au lieu de grossir le cercle des nigauds qui écoutaient ses histoires.

« Il me fait mauvaise mine, parce que je ne suis pas de ses pratiques, ricana le vétéran. J'en serais peut-être si mon régiment n'était pas campé à l'autre bout de la ville, devant le bastion Saint-André.

— Excusez-moi si je vous demande comment il s'appelle, votre régiment. Je n'ai jamais servi que dans la marine, et, dame ! vous concevez, je ne connais pas encore très bien les uniformes de l'infanterie.

— Je suis de Rozan-Duras ;... mon colonel, c'est M. le marquis de Rozan ;... mais je l'ai vu hier pour la première fois, car il ne fait que d'arriver à Candie, où je suis, moi, depuis longtemps. J'y vins avec M. le duc de la Feuillade, qui n'y réussit guère, car il y perdit beaucoup de monde et il fut obligé de se rembarquer avec ses troupes, sans avoir rien fait de bon. Moi, je restai. Le pays me convenait... Et puis j'aime le métier, quoiqu'il ne m'ait jamais rapporté que des horions.

— Vous n'avez jamais servi sur mer?

— Sur mer? Non... Pourquoi me demandez-vous cela? Est-ce que vous trouvez que j'ai l'air d'un marin, avec ces bottes et cette rapière?

— Non,... non...

— Bon! j'y suis, c'est ce caban à capuchon que j'ai sur les épaules... Les matelots en ont de pareils,... je ne le quitte jamais, et je vous jure qu'il n'est pas de trop dans cette diablesse d'île où l'on rôtit toute la journée et où l'on grelotte dès que la nuit vient... Si vous passiez seulement un mois à Candie, vous feriez comme moi, et vous vous en trouveriez bien... Mais le siège sera levé d'ici à trois jours... si M. le chevalier de Tourville consent à m'entendre. »

Marcouf n'insista pas. Il avait cru un instant reconnaître le sergent pour l'avoir déjà vu, sans pouvoir se rappeler où. Il suffit souvent d'un geste ou d'une inflexion de voix pour réveiller un souvenir qui dort au fond de la mémoire. Mais ce ne fut qu'une impression passagère, et Marcouf n'y pensa plus.

Le vin du tavernier aidant, la causerie se prolongea, au bruit du canon qui la couvrait parfois, car on tirait ferme du côté du bastion de la Sablonnière, à l'est de la ville, et le vent venait de ce côté.

Elle fut interrompue par le fracas épouvantable d'une bombe qui éclata juste sur la taverne, comme pour démontrer la solidité du blindage inventé par La Lanterne; car elle ne la traversa point, mais elle ébranla tellement la maison qu'elle trembla sur sa base et que verres et bouteilles furent renversés.

Les buveurs, peu rassurés, déguerpirent, en dépit des objurgations du tavernier, qui les traitait de poules mouillées et jurait que sa baraque pourrait recevoir vingt bombes sans s'écrouler.

« C'est possible, mais je n'attendrai pas la seconde, » ricana le sergent de Rozan-Duras en sortant vivement.

Marcouf le suivit dehors, et ils s'acheminèrent ensemble vers le port, car l'heure approchait où le chevalier de Tourville devait s'y trouver pour rentrer à son bord. Marcouf prit même le pas accéléré, parce qu'il craignait d'arriver en retard; et comme il n'était déjà presque plus sous l'influence du vin de Palæo-

Castro, ii regrettait un peu d'avoir promis de présenter à son maître sa nouvelle connaissance des *Sept Bombes*.

Le sergent, lui, paraissait être de joyeuse humeur. Il ne tarissait pas en beaux discours et en vantardises que le gars du Cotentin commençait à trouver trop fortes. A l'en croire, Jolicœur (c'était son nom de guerre), Jolicœur tenait dans sa main le sort de l'expédition du duc de Beaufort; il dépendait de lui seul

« Le voici qui vient, » dit Marcouf.

que la grande sortie eût un plein succès, et il voulait absolument que l'honneur de ce succès revînt tout entier à M. le chevalier de Tourville.

La nuit tombait quand ils arrivèrent sur le port où le grand canot attendait le capitaine du *Croissant*, qui ne pouvait pas beaucoup tarder, car le conseil devait être fini.

« Sentez-vous la fraîcheur? dit le sergent; vous allez voir à quoi sert mon capuchon. Tenez!... comme ça je ne m'enrhumerai pas. »

Il le releva en le rabattant sur son visage comme une cagoule de moine.

« Et personne ne vous reconnaîtra, ajouta Marcouf, devenu défiant.

— Je ne cherche pas à me cacher, répliqua Jolicœur, et il importe peu que votre maître voie mon visage, puisqu'il ne me connaît pas. S'il veut que je le lui montre, il n'aura qu'à parler.

— Le voici qui vient, dit Marcouf.

— Cet officier qui s'avance là-bas?... Je me sens tout ému à la pensée de l'aborder,... mais... il n'est pas seul...

— Non; il est avec son secrétaire,... celui que le ministre lui a envoyé de Paris;... le jeune homme aura été l'attendre à la sortie du conseil;... vous pourrez parler devant lui. »

Jolicœur n'y paraissait pas disposé, mais il n'eut pas à s'y résoudre, car le chevalier, en l'apercevant, s'arrêta court, tandis que Vacíli alla droit au canot et y monta.

Pour Marcouf, c'était le moment de tenir sa promesse en présentant le sergent qu'il avait recruté à la taverne. Il ne savait trop comment s'y prendre et, dans son embarras, il tortillait gauchement son chapeau entre ses doigts, comme un paysan appelé à comparaître devant son seigneur.

« Qu'est-ce?... qu'as-tu à me dire? demanda brusquement Tourville.

— Monsieur le chevalier, balbutia Marcouf, c'est ce sergent qui voudrait... »

Jolicœur prit la parole :

« Monseigneur, dit-il, je suis du régiment de Rozan... Voilà cinq ans que je sers en Candie,... je sais à fond la guerre qu'on y fait,... et je voudrais vous donner un renseignement, faute duquel la grande sortie manquera.

— Un renseignement?

— Oui, sur le point où il faut déboucher pour éviter les mines turques.

— D'où vous vient-il, ce renseignement? »

Jolicœur hésita un instant, mais il répondit en baissant la voix :

« Monseigneur, je n'ai pas voulu le dire à ce garçon, qui est, je crois, votre valet, mais à vous je dois la vérité :... j'ai des intelligences dans le camp d'Achmet-pacha.

— Alors, vous êtes un espion?

— Non, Monseigneur. On paye les espions, et je ne demande pas d'argent.

J'ai vécu autrefois chez les Turcs. Je parle très bien leur langue, et tout derniè-
rement j'ai été leur prisonnier. Je leur ai demandé la vie, en leur promettant
de les renseigner sur ce qui se passait dans la ville. Ils me l'ont accordée; ils
m'ont renvoyé libre, et, comme je sais le moyen de passer dans leurs lignés et
d'en revenir sans qu'on me voie, je fais la navette entre la ville et leur camp.
Je leur donne de fausses indications qu'ils tiennent pour excellentes, et je puis
vous en donner de vraies. Voilà ma confession, Monseigneur. Il ne tient qu'à

Les six avrons fendirent l'eau avec ensemble.

vous de ne pas me croire et de me faire pendre. Veuillez seulement consi-
dérer que ma mort ne vous servirait à rien et que, vivant, je puis sauver
l'armée. »

Ce fut dit avec un tel accent de franchise que Tourville crut avoir affaire à
un de ces exaltés qui sacrifient tout à une idée; tout, jusqu'à leur honneur.

Andronique n'avait sacrifié que son bonheur, mais elle lui avait montré
jusqu'où peut aller l'enthousiasme.

« Je veux bien vous croire, dit-il lentement; mais, en somme, que me
proposez-vous?

— De guider la colonne que vous commanderez. Vous n'aurez pas à craindre que je vous trahisse, puisque je marcherai devant vous. Si je vous menais sur un terrain miné, nous sauterions ensemble.

— Pourquoi vous adressez-vous de préférence à moi qui ne ferai de service à terre que par hasard,... si j'en fais?

— Parce que je n'ai confiance qu'en vous. Le duc de Beaufort est incapable, Morosini a des desseins particuliers. Vous seul pouvez vaincre, parce que vous êtes un homme de guerre et parce que vous avez la foi. »

Si peu sensible qu'il fût à la flatterie, Tourville agréa le compliment sous la forme que Jolicœur avait su lui donner.

« Alors, demanda-t-il, vous êtes prêt à m'indiquer de quel côté une sortie a le plus de chance de réussir?

— Oui, Monseigneur, et même à vous tracer, point par point, l'itinéraire que vous devez suivre pour surprendre les Turcs et pour les couper de leurs réserves.

— On vient précisément d'agiter cette question au conseil qui s'est tenu chez M. Morosini, et les avis ont été partagés. Les uns pensent que nous devons déboucher du côté de l'ouest et enlever d'abord le bastion Saint-André, où les ennemis ont réussi à se loger; d'autres soutiennent au contraire qu'il nous faut sortir du côté opposé, par le bastion de la Sablonnière, comme le fit sans succès M. le duc de la Feuillade...

— J'y étais, Monseigneur, et je puis vous assurer que nos troupes furent repoussées par la faute de leurs chefs, et que, si elles eussent été mieux conduites, elles auraient pu percer.

— D'autres voudraient qu'on attaquât au sud...

— Par le fort Dimitri alors... ou par le bastion Martinengo?

— Je ne saurais préciser. Je n'ai pas présents à l'esprit le nom et la situation de tous les ouvrages. Je porte sur moi un plan très exact des fortifications de la ville et des travaux d'approche de l'ennemi. Vous venez de me dire que vous êtes en état d'y marquer le chemin que nous aurons à prendre. Mais ce plan, qui a été dressé par M. de Castellan, l'homme qui connaît le terrain mieux que pas un de nos généraux, je ne puis pas le consulter ici, maintenant qu'il fait nuit. Vous plaît-il de venir à bord de mon vaisseau?

— Vous me ferez beaucoup d'honneur en m'y conduisant, Monsieur le chevalier, mais comment reviendrai-je à terre?... Je dois être rentré à mon régiment pour l'appel du matin,... c'est-à-dire avant l'aube.

— Mon canot vous ramènera ici, dès que vous aurez jalonné sur la carte le chemin à suivre. Il me semble que cela ne prendra pas beaucoup de temps, quoique je me propose de vous demander des explications détaillées... .

— Monseigneur, je suis à vos ordres, » répondit Jolicœur, après quelques secondes d'hésitation.

Pendant ce colloque, Marcouf s'était tenu respectueusement à l'écart, et, quoiqu'il n'en eût pas entendu un mot, il voyait bien que son maître ne repoussait pas les propositions du sergent, et il se sentait tout fier de le lui avoir amené.

Les six matelots qui composaient l'équipage du canot attendaient leur commandant, les rames hautes.

Vacili s'était couché sur un tapis au fond de l'embarcation et s'y était endormi, sans que Tourville s'en étonnât, car il savait que son jeune secrétaire avait passé toute la journée dans une tranchée devant le bastion de Tanigra, d'où les Turcs faisaient un feu d'enfer, et que, n'ayant pas cessé depuis le matin d'aider le vieux Jani à panser les blessés, Vacili tombait de fatigue et de sommeil.

Le chevalier fit placer Marcouf à l'avant avec le sergent Jolicœur, s'assit lui-même à l'arrière, prit la barre sous son bras et commanda à ses hommes de *nager;* c'est le terme technique pour dire ramer.

Les six avirons fendirent l'eau avec ensemble, et le canot fila comme une flèche.

XVI

UNE VIEILLE CONNAISSANCE

UNE VIEILLE CONNAISSANCE

N grand calme régnait dans le port, où n'entraient que des barques non pontées. La rade de la Fosse, où mouillaient alors les vaisseaux, s'étend très loin au large. Elle est vaste, mais elle n'est jamais très sûre, et, par les gros temps, elle n'est pas tenable pour les grands navires.

Or, le vent fraîchissait, et comme il venait du nord-ouest, c'est-à-dire debout, le canot n'avançait pas vite.

Le *Croissant* était à l'ancre, tout à fait à l'ouverture de la rade. Il fallait donc du temps pour y arriver. On voyait briller dans le lointain ses fanaux et ceux de son *matelot*, le *Monarque*, vaisseau amiral, qui se trouvait mouillé sur la même ligne.

Le ciel était clair et la lune y brillait, mais elle se voilait par intervalles sous de gros nuages noirs, chassés par la brise.

Personne ne parlait. Marcouf n'avait rien à dire et ne se serait pas permis d'ouvrir la bouche sans que son maître l'interrogeât. Jolicœur réfléchissait sans doute aux conséquences de cette excursion nautique. Tourville, attentif à gouverner droit, ne pensait qu'à maintenir le canot dans la bonne direction et à éviter d'être abordé par quelque embarcation.

C'était l'heure où elles sillonnaient la rade, pour transporter des officiers d'un navire à un autre ou même à terre, car, sur la flotte commandée par M. de Beaufort, qui donnait souvent le mauvais exemple, la discipline n'était et ne pouvait pas être très sévère.

Du côté ouest de la rade, une pointe de rochers très élevés s'étendait vers le large et cachait une anse assez profonde pour abriter des bâtiments d'un faible tirant d'eau. Une rivière venait s'y jeter, moins importante que la Djofra que M. de Castellan avait montrée à Tourville un peu avant que l'amiral s'amusât à canonner, par gloriole, des forts qui l'auraient très volontiers laissé passer sans tirer sur lui, mais qui avaient vivement riposté.

Le chevalier, bien renseigné sur les habitudes des écumeurs à turban, se défiait de ces recoins, où ils pouvaient se cacher pour surprendre les canots circulant dans la rade, après le coucher du soleil.

M. de Castellan l'avait averti du danger, et Tourville, tout en tenant la barre, ouvrait l'œil *au bossoir,* comme disent les marins.

Il venait de doubler la pointe suspecte lorsqu'il aperçut une barque à voiles qu'il reconnut aussitôt pour être une *sakolève* et qui manœuvrait de façon à lui couper le chemin.

Elle était si près de lui qu'il lui restait à peine le temps d'éviter qu'elle prit par le travers le canot, qu'elle aurait infailliblement coulé. Mais Tourville gouvernait comme un vieux timonier. Un coup de barre qu'il donna fort à propos fit dévier le canot qu'il conduisait, et, au lieu de se heurter, les deux embarcations se trouvèrent bord à bord.

Au même instant, les gens de la *sakolève* lancèrent un grappin qui accrocha le canot, et une voix cria en très bon français :

« Où est-il donc, ce beau chevalier, que je lui coupe le sifflet ? »

Ils étaient une douzaine, tout prêts à envahir le canot, et celui qui avait crié sauta le premier.

Les autres ne purent pas suivre.

Les marins du *Croissant* les repoussèrent à coups d'aviron ; l'amarre du grappin se rompit, et le canot, dégagé, fila, emportant un prisonnier qui n'était pas disposé à se rendre, car, saisi par les robustes mains de Marcouf, il se débattait en proférant des jurons épouvantables.

« *Souquez*, garçons, *souquez!* » commanda Tourville à ses matelots, qui avaient repris les rames et qui *nageaient* dur.

La *sakolève*, n'ayant pas pu virer de bord assez vite, était tombée sous le vent, et les Turcs qui la montaient essayèrent à peine de donner la chasse au canot qu'ils venaient de manquer.

Vacili, brusquement réveillé, s'était levé, et le sergent Joliœur aidait Marcouf à contenir l'homme qu'il venait d'empoigner.

A ce moment, la lune sortit des nuages tout à point pour éclairer la scène, et Marcouf reconnut le prisonnier.

« Jean Gavray! s'écria-t-il. Ah! cette fois, failli chien, tu ne m'échapperas pas... Je vais t'étrangler... »

Il le tenait à la gorge et il le serrait si fort que le misérable étouffait.

« Ne le tue pas, commanda Tourville, qui s'était remis à la barre, je veux l'interroger. Amarre-le seulement,... le sergent va t'y aider. »

Joliœur ne se le fit pas dire deux fois. Il ramassa au fond du canot un paquet de cordes, il ficela Jean Gavray, des pieds à la tête, en faisant des nœuds comme un vieux marin, et il le mit debout.

Tourville ne pouvait plus se défier d'un homme qui montrait tant de bonne volonté.

Tourville regardait l'épouvantable face de l'échappé de la galère vénitienne et ne reconnaissait pas du tout le mauvais gars qui avait volé jadis, au château, les pistoles du marquis de Gouville.

Jean Gavray eut l'audace de lui rappeler cet exploit, le premier de ceux qui l'avaient conduit au bagne.

« Oui, vociféra-t-il, c'est bien moi qui ai volé ton beau-frère et qui t'ai attaqué sur le Pont-Neuf. J'en avais assez de manger tes restes à Tourville;... je ne suis pas un chien couchant comme Guillaumet,... et je n'ai qu'un regret, c'est de vous avoir manqués tous les deux, cette fois-ci comme les autres. Le coup était bien monté, mais ces Turcs sont si bêtes qu'ils ne savent seulement pas jeter un grappin... Je croyais te prendre, et c'est moi qui suis pris,... mais le diable ne te protégera pas toujours... Je t'ai recommandé au prône, et je connais de bons drilles qui se chargeront de régler ton compte... Toi et ton valet, vous laisserez vos os à Candie, c'est moi qui te le dis;... les corbeaux mangeront ta carcasse de gentilhomme, entends-tu, chevalier? »

Les blasphèmes injurieux de ce scélérat n'émurent pas Tourville; mais Marcouf écumait de rage, et s'il avait eu sous la main un de ces *taps* dont les argousins faisaient un si bon usage, il aurait de grand cœur bâillonné ce possédé.

Vacili s'était assis à l'avant, ses coudes sur ses genoux, et tenait sa tête à deux mains pour ne pas entendre.

Jolicœur ne lâchait pas le prisonnier.

Tourville se demandait ce qu'il allait en faire et pensait à le remettre le lendemain aux Vénitiens de la galère, qui traiteraient comme il le méritait cet évadé récidiviste.

Un accident très imprévu le délivra de ce souci.

La *sakolève*, restée en arrière, n'était pas encore à plus d'une portée de mousquet. Les Turcs, se voyant distancés et ne se souciant pas de trop s'approcher de la flotte, ne voulurent pas abandonner la poursuite sans envoyer au canot une salve d'adieu. Ils tirèrent à tout hasard une dizaine de coups de fusil, dont les balles n'atteignirent pas le but, hors une seule qui vint frapper Jean Gavray, qu'elle tua raide.

Sur la galère, un boulet turc avait délivré le forçat de ses chaînes. Cette fois, une balle turque l'envoya au grand diable d'enfer. Les projectiles se suivent et ne se ressemblent pas.

Marcouf et Jolicœur, qui le tenaient au collet, le lâchèrent. Il tomba comme une masse.

« Ah! le gueux!... il ne l'a pas volé! » dit entre ses dents Marcouf.

Jolicœur, qui ne connaissait pas l'histoire de Jean Gavray, osa s'en informer, et c'était bien la preuve que ces deux hommes ne s'étaient jamais vus ; mais Tourville fit taire Marcouf qui commençait à la raconter.

Vacili, qu'elle n'intéressait guère, ne bougea point. La vie qu'il menait aux tranchées depuis deux jours l'avait aguerri aux morts subites.

« Jetez-le à la mer, » commanda Tourville.

Il le tenait à la gorge et il le serrait si fort que le misérable étouflait.

L'ordre fut exécuté, et le canot, débarrassé de cet affreux cadavre, ne tarda guère à accoster le *Croissant;* mais, comme il devait ramener le sergent Jolicœur, il ne désarma point. Les matelots y restèrent, pendant que le chevalier et les trois passagers montaient à bord.

Vacili monta le premier; son feutre à larges bords, enfoncé sur ses yeux, cachait en partie son visage. La lune avait de nouveau disparu sous un rideau de nuages, et personne assurément n'aurait pu reconnaître, sous ses habits de secrétaire, la belle Andronique.

36

Elle n'avait fait aucune attention au sergent, et, pendant que Tourville
entrait avec cet homme dans la chambre de poupe, elle alla s'accouder sur le
bastingage du pont pour attendre que le chevalier fût seul.

Elle voulait lui parler de Jani, qui s'exposait trop à la tranchée, et le prier
de lui assigner un poste moins périlleux.

Son poste à elle était auprès de Tourville, et, avant de se séparer de son
père, elle aurait voulu être sûre qu'il ne resterait pas, nuit et jour, sous le feu
de l'ennemi.

Tourville avait hâte d'entendre le sergent, dont il ne se défiait plus du tout;
la conduite de cet homme pendant la traversée avait dissipé tous les soupçons
que le chevalier avait conçus d'abord.

Tourville comptait utiliser les indications que Jolicœur allait lui fournir en
les pointant sur le plan dressé par le surintendant des mines.

Il était étendu sur la table, ce plan que le commandant du *Croissant* étu-
diait depuis la veille, et éclairé par une lampe dont un couvercle rabattait la
lumière.

Tourville prit un siège, fit asseoir près de lui le précieux sergent qui allait
le renseigner, et, les yeux fixés sur la carte, le pria d'entamer l'explication.

Marcouf se tenait dehors, tout près de la porte ouverte, et voyait ce qui se
passait dans la chambre, sans entendre ce qu'on y disait.

« Monseigneur, commença Jolicœur, penché sur la table, je ne suis pas
ingénieur, mais, autant que mes faibles connaissances me permettent d'en juger,
ce plan est très exact, et la place y est représentée au naturel. Vous y voyez
que Candie a la forme d'un triangle dont la base est appuyée à la mer... Et
quand je dis Candie, j'entends Candie vieille et Candie neuve, puisque les deux
villes n'en font plus qu'une.

— Séparées par une muraille en ruine, qui n'est plus un obstacle, ajouta
Tourville, si bien que M. Morosini a son quartier général dans Candie neuve.

— On y est encore moins exposé que dans l'autre. Je poursuis, Monseigneur. Les deux côtés du triangle sont pourvus de fortifications : à l'est, il y a

d'abord le château du Môle, appuyé à la mer,... imprenable, celui-là;... plus loin, en tirant vers le sud, il y a le bastion de la Sablonnière :... les Turcs ne l'ont pas encore pris, bien qu'ils l'assiègent depuis des années, mais ils sont parvenus à se loger tout au pied de la muraille, qu'ils ont sapée jusqu'aux fondations. C'est par là que sortit M. de la Feuillade, et il lui en coûta cher. Plus

Elle alla s'accouder sur le bastingage.

au sud encore, voici un grand ouvrage à cornes qu'on a dénommé le fort _Dimitri... »

Jolicœur expliquait fort bien, mais il développait trop, et sa démonstration menaçait d'être longue.

« Arrivons tout de suite au fait, interrompit Tourville. La ville est attaquée à la fois sur toutes ses faces. A l'est, les Turcs nous serrent de très près, mais ils n'ont encore enlevé aucun ouvrage important. A l'ouest, au contraire, ils occupent le bastion de Tanigra et le bastion de Saint-André, qui est comme la clef de Candie et dont il nous faut à tout prix les déloger.

— On les en a déjà délogés une fois, mais ils y sont revenus.

— Enfin, quel est votre avis?... De quel côté notre attaque a-t-elle plus de chances de réussir?

— A mon humble avis, Monseigneur, c'est du côté de l'ouest.

— Sur quoi appuyez-vous cet avis?

— Sur la connaissance que j'ai des travaux de ces mécréants. Tout le terrain qui s'étend du fort Dimitri à la Sablonnière est miné; du côté opposé, les obstacles sont grands, puisque nous nous heurtons tout de suite au bastion Saint-André; mais on peut le tourner par un chemin que je connais et où nous ne serons arrêtés par aucune explosion. Il y a eu là autrefois des mines, mais les Turcs se croient en sûreté de ce côté et ils ont comblé les rameaux. Je m'en suis assuré hier.

— Indiquez-moi ce chemin sur le plan, » dit Tourville sans lever les yeux.

Depuis qu'il avait pris place à table, Jolicœur s'était montré plus d'une fois sans son capuchon, qui retombait en arrière lorsqu'il se redressait. Il le rabattait aussitôt, probablement parce que la lumière de la lampe lui faisait mal aux yeux, et Tourville n'y prenait pas garde, absorbé qu'il était par l'examen de la carte, pas plus qu'il ne s'occupait de Marcouf, resté sous la galerie, ni de Vacili, qu'il avait laissé sur le pont.

Jolicœur, le doigt posé sur le plan, montrait la route à suivre.

Il tournait le dos à la porte. Tourville aussi.

Le vent était assez fort, et le vaisseau se balançait sur ses ancres, avec ce craquement monotone que produit le roulis.

Tout concourait donc à favoriser une surprise qu'ils ne prévoyaient ni l'un ni l'autre.

Le sergent allait reprendre la parole lorsqu'il se sentit ceinturé — c'est le mot dont se servent en pareil cas les lutteurs de profession — par une paire de bras herculéens et violemment attiré en arrière, si violemment que le capuchon de son caban fut rejeté sur ses épaules.

Il essaya de se débarrasser de l'étreinte; les bras le maintinrent, pendant que de larges mains s'abattaient sur ses épaules et le forçaient à rester assis.

Son premier cri fut :

« Monseigneur, souffrirez-vous qu'on me violente ainsi? »

Tourville s'était levé, et il allait se jeter sur les agresseurs, quand il vit debout de l'autre côté de la table Vacili, ou plutôt Andronique, pâle, immobile et foudroyant d'un regard étincelant le soi-disant Jolicœur.

Maintenant, la lumière de la lampe éclairait le visage convulsé de cet homme, et le chevalier stupéfait se demandait comment il ne l'avait pas reconnu plus tôt.

Marcouf non plus ne l'avait pas reconnu, quoique, chez le père La Lanterne, ce coquin eût causé longtemps avec lui à visage découvert.

Neuf ans, il est vrai, changent une figure. Il y avait neuf ans qu'ils n'avaient vu celle-là, et, si caractérisée qu'elle fût, ils l'avaient oubliée.

Andronique, seule, s'était souvenue.

Encore avait-il fallu qu'il lui apparût tout à coup en pleine lumière, car en canot, pendant une traversée accidentée, elle n'avait pas songé un seul instant au scélérat qui l'avait jadis arrachée à son père.

Du pont, où elle était restée, il lui était arrivé de le regarder, juste à un moment où en se redressant il avait rejeté son caban. Cet instant avait suffi pour lui rendre la mémoire, et, en même temps, elle avait à peu près deviné ce qu'il venait faire à bord du *Croissant*. Une autre se serait précipitée pour dénoncer sa présence, et le bandit, se voyant découvert, aurait vendu chèrement sa vie. Il avait un sabre au côté et deux pistolets passés dans sa ceinture. Il aurait commencé par brûler la cervelle à Tourville et à son secrétaire.

Andronique eut assez de sang-froid pour agir autrement. A pas de loup, elle s'approcha de Marcouf, le tira doucement par la manche de son justaucorps, en lui faisant signe de se taire et de la suivre. Et quand elle l'eut amené près du bastingage, elle le mit à voix basse au fait de la situation. Il s'agissait de s'emparer de l'homme avant qu'il eût le temps de se préparer à se défendre. Marcouf n'était pas de force à y réussir sans aide, mais il avisa parmi les matelots de quart sur le pont deux Provençaux de ses amis, deux colosses qui ne demandèrent pas de longues explications pour lui prêter l'assistance de leurs bras.

C'était fait. Le brigand était pris et dompté. Tourville, en regardant cette face de damné, n'en pouvait croire ses yeux désabusés.

« Cruvillier! murmura-t-il. C'est le doigt de Dieu!

— Eh bien! oui, c'est moi! ricana le vieux forban. Je suis pris... C'est bien fait!... le doigt de Dieu n'y est pour rien, mais j'ai trop compté sur le diable qui m'a toujours protégé... Allons, chevalier, finis-en avec moi. Fais-moi casser la tête par ton imbécile de valet...

— Pas avant que je vous aie interrogé, misérable! » dit Tourville.

D'autres matelots de la bordée de quart étaient accourus au bruit :

« Désarmez cet homme et mettez-le aux fers! » leur commanda le chevalier.

L'ordre fut vivement exécuté. Cruvillier fut lié ; on lui enleva ses armes, on le poussa contre la cloison, et les deux Provençaux qui l'avaient maté l'y tinrent en respect.

« M'interroger? reprit dédaigneusement Cruvillier; sur quoi?... sur la sortie de demain?... Vous pouvez prendre le chemin que vous voudrez, vous sauterez tous, mes jolis seigneurs,... et mon ami Achmet Kuprili-pacha enverra vos têtes à Constantinople... Je ne serai pas là quand on les accrochera à la porte du sérail, mais l'idée qu'elles iront me console de mourir.

« A toi, la belle Andronique, on ne coupera pas le cou, ajouta le scélérat en lançant à la jeune fille un regard chargé de haine; Achmet te gardera pour son harem. Quand je t'ai enlevée à Siphnos, je voulais te vendre à un pacha. Tu n'échapperas pas à ton sort.

— Descendez-le à fond de cale, cria Tourville, exaspéré.

— Tu n'oses donc pas me tuer, lâche! hurla le bandit pendant qu'on l'en-

Il essaya de se débarrasser de l'étreinte! les bras le maintinrent.

levait. C'est ta Grecque qui m'a fait prendre... Achmet Kuprili me vengera de vous deux. »

Les matelots l'emportèrent.

Tourville retint Andronique et Marcouf, qui tombait de surprise en surprise, car il venait de s'apercevoir que le prétendu Vacili, secrétaire de son maître, était la fille du médecin de Siphnos.

Il était du reste excusable de ne pas l'avoir reconnue plus tôt, car, à Siphnos et à Venise, il ne l'avait guère vue que de loin, et le costume masculin l'avait complètement dérouté.

« Va dire à l'équipage de mon canot de se tenir paré à me conduire à bord de l'amiral, » commanda Tourville.

Et quand il fut seul avec Andronique :

« Je vais rendre compte à M. de Beaufort, reprit-il. Cet espion sera pendu demain, mais je veux qu'il le soit en un lieu assez élevé pour que les Turcs puissent le voir accroché au gibet.

— Seigneur, dit Andronique, j'ai une grâce à vous demander.

— Pas celle de ce scélérat, j'espère !

— Je vous prie d'ordonner à mon père de rentrer sur votre vaisseau. Je l'en ai supplié. Il n'a pas voulu m'écouter, et s'il reste à la tranchée, il sera tué infailliblement.

— J'irai demain l'y chercher moi-même, Mademoiselle, et je ne lui permettrai pas d'y retourner. Promettez-moi, en revanche, que vous ne le quitterez plus quand il aura repris son service à bord du *Croissant*.

— Demain, seigneur, j'ai la ferme confiance que Dieu nous protégera tous. Je vais le prier, cette nuit, de m'inspirer. Ce qu'il m'ordonnera de faire, je le ferai. Il faut que ma destinée s'accomplisse. »

Il n'y avait rien à répondre à de telles paroles, et Tourville se tut; mais il partit, médiocrement rassuré sur l'issue de la journée du lendemain.

XVII

INTERROGATOIRE INUTILE

XVII

E, ne fut pas chez M. Morosini que se tint, comme de coutume, le conseil où devait se décider la grande sortie.

Après avoir entendu le rapport de Tourville sur la capture inattendue du traître Cruvillier, le duc de Beaufort avait décidé que les généraux s'assemble-raient à l'esplanade du fort Dimitri, à droite du bastion de la Sablonnière, pour arrêter, sur place, les dispositions de l'attaque.

Il avait décidé aussi, d'accord avec Tourville, qu'on profiterait de cette réunion pour interroger, juger, condamner et exécuter séance tenante l'important prisonnier qui attendait, au fond de la cale du *Croissant*, la mort qu'il méritait.

Le duc prenait volontiers au comique les situations sérieuses; il s'était fort amusé de la mésaventure du vieux forban qui était venu se jeter dans la gueule du loup, et il comptait prendre un plaisir extrême à lui faire raconter, avant de le faire pendre, la longue histoire des crimes de toute espèce dont il s'était chargé la conscience, depuis qu'il avait trahi ses engagements avec l'ordre de Malte.

Tourville, qui se défiait de la méchanceté de Cruvillier, aurait préféré qu'on l'expédiât sans tant de cérémonies, mais il espérait que l'interrogatoire serait sommaire et que le coquin n'aurait pas le temps d'en dire bien long.

Depuis la scène de la chambre de poupe, Marcouf était dans un état d'agitation inexprimable. Les événements de la soirée lui avaient mis la tête à l'envers. Il ne savait plus sur quel pied se tenir avec Vacili, maintenant qu'il savait que le prétendu Vacili était la fille du médecin de Siphnos. Il l'appelait tantôt monsieur, tantôt mademoiselle, et il en était venu à éviter de lui répondre, de peur de s'embrouiller.

Andronique n'y prenait pas garde. Elle vivait dans ses rêves, et les derniers événements ne l'avaient pas troublée. Elle pensait beaucoup plus à son père et au chevalier de Tourville qu'à l'affreux Cruvillier, qu'elle seule pourtant avait su reconnaître, alors que Marcouf et Tourville lui-même s'étaient laissé prendre aux mensonges et au déguisement de ce bandit.

Elle était descendue à terre avec eux, non pas pour assister à la pendaison, mais pour aller chercher Jani, qui avait passé la nuit à panser les blessés dans une tranchée que les Turcs disputaient aux assiégés, en avant de l'esplanade où le conseil allait siéger.

Tourville lui avait promis de descendre dans cette tranchée, après la séance, et d'en ramener, bon gré, mal gré, l'enragé chirurgien.

Marcouf, rivé à son maître, était nécessairement du voyage, et, tout au contraire d'Andronique, il se faisait une fête de voir expédier dans l'autre monde le faux sergent qui s'était si bien moqué de lui, à la taverne des *Sept Bombes*.

Quant aux chefs de l'armée, il étaient à peu près unanimement d'avis de ne pas différer la sortie. Mais les uns voulaient qu'on essayât de dégager la ville du côté de l'ouest; d'autres pensaient que le principal effort devait être tenté du côté opposé, sans renoncer à détourner l'attention des Turcs par une fausse sortie contre le bastion Saint-André, qu'ils occupaient et qu'ils avaient solidement fortifié.

Il était convenu que l'attaque commencerait un peu avant l'aube, de
quelque côté qu'on la risquât, et qu'en attendant, toutes les troupes seraient
consignées à leurs postes respectifs, une moitié se reposant pendant que
l'autre moitié veillerait, absolument comme à bord d'un navire où les marins
font le quart à tour de rôle.

On n'aurait plus qu'à envoyer l'ordre de concentration, quand le conseil
aurait pris une décision, et cet ordre, on ne l'enverrait qu'à minuit, pour qu'il
ne fût pas connu des Turcs, qui devaient avoir des espions dans la ville. On
n'en pouvait pas douter depuis qu'on tenait Cruvillier, pris en flagrant
délit.

Ce plan préliminaire était sagement conçu. Tourville, qui l'avait suggéré au
duc de Beaufort, n'en augurait pas mal. Mais il n'espérait pas, comme le duc,
tirer de Cruvillier, *in extremis,* des indications sincères. Il connaissait trop
bien ce pirate endurci, et si le drôle en fournissait de nouvelles au dernier
moment, il se promettait de n'en tenir aucun compte.

Deux heures avant le coucher du soleil, comme il avait été convenu, les
généraux étaient réunis sur l'esplanade gardée du côté de la ville par un cordon de soldats et protégée du côté de la campagne par un ouvrage en terre,
sur lequel on avait planté une potence garnie de ses accessoires.

En dehors et au pied de ce retranchement, s'étendait un fossé qui se reliait
par la gauche au bastion de la Sablonnière. Ce fossé était occupé par des soldats de la garnison, qui faisaient incessamment le coup de feu avec les Turcs
logés en contre-bas. Les tirailleurs n'étaient séparés que par un parapet crénelé,
qui avait déjà été pris et repris plus d'une fois. On se fusillait de très près à
travers les embrasures, et aussi de plus loin, car le terrain allait en se relevant.
Les Turcs avaient pris position au point culminant de cette pente, et de là,
couchés à plat ventre, ils envoyaient des balles jusque sur l'esplanade où les
défenseurs de Candie allaient tenir conseil.

Dans le fossé, on avait établi ce qu'on appellerait de nos jours une ambulance : des lits de camp abrités par des tentes grossières sous lesquelles opé-

raient quelques chirurgiens qui avaient plus de bonne volonté que de talent, mais qui obéissaient à Jani, — heureusement pour les blessés.

Du haut de l'esplanade, la vue s'étendait sur des terrains sablonneux, labourés en tous sens par les bombes, bouleversés par les explosions de mines. Mais au delà de ces premiers plans désolés s'étageaient dans le lointain des collines verdoyantes que le soleil à son déclin dorait de ses feux obliques.

C'était la fin d'une splendide journée d'été, une de ces soirées où il fait bon vivre. On se canonnait sous un ciel d'azur, en attendant qu'on s'entr'égorgeât à la douce clarté des étoiles.

Ils étaient tous là, les vaillants chefs qui allaient mener à la victoire ou à la mort les soldats de la chrétienté.

Ils formaient le cercle, à vingt pas du retranchement terrassé qui portait le gibet.

Le duc de Beaufort les dominait de toute la hauteur de sa taille colossale, casqué, cuirassé, botté et vêtu avec plus de soin que de coutume.

On allait se battre, et les jours de bataille étaient ses jours de fête.

Il y avait M. le duc de Navailles, en justaucorps de buffle, comme toujours. Il y avait M. le comte de Maulevrier, commandant de la compagnie rouge, dont le roi était le capitaine; il y avait MM. de Montbron et de Maupertuis, qui commandaient les mousquetaires; et d'autres encore que leur grade appelait à ce conseil extraordinaire.

Il y avait aussi, du côté des Vénitiens, le marquis de Saint-André, à peine remis d'une grave blessure, et le provéditeur Morosini dans son éternel costume de soie pourpre.

Vacili et Marcouf étaient entrés sur l'esplanade à la suite de Tourville, mais ils se tenaient à distance respectueuse du groupe des généraux.

Amené pieds et poings liés, dans une embarcation montée par dix matelots armés jusqu'aux dents, Cruvillier attendait derrière le cordon de sentinelles qu'on le fît comparaître pour le questionner avant qu'on lui passât la corde au cou.

Tourville s'était placé modestement un peu en arrière du duc, qui l'avait prié de rester à portée de le soutenir dans la discussion et au besoin même de le souffler, s'il lui arrivait de rester court.

Il se défiait de son éloquence, le bon duc, et il n'avait pas tort.

Il commença pourtant par un brillant exorde.

« Par la *sambieu! m'ssieurs, p'isque* nous *v'là* rassemblés, c'est pas le moment de *lanterner* sans rien conclure, et de nous en aller après, chacun *cheux*

Dans le fossé, on avait établi une ambulance.

nous, comme les gens de la noce, dit-il tout d'une haleine. C'est *c'te* nuit qu'on va se *harpailler*. C'est dit... Mais faut encore savoir par quel bout nous prendrons ces chiens de Turcs, puisqu'il y en a de tous les côtés. Je vais *cueillir* les avis de tout un chacun, et puis après, je vous *dénoncerai* le mien, quand M. le chevalier de Tourville vous aura *colloqué* son rapport sur l'affaire de *c'te* nuit.

— Monseigneur, dit Tourville, si ces messieurs veulent bien m'entendre, je suis prêt,... mais peut-être serait-il bon d'interroger d'abord cet espion, car ses réponses pourront influer sur la décision du conseil.

— Bien dit, chevalier,... et on le pendra après, sans le faire languir. Contez à ces messieurs comment il est venu se faire happer bêtement. »

Tourville fit le récit clair et succinct de la capture, en ayant soin de passer sous silence tout ce qui concernait l'intervention de son secrétaire, et quand il en vint à nommer Cruvillier, il y eut parmi les généraux présents un mouvement d'attention, comme disent aujourd'hui les journaux qui rendent compte des débats parlementaires.

Presque tous avaient entendu parler du fameux corsaire, sans trop savoir ce qu'il était devenu. Beaucoup ignoraient qu'il eût renié.

Les anciens du siège étaient mieux informés.

« Il y a cinq ans qu'il est devant Candie avec les Turcs, dit M. Morosini.

— C'est le bras droit d'Achmet-pacha, ajouta le marquis de Saint-André.

— Et c'est lui qui avait tendu le piège où tomba M. le duc de la Feuillade, appuya M. de Castellan. C'est un rusé coquin.

— Je savais qu'il s'introduisait quelquefois dans la ville, sous un déguisement, reprit le provéditeur. Mes espions me l'avaient signalé. Ils n'ont jamais pu le saisir. Nous le tenons; c'est fort heureux. Il devrait être déjà pendu.

— Il le serait, dit Tourville, si je n'avais pas cru devoir informer le conseil de ce qui s'est passé hier entre cet homme et moi. Sur mon vaisseau, avant que je l'eusse reconnu, comme je l'interrogeais sur les travaux des Turcs, il m'a longuement expliqué comme, quoi notre grande sortie ne pouvait réussir que du côté de l'ouest, en attaquant le bastion Saint-André.

— Donc, il faut sortir du côté opposé, interrompit M. de Navailles. S'il vous a conseillé d'attaquer Saint-André, c'est que les Turcs sont en mesure de nous y recevoir chaudement.

— J'ai eu la même pensée que vous, Monsieur le duc, mais je puis me tromper, et j'ai voulu que Cruvillier comparût devant le conseil, qui jugera du cas qu'il faut faire de ses déclarations.

— Il faut en prendre le contre-pied.

— Tout semble indiquer que vous avez raison, Monseigneur, dit M. de Castellan, et cependant... je connais le terrain,... et je crois qu'en débouchant de la Sablonnière ou du fort Dimitri où nous sommes en ce moment, nous courons à une défaite certaine. Nous enlèverons les premiers retranchements, mais au delà tout est miné, et les Turcs qui sont devant les forts du sud nous prendront en flanc comme il advint à M. de la Feuillade.

— De tout cela, seigneurs, dit Morosini, je conclus que le plus sage serait de différer de quelques jours.

— Pourquoi pas rembarquer les troupes tout de suite? dit brutalement M. de Beaufort. Vous oubliez, *m'sieur* le provéditeur, que le roi mon maître nous a envoyés ici pour débloquer Candie, et, par la *sambieu!* je la débloquerai ou j'y laisserai ma peau. Sortons par l'est ou par l'ouest, il n'importe, puisque ces chiens sont partout, mais sortons cette nuit. Les ordres sont donnés. Je ne remettrai pas la danse, maintenant que les violons sont accordés.

« Çà! qu'on m'amène ce Cruvillier, pour que je sache ce qu'il a dans le ventre. Peut-être que la vue de la potence lui déliera la langue.

— J'en doute, murmura Tourville; c'est un rude compagnon qui n'a pas peur de la mort; mais il est certain que, s'il voulait dire la vérité, nous saurions où est le point faible de l'ennemi, et nous ne risquerons rien en essayant de le faire parler.

« Je vais le chercher, Monseigneur. »

Ayant dit, le chevalier se dirigea vers l'endroit où il avait laissé son prisonnier. Il le trouva causant presque gaiement avec les matelots qui le gardaient, et Cruvillier, du plus loin qu'il l'aperçut, lui cria :

« Eh bien! est-ce pour aujourd'hui? Je sais ce qui m'attend là-bas, et il est temps d'en finir. »

Puis, montrant la potence qui se dressait au bout de l'esplanade :

« Bon! je comprends,... ces messieurs veulent faire un exemple;... mes amis les Turcs me verront de loin danser au bout de la corde;... et je compte bien qu'ils vous rendront la pareille... J'avais toujours pensé qu'on m'accrocherait au bout d'une vergue, si j'étais pris, mais il faut savoir s'accommoder de ce qu'on a sous la main... A la guerre comme à la guerre! »

Sur un signe de Tourville, les marins l'amenèrent, sans qu'il fît résistance, jusqu'au cercle que formaient les généraux.

Le bandit en connaissait quelques-uns, et, sans attendre qu'on l'interrogeât, il se mit à interpeller ceux-là, l'un après l'autre.

« Bonjour, sire, dit-il au duc de Beaufort. Votre Majesté se repentira d'avoir quitté son royaume des Halles... Vous ne vous doutez pas que nous nous sommes déjà vus, à Gigelli, en 1664... C'est moi qui apportais des canons à ces braves Maures dont vous comptiez ne faire qu'une bouchée, et ils s'en servirent si bien qu'ils vous obligèrent à décamper ;... j'y étais,... je vous ai vu courir, et je vous prédis que vous n'aurez pas meilleure fortune à Candie. »

Le duc n'avait qu'un geste à faire pour envoyer immédiatement Cruvillier à la potence. Il ne le fit pas : l'audace de cet homme l'intéressait.

Et le forban reprit, toujours gouaillant :

« Ah! voici M. de Castellan, le grand guerrier qui vit sous terre comme les poissons dans l'eau,... le prince du royaume des taupes... Se souvient-il du bon tour qu'on lui joua au bastion Saint-André quand ses mineurs sautèrent au moment où ils croyaient nous faire sauter?... C'était moi qui avais inventé la ruse,... et je me trouvais avec les janissaires quand ils plantèrent quatorze bannières sur la brèche.

« Je gagerais que M. de Saint-André ne l'a pas oublié, cet assaut-là, car il y reçut un furieux coup, et je vois qu'il porte encore son bras en écharpe.

— Faites-le taire!... emmenez-le!... cria M. de Navailles, indigné de tant d'insolence.

— Laissez-moi l'interroger, Monsieur le duc, dit le provéditeur.

— A vos ordres, Monsieur Morosini, ricana Cruvillier. Voulez-vous savoir combien j'ai coulé de bâtiments vénitiens depuis six ans que je me suis fait Turc? combien j'en ai brûlé,... combien j'ai envoyé de sujets de votre Sérénissime République ramer sur les galères du sultan?

— Ne prenez pas cette peine; j'en sais le compte, répliqua Morosini sans s'émouvoir. Vous allez expier vos crimes...

« Bonjour, sire! » dit-il au duc de Beaufort.

— Je m'y attends bien. On va me pendre. C'est un mauvais moment à passer; mais vous ne me ferez jamais autant de mal que je vous en ai fait et que mes bons amis les Turcs vont vous en faire. Je me console de mourir en pensant que pas un de vous n'échappera, mes beaux seigneurs.

— Vous auriez un moyen de racheter vos forfaits et peut-être de sauver votre vie...

— Ce serait de vous indiquer le chemin pour sortir sans perdre trop de monde, n'est-ce pas? Je l'ai indiqué, hier soir, à M. le chevalier de Tourville. Pour me remercier, il m'a fait mettre aux fers, et, par ses soins, me voici au pied du gibet.

— Vous avez menti à M. de Tourville. Si vous lui avez dit que le véritable point d'attaque était au fort Saint-André, c'est que vous savez que les Turcs nous y attendent en forces supérieures.

— Vous croyez!... Eh bien, faites le contraire de ce que je lui ai conseillé,... sortez par la Sablonnière. Si vous y périssez tous, vous n'aurez pas à vous reprocher de m'avoir écouté.

— Ainsi, vous refusez de nous servir, alors qu'il ne tiendrait qu'à vous de mériter votre grâce en nous conduisant jusqu'à la tente d'Achmet-pacha par un chemin que vous devez connaître, car Achmet n'a pas de secrets pour vous;... ne niez pas, je le sais...

— Non seulement je ne le nie pas, mais je m'en vante. Achmet Kupril est un grand général, et il m'a comblé de bienfaits. Pourquoi donc voulez-vous l'enlever dans son camp?... Vous y perdriez, Monsieur le provéditeur. Si vous le supprimiez, le sultan enverrait un autre pacha à sa place, et vous ne vous entendriez peut-être pas avec celui-là. »

M. Morosini, pâlit et un éclair de colère passa dans ses yeux; mais il ne se départit pas de son attitude hautaine.

Le duc de Beaufort et le chevalier de Tourville échangèrent un regard.

« Ne me dites pas que non, reprit le forban, vous savez bien que ce cher Achmet est tout prêt à traiter avec votre République,... et il sait bien, lui, que vous n'oserez pas capituler avant que la sortie ait été repoussée. Elle le sera, vous capitulerez, et comme vous aurez soin de ménager vos Vénitiens, les Français payeront les pots cassés.

— Seigneurs, dit froidement le provéditeur, vous jugerez sans doute comme moi qu'il n'y a rien à attendre de cet homme, et que...

— Oui,... oui,... qu'on le pende sur l'heure ! crièrent quelques officiers.

— Quand il vous plaira, Messieurs, répondit Cruvillier avec un calme effrayant. Je vais faire un saut dans l'éternité. Tâchez de vivre longtemps. Moi, j'ai assez vécu. Je ne regrette rien.

— Tu es un hardi drôle, par la *sambieu !* lui dit le duc de Beaufort... Pourquoi t'es-tu fait Turc ?

— Parce que les Turcs sont de bons compagnons qui ne se fâchent pas pour des peccadilles, comme vous autres. Pourvu qu'on les serve bien, on peut tout faire,... et je ne me suis rien refusé. J'en avais assez de naviguer pour MM. de Malte, qui me chicanaient sur mes parts de prise et qui me dénonçaient à leur grand maître quand il m'arrivait seulement de piller un couvent sur la côte. Je les ai plantés là pour travailler à ma fantaisie, et je ne m'en suis jamais repenti. Si vous me laissiez vivre, je recommencerais.

— Va donc au diable, puisque tu le veux !

— J'y vais, Monsieur le duc,... je ne vous demande que le temps de dire adieu à M. le chevalier de Tourville. C'est lui qui m'a fait prendre, mais je n'ai pas oublié que nous avons navigué de conserve autrefois, et je ne lui en veux pas. »

Et s'adressant à Tourville :

« C'est ma faute si vous me tenez. Votre valet ne m'avait pas reconnu ; j'ai cru que vous ne me reconnaîtriez pas non plus, et je ne pouvais pas deviner que la belle Andronique était à votre bord.

« A propos, Monsieur le chevalier, j'espère que vous allez procurer à cette infante le plaisir de me voir pendre. Elle est ici, je suppose ? »

Tourville fit un signe, et les marins entraînèrent Cruvillier, qui se retourna pour lancer un dernier sarcasme :

« Si elle y est, je vous conseille de la renvoyer sur votre vaisseau. L'air de Candie ne vaut rien pour elle.

« Mes baisemains à M. d'Hocquincourt, si vous le revoyez. »

Le conseil de guerre avait mal tourné. Non seulement on n'avait pu tirer du prisonnier aucun renseignement utile, mais les propos qu'il avait tenus avaient semé la défiance parmi les généraux qui s'étaient réunis pour se mettre d'accord.

XVIII

LA DANSE DES TÊTES

N suspectait fort parmi les Français les intentions de M. Morosini. M. de Beaufort, qui les soupçonnait comme les autres, avait dressé l'oreille au nom d'Andronique, méchamment lancé par le scélérat qui allait mourir, et il se demandait si le vertueux Tourville cachait une femme sur le *Croissant*. Il n'était pas jusqu'au brave M. de Castellan que ce nom n'eût frappé et qui ne s'étonnât d'avoir entendu cet homme accuser l'impeccable capitaine de vaisseau d'une grave infraction à la discipline.

Mais les délibérations n'étaient plus de saison. Il fallait arrêter une résolution immédiatement, pour être prêt à engager une action générale avant le lever du soleil qui allait se coucher.

Cette résolution, il appartenait au duc de Beaufort de la prendre, puisqu'il commandait en chef, et il la prit sans hésiter.

« *M'ssieurs*, dit-il, m'est avis que tout ce que nous faisons depuis une heure, c'est simplement de la bouillie pour les chats. Ce drôle qui va monter à l'échelle n'a rien voulu nous dire. Je m'y attendais, et quant à ce qu'il a dit hier au chevalier de Tourville, à propos du fort Saint-André, peu m'en chaut;...

il ne peut sortir de la bouche d'un coquin que des menteries. J'adopte donc le
plan d'attaque de M. le duc de Navailles, qui me l'a soumis ce matin et qui va
vous le *déblatérer*.

« Parlez, Navailles !... et tâchez d'être clair et bref. »

Le digne homme qu'était M. le duc de Navailles possédait ces deux qualités, surtout la dernière, car il était incapable de faire un long discours; mais
sa science militaire était aussi bornée que son éloquence.

C'était lui qui, un jour, en Flandre, où il servait sous M. le prince de Condé,
ce prince étant en peine du cours exact d'un ruisseau qui n'était pas marqué
sur ses cartes, était allé chercher une énorme mappemonde, pour le tirer
d'embarras.

On croira facilement que les dispositions prises par un stratégiste de cette
force n'étaient ni très étudiées ni très compliquées.

Il avait visité le fort Dimitri, qui lui avait paru propre à une sortie, et il
avait arrêté aussitôt son ordre de bataille, dont il n'eut qu'à donner lecture, car
il avait pris soin de le coucher par écrit et il le portait sur lui.

M. de Dampierre commanderait l'avant-garde, composée de quatre cents
hommes pris dans tous les corps, précédée de cinquante grenadiers et soutenue
par trois détachements de cavalerie.

Viendrait ensuite le corps de bataille, formé du régiment des gardes et de
six autres régiments d'infanterie, entremêlés avec quatre troupes de cavalerie.

Enfin la réserve : quatre autres troupes à cheval et six autres régiments
d'infanterie, conduits par M. le comte de Choiseul.

Chaque régiment n'avait que quatre compagnies de quarante hommes
chacune.

Le général duc de Navailles déboucherait du fort Dimitri avec ses trois
corps, passerait entre deux tranchées trop profondes pour qu'on pût les attaquer de front, et se porterait vivement sur une hauteur qui séparait les deux
principaux camps turcs, pendant que les troupes de la marine, M. le duc de
Beaufort en tête, sortiraient à gauche du fort de la Sablonnière.

Ce plan était des plus simples, car il se réduisait à couper l'ennemi en deux et à le prendre ensuite à revers.

En revanche, il était inepte, ou pour mieux dire ce n'était pas un plan, puisque rien n'y était prévu, ni les obstacles qu'on pourrait rencontrer, ni les retours offensifs des corps turcs qu'on voulait séparer et qui pourraient fort bien prendre entre deux feux la colonne d'attaque, ni la confusion qui résulterait infailliblement de cet enchevêtrement de fantassins et de cavaliers sur un terrain qu'on n'avait pas pris la peine de reconnaître.

Avec de pareilles dispositions, peu importait en effet qu'on sortît par l'est ou par l'ouest. On serait repoussé partout.

Tourville, qui prévoyait un désastre, et qui observait la figure de M. Morosini, y lut le profond mépris qu'inspirait à ce Vénitien la folie des Français, convaincus qu'il suffisait pour vaincre de se jeter en avant et d'aller devant soi.

Au sourire dédaigneux qui se dessinait sur les lèvres du provéditeur, le chevalier ne douta plus que Cruvillier n'eût dit la vérité en l'accusant de s'être entendu d'avance avec Achmet-pacha sur les conditions d'une capitulation qu'il jugeait inévitable.

Morosini ne trahissait pas les alliés de sa République, mais il avait pris ses précautions pour qu'elle n'eût pas trop à souffrir du dénouement forcé d'une guerre onéreuse et désespérée.

Le duc de Beaufort ne s'inquiétait guère des détails de l'action, pourvu qu'on l'engageât sans plus tarder et qu'on la menât vigoureusement. Il avait demandé le commandement de l'expédition de Candie pour faire oublier sa malheureuse entreprise sur Gigelli, et le roi le lui avait accordé pour l'éloigner de la cour, où Beaufort était gênant, bien qu'il eût renoncé depuis longtemps à sa royauté des Halles. Ce petit-fils de Henri IV, qui n'avait de son aïeul que la bravoure, ne pouvait guère s'accorder avec son jeune cousin, comme il appelait volontiers Louis XIV, et il se sentait déplacé dans le royal entourage. Il était venu à Candie pour se battre, et il aimait mieux compromettre ses troupes que de les ramener en France sans les avoir conduites au feu.

« Qu'en dites-vous, *M'ssieurs?* demanda-t-il dès que M. de Navailles eut fini de lire; voilà-t-il pas un bel ordre de bataille?... Toujours tout droit, c'est ma devise,... et ce qui me plaît, c'est qu'il y aura des coups pour tout le monde. Je n'en donnerai pas ma part. »

Il ajouta en regardant Morosini :

« Et vous, *M'sieur* le provéditeur, avez-vous des *conjonctions* à présenter ? »

Morosini, assez accoutumé à son langage étrange, comprit que le duc voulait dire des objections, et il répondit :

« Aucune, Monseigneur. Vous représentez ici le roi de France, et je n'ai point à me mêler du commandement des troupes de notre auguste allié. Je me permets seulement de vous proposer, pour marcher en tête de la sortie, deux ou trois compagnies de mes Esclavons...

— Pourquoi en tête?... Ils feront très bien sur les flancs de la colonne.

— Monseigneur, ils ont l'habitude de combattre les Turcs, dont le premier choc est toujours à redouter pour des soldats qui ne les connaissent pas. Cette guerre ne ressemble à aucune autre. Ces infidèles, en attaquant, poussent des cris furieux; ils se jettent en avant, le cimeterre au poing, et si les troupes se laissent effrayer à ce premier instant, tout est perdu. Mes Esclavons frayeront un passage à vos Français.

— Comme les suisses qui précèdent la procession pour qu'on lui fasse place, interrompit Beaufort en éclatant de rire. Merci de votre bonne intention, *M'sieur* le provéditeur. Mais les soldats du roi de France n'ont besoin de personne. Ils sont assez braves pour s'ouvrir le chemin eux-mêmes.

— Je n'en doute pas, Monsieur le duc, répliqua sèchement Morosini. Il en sera donc comme il vous plaira. Mes Esclavons restent à vos ordres. Vous disposerez d'eux à votre guise.

— Nous sommes donc d'accord, et puisqu'il en est ainsi, je fixe le moment de l'attaque à trois heures du matin. Vous entendez, *M'ssieurs?* et comme décidément nous devons déboucher du fort Dimitri, je vous donne rendez-vous sur l'esplanade où nous sommes en ce moment. Les troupes devront s'y trouver à deux heures et s'y masser dans l'ordre où elles doivent sortir. M. de Navailles y veillera.

— Comptez sur moi, Monseigneur. Elles sont déjà consignées, mais je n'enverrai qu'au dernier moment l'ordre de prendre les armes, de peur que l'ennemi ne soit informé par ses espions.

— Voilà qui est sagement pensé, mon cher Navailles. Et à propos d'es-

Il ne marchait pas vite, ayant les pieds entravés par une corde.

pions, le plus dangereux de tous n'a guère plus d'une minute à vivre. Voyez-le, là-bas, au pied de l'échelle. »

Pendant que le conseil achevait de délibérer, Cruvillier avait marché lentement vers la potence, soutenu plutôt que poussé par les matelots qui le tenaient et qui, en toute autre occasion, auraient probablement refusé de faire office de bourreaux. Mais ils connaissaient de réputation le forban qu'ils allaient pendre. Ses cruautés étaient devenues légendaires. C'est pourquoi ils ne répugnaient pas à s'acquitter de la sinistre besogne dont ils étaient chargés.

Cruvillier, toujours calme et résigné, ne faisait aucune résistance, mais il

40

ne marchait pas vite, ayant les pieds entravés par une corde qui ne lui permettait d'avancer qu'à petits pas.

Il lui était même arrivé deux fois de s'arrêter pour se reposer sur le chemin douloureux du gibet et de profiter de ces courtes pauses pour tenir aux marins des discours qui n'arrivaient pas jusqu'aux oreilles des généraux restés au milieu de l'esplanade.

« Il y a mis le temps, reprit Beaufort, mais il a eu beau *lambiner,* l'y voilà, et vos hommes vont le cravater de chanvre. J'aurais cru qu'il marcherait de bon cœur, car, on ne peut pas le nier, c'est un brave.

— Monseigneur, dit M. de Navailles, m'est avis qu'il ne se pressait pas, parce qu'il espérait jusqu'à la fin que vous alliez lui faire grâce.

— Ce n'est pas sa grâce qu'il espérait, dit à demi-voix Tourville. Les Turcs ne sont pas loin, et s'ils s'avisaient d'attaquer l'esplanade...

— Nous sommes en état de les recevoir, Monsieur le chevalier, dit d'un air satisfait l'auteur du beau plan que le général en chef venait d'adopter.

— Et, au surplus, ils arriveraient trop tard pour le tirer de peine, ajouta Beaufort. On vient de lui passer le nœud coulant, et il commence à monter galamment. Le vieux diable va mourir comme il a vécu. »

Cruvillier, un pied sur le premier échelon, faisait encore face au groupe des officiers, et son visage, éclairé en plein par les derniers rayons du soleil, avait gardé son expression insolente et railleuse.

Tourville, qui avait laissé fort en arrière son secrétaire et son serviteur, se retourna pour voir quelle contenance faisait Vacili devant ce lugubre spectacle, qu'il regrettait de lui avoir infligé en l'amenant avec lui. Il eut la satisfaction de constater que le bon Marcouf s'était placé devant Vacili de façon à lui cacher la potence.

On l'avait dressée, comme on l'aurait dressée en place de Grève, cette potence d'occasion. Au lieu de hisser le patient au bout d'une corde passée dans une poulie, comme on fait dans la marine, on avait appliqué contre le bois de justice **deux** échelles juxtaposées, l'une pour l'exécuteur, l'autre pour le condamné, qui devait monter côte à côte, jusqu'au moment où l'exécuteur pousserait dans le vide le condamné accroché à une corde fixe.

En ce temps-là, on en était encore à ce système primitif, que nos voisins les Anglais ont beaucoup perfectionné depuis.

C'était horriblement répugnant, surtout quand le bourreau sautait sur les épaules du malheureux qui tressaillait dans les convulsions de l'agonie; mais on pendait si souvent que les assistants, blasés par l'habitude, ne s'apitoyaient guère.

Seulement, sur le rempart de l'esplanade, ce mode d'exécution avait le grave inconvénient d'exposer l'exécuteur aux balles des assiégeants, qui tiraient de loin à toute volée.

« Par la *sambieu!* chevalier, s'écria Beaufort, ces chiens-là vont tuer votre matelot;... 'entendez-vous siffler le plomb?... »

Tourville ne l'entendait que trop, car le feu des Turcs redoublait de vivacité, depuis qu'ils avaient aperçu le condamné sur l'échelle.

« Si les balles étaient intelligentes, reprit le duc, elles épargneraient à ce vieux coquin de Cruvillier le vilain saut qu'il va faire, mais vous verrez qu'elles ne le toucheront pas;... elles couperaient plutôt la corde qui va tout à l'heure lui serrer le cou, et le forban se sauverait;... ce serait assez plaisant.

— Il n'irait pas loin. Les nôtres occupent le fossé au pied du parapet, et, s'il y tombait, il serait bientôt repris.

— Il monte toujours;... votre matelot tient à faire la besogne en conscience. Les voilà maintenant à plus de vingt pieds au-dessus du rempart. On doit les voir d'une lieue.

— Ah! ils s'arrêtent;... je crois que c'est le moment... Mais à qui en a Cruvillier?... Le voilà qui se penche en dehors de l'échelle pour regarder au-dessous de lui;... on dirait qu'il cherche quelqu'un dans le fossé. »

A ce moment, une voix d'en haut, une voix éclatante, la voix du vieux pirate, lança ces mots, qui retentirent aux oreilles de Tourville comme la trompette du jugement dernier;

« Adieu, Jani!... je vais préparer ton logement chez le diable;... tu viendras m'y rejoindre ce soir. N'oublie pas d'amener ta fille avec toi.

— Qu'est-ce qu'il dit? » demanda Beaufort.

Tourville n'était pas disposé à lui fournir des explications; mais le bon duc s'écria presque aussitôt :

« Patatras! voilà ce que je craignais! votre matelot est touché. »

C'était vrai. Le Provençal qui s'était chargé d'expédier le condamné venait de recevoir dans la poitrine une balle turque. Il chancelait, il allait tomber et il essayait de se raccrocher. Ses mains se cramponnèrent au patient, mais il perdit l'équilibre, et il dégringola du haut de l'échelle en entraînant dans sa chute Cruvillier, qui resta pendu par le cou.

« Par la *sambieu!* ils ont fait coup double! » dit gaiement Beaufort.

Tourville n'avait pas envie de rire. Il ne plaignait pas le forban, mais il regrettait son matelot, et il pensait à Jani qui était dans le fossé, au-dessous de la potence.

Il croyait encore entendre l'appel lancé par Cruvillier, et il était tenté de prendre cet appel pour un avertissement sinistre.

Justice était faite, et le conseil allait se dissoudre. Pour le chevalier, c'était le moment de tenir la promesse qu'il avait faite à Andronique de tirer son père d'un poste trop périlleux et de l'envoyer panser les blessés loin du rempart.

Tourville voulait y aller lui-même, pensant bien que Jani n'obéirait pas à un ordre apporté par Marcouf, et il résolut de se faire accompagner par Andronique, pour lui prouver qu'il était de parole.

Il n'était pas fâché d'ailleurs de voir par ses yeux les abords extérieurs de l'esplanade et du fort Dimitri, d'où on devait sortir avant l'aube pour se lancer, à peu près au hasard, sur les ouvrages turcs.

Seulement, comme il ne se souciait pas d'exposer le prétendu Vacili aux regards trop clairvoyants des généraux, il voulut attendre qu'ils eussent rompu le cercle.

Peut-être pour démentir les accusations portées contre lui par Cruvillier,

M. Morosini invita ces seigneurs à venir prendre dans sa maison un repas et du repos en attendant l'heure de l'attaque.

La proposition fut acceptée, même par le duc de Beaufort. Tourville promit de les rejoindre, et il ne resta plus sur l'esplanade que lui, son secrétaire, son valet, l'escouade de marins du *Croissant* qui avait escorté le prisonnier, et un fort détachement du régiment de Lorraine, chargé de garder la position jusqu'à ce que le régiment d'Harcourt vînt le relever.

Le chevalier trouva Andronique très pâle, très émue, et plus résolue que jamais. Elle n'avait pas regardé le supplice du forban, mais elle avait entendu son dernier cri et elle ne pensait plus qu'à sauver son père.

« Venez, lui dit tout bas Tourville. Vous prierez, et moi j'ordonnerai; nous le ramènerons. Vous l'accompagnerez jusqu'à l'hôpital qui est au centre de la ville, et vous y resterez avec lui jusqu'à demain. »

Andronique remercia brièvement, mais elle ne promit rien.

Pour descendre dans le fossé où opérait Jani, il fallait passer le long du rempart au-dessus duquel se balançait le corps de Cruvillier et gagner une poterne placée au bout de l'esplanade, à l'endroit où elle se reliait au fort Dimitri, dont un bastion flanquait la tranchée.

Les Turcs avaient salué de leurs acclamations la chute du matelot pendeur, et ils continuaient à tirailler de loin; mais en rasant de près le parapet, on était à l'abri des balles, quoiqu'il ne s'élevât guère qu'à hauteur d'homme. Andronique, d'ailleurs, méprisait le danger, et pendant le trajet Tourville dut lui recommander plus d'une fois de se baisser, comme Marcouf, qui marchait courbé en deux pour donner l'exemple de la prudence.

Les marins du *Croissant* suivaient, portant le corps de leur camarade tué sur l'échelle; quand ils l'avaient vu tomber, ils avaient tous grimpé sur le parapet pour l'enlever sous le feu des Turcs, et l'un d'eux avait été blessé par une balle venue de leurs embuscades.

La disposition du terrain faisait qu'elles passaient toutes par-dessus le fossé occupé par les soldats français, qu'elles ne pouvaient pas atteindre.

Les blessés et les chirurgiens qui les pansaient y étaient en sûreté, et Andronique pouvait y descendre sans risque pour en ramener son père, qui devait se trouver précisément au pied du revêtement de l'esplanade.

La canonnade avait cessé. Les assiégés réservaient leur poudre et leurs boulets pour appuyer la sortie. Les Turcs ne bougeaient pas. C'était l'heure de la prière du soir pour les musulmans, et on pouvait croire que, ne s'attendant pas à être attaqués cette nuit, ils se reposaient dans leurs camps établis sur les hauteurs.

Tourville ne s'y fiait qu'à demi, sachant bien que le calme précède souvent la tempête; mais il espérait avoir le temps de ramener Jani avant qu'une action s'engageât devant les remparts bien gardés.

Andronique le suivait sans dire un seul mot.

Ils allaient arriver au chemin qui descendait à la poterne, lorsque des bruits étranges s'élevèrent du fossé : d'abord, un brouhaha confus, puis des cris sauvages, puis des coups de feu isolés, puis des hurlements épouvantables.

« Allah!... Allah! » Ce cri de guerre des musulmans montait jusqu'à l'esplanade, et Tourville devina ce qui se passait.

Les Turcs avaient envahi brusquement la tranchée et surpris nos soldats en les chargeant à l'arme blanche, avant qu'ils eussent le temps de se mettre en défense. Maintenant ils achevaient les blessés.

« En avant, Lorraine! » cria Tourville aux soldats du régiment qui étaient restés de service sur l'esplanade et qui se tenaient massés à cent pas en arrière.

En même temps, il retenait par le bras Andronique, qui, elle aussi, avait compris ce qui se passait.

Tourville, résolu à tenter de sauver Jani, ne voulait pas qu'elle allât se jeter dans la mêlée.

« Laissez-moi! suppliait-elle en se débattant. On égorge mon père... Je veux mourir avec lui... Laissez-moi aller le rejoindre!... »

Le chevalier n'avait garde. Pendant qu'il luttait pour l'empêcher de courir au fossé, les soldats du régiment de Lorraine arrivaient au pas de course. Ils se précipitèrent dans le chemin qui aboutissait à la poterne où ils croyaient trouver passage. Elle était fermée. Ils essayèrent de l'enfoncer à coups de crosse. Elle résista à tous leurs efforts, et leurs camarades de la tranchée, succombant sous le nombre, ne vinrent pas la leur ouvrir.

Depuis qu'il avait vu le feu pour la première fois, sur l'*Étoile de Diane,*

Il s'enleva à la force du poignet et atteignit le faîte du parapet.

Tourville avait couru de terribles dangers, mais il ne s'était pas encore trouvé en pareille situation. S'il eût été seul, il aurait pris le commandement, et les soldats, encouragés par sa présence, auraient peut-être réussi à briser l'obstacle qui les empêchait de porter secours aux malheureux qu'on massacrait tout près d'eux.

Tourville, qui avait tous les courages, n'eut pas celui d'abandonner une femme qu'il savait capable de sauter dans le fossé plutôt que de laisser son père aux mains des Turcs.

Il se disait aussi que, du fort Dimitri, on voyait la scène de carnage et que l'officier qui commandait là allait intervenir en tombant sur les égorgeurs par un autre chemin.

« Monte sur le parapet, dit-il à Marcouf, et dis-moi où ils en sont. »

L'ordre était de ceux qu'on ne donne qu'aux braves, mais Tourville connaissait son homme, et Marcouf n'hésita pas une seconde à servir de cible aux envahisseurs de la tranchée.

Il s'enleva à la force du poignet, et en s'aidant de ses genoux il atteignit le faîte du parapet, qui avait une certaine largeur. Là, au lieu de se lever en pied, il se mit à ramper sur les mains et sur les genoux jusqu'à ce qu'il fût arrivé au bord extérieur de cette espèce de terrasse.

Pas un coup de feu ne partit du fond du fossé. Les Turcs qui venaient de l'envahir avaient autre chose à faire que de regarder en l'air.

Tourville, qui s'était un peu reculé, sans lâcher Andronique, vit Marcouf, penché sur le vide, se jeter en arrière, revenir, toujours à quatre pattes, et redescendre vivement sur l'esplanade, en criant :

« Ah! Monsieur le chevalier, si vous saviez ce que je viens de voir! »

Tourville, qui s'en doutait bien, lui fit signe de se taire, mais Andronique avait entendu.

« Ils sont morts, n'est-ce pas? demanda-t-elle d'une voix sourde.

— Je ne sais pas, balbutia Marcouf; les Turcs grouillent là dedans... C'est une mêlée à ne pas s'y reconnaître... Mais les nôtres se défendent tout de même. »

Le brave garçon ne voulait pas dire la vérité devant la fille de Jani; mais ce mensonge pieux fut inutile.

Avant que Marcouf eût fini de parler, un objet lancé d'en bas s'éleva dans l'air et vint tomber et rebondir sur le parapet.

Tourville ne put retenir un cri d'horreur.

L'objet était une tête coupée : la tête d'un soldat, que les Turcs venaient de décapiter, selon leur barbare coutume, qui s'est perpétuée jusqu'à nos jours chez les Arabes d'Algérie.

Une autre suivit, puis une autre encore, puis dix, puis vingt; elles tombaient comme une pluie sinistre; elles roulaient en sautillant sur la terrasse, sanglantes, livides, les yeux ouverts, la bouche béante, tranchées d'un seul coup de yatagan.

Un rayon de soleil qui allait disparaître les éclairait en plein. Elles avaient l'air de demander vengeance.

Et il en tombait toujours.

Les malheureux, surpris dans le fossé, avaient été tués jusqu'au dernier, et les massacreurs tenaient à faire savoir aux soldats restés sur l'esplanade qu'ils venaient d'égorger cent chrétiens pour venger la pendaison de Cruvillier.

C'était une façon de leur montrer le sort qui les attendait.

Soutenue par le chevalier, Andronique n'avait pas jeté un cri. Pâle, les dents serrées, le regard fixe, elle se raidissait contre Tourville, qui s'efforçait de l'entraîner.

Tout à coup, elle étendit le bras en reculant d'horreur. Elle venait de reconnaître la tête de son père, lancée comme les autres sur le parapet où elle était restée toute droite.

Son bras retomba, inerte; ses yeux se fermèrent.

Elle s'évanouit au moment où les canons du fort Dimitri commencèrent à tonner.

Du bastion le plus rapproché, cinq pièces foudroyèrent les Turcs, qui se sauvèrent à toutes jambes. Les boulets, qui prenaient la tranchée en enfilade, l'eurent vite nettoyée.

C'était intervenir trop tard, mais l'effet de cette artillerie fut prompt et décisif.

Presque au même instant, la malencontreuse poterne, abattue à coups de hache, livra passage aux soldats du régiment de Lorraine, qui trouvèrent la place vide d'ennemis, et le feu du fort dut cesser aussitôt, car il n'aurait atteint que des Français... et des cadavres.

« Emportez ce jeune homme, » dit Tourville aux marins qui s'étaient rapprochés en voyant s'affaisser Vacili.

L'emporter, où? Tourville, en donnant l'ordre d'enlever la pauvre Andronique, ne s'était pas posé cette question, mais il ne voulait pas la quitter avant qu'elle fût à l'abri et assurée de recevoir les secours dont elle avait grand besoin.

« Monsieur le chevalier, dit Marcouf, qui devina la pensée de son maître, il y a tout près d'ici une taverne où je suis connu. Nous n'y trouverons que le tavernier, puisque toutes les troupes sont consignées, et si vous vouliez...

— Montre-nous le chemin, » interrompit Tourville.

Rien ne le retenait plus sur l'esplanade, où il n'était pas de service. Il avait eu ses raisons pour y rester après le départ des généraux. Maintenant, il pouvait bien aller les rejoindre, comme il s'y était engagé ; mais, avant de se rendre chez M. Morosini, il voulait avoir avec Andronique, revenue à elle, une explication devenue nécessaire.

La mort de Jani la laissait seule au monde. Qu'allait-elle faire à présent que son père n'était plus là pour couvrir de son approbation le hasardeux parti qu'elle avait pris? Tant que ce brave homme avait vécu, Tourville n'était pas responsable des malheurs qui pourraient frapper sa fille. Jani étant mort, cette responsabilité qui retombait sur lui l'effrayait, et, quoiqu'il lui en coûtât de se séparer de son bon ange, il pensait que son devoir de gentilhomme était de lui conseiller de renoncer à l'aventure où l'avaient jetée ses sentiments exaltés.

Comme Marcouf l'avait prévu, le père La Lanterne était seul dans sa taverne des *Sept Bombes*, située dans le voisinage du fort Dimitri, et quand le cortège y arriva, Andronique, portée par les marins, avait déjà repris connaissance.

Le tavernier n'avait jamais vu Tourville, mais quand Marcouf le lui nomma, il se montra fort empressé à le servir, car le bonhomme était très bien informé et il savait que le commandant du *Croissant,* ami de M. le duc de Beaufort, faisait partie du conseil de défense.

Elle venait de reconnaître la tête de son père.

Tourville lui ordonna de servir largement à boire aux matelots et à Marcouf; puis il lui demanda s'il n'avait pas une chambre où son jeune secrétaire, épuisé de fatigue, pût prendre quelque repos.

La Lanterne offrit la sienne, un réduit meublé d'un grabat et de quelques escabeaux, où il couchait, derrière son comptoir, — quand il se couchait, ce ce qui ne lui arrivait pas toutes les nuits.

Le chevalier y conduisit Andronique, et là, après l'avoir fait asseoir, aux clartés incertaines d'une lampe fumeuse, il allait aborder le grave sujet qui le préoccupait, lorsqu'elle lui dit :

« Ils l'ont tué. Vous le vengerez !

— Je ne m'y épargnerai pas, je vous le jure ! » répondit Tourville, assez satisfait de ce début, qui semblait présager qu'elle s'en remettait à lui du soin de faire payer cher aux Turcs la mort du malheureux Jani.

Et afin de profiter de ce bon mouvement, il se hâta d'ajouter :

« Il doit vous tarder, Mademoiselle, de quitter cette terre funeste. Je vais m'entendre avec M. le duc de Beaufort. J'espère que demain, après la sortie, quand nous aurons défait les Turcs, il me permettra de détacher de l'escadre un vaisseau qui vous conduira à Venise,... le mien, s'il y consent.

— Je ne veux pas retourner à Venise, dit résolument la jeune fille.

— Que voulez-vous donc faire ?

— Je veux combattre avec vous les oppresseurs de la Grèce,... ma patrie d'adoption. Si vous me chassez de Candie, il ne me restera plus qu'à mourir.

— Vous chasser, Mademoiselle ? à Dieu ne plaise !... mais il m'est permis de vous dire que vous ne pouvez plus rester à mon bord sous ce déguisement. Tout à l'heure, en présence des généraux assemblés, ce misérable Cruvillier a parlé de vous ;... il vous a nommée ;... il a dit que vous étiez sur mon vaisseau et que c'était vous qui l'aviez reconnu. »

Andronique eut un geste d'indifférence. Peu lui importait évidemment ce que penseraient de sa folle aventure les chefs de l'armée. Forte de son innocence, elle ne craignait pas plus la calomnie que les balles.

Tourville sentit qu'il faisait fausse route en lui montrant un danger dont elle ne s'effrayait pas, et il essaya de faire vibrer en elle une autre corde.

« Je comprends, dit-il, que vous ne vous consoliez pas d'avoir perdu votre père, qui était un héros ; mais vous n'êtes pas seule au monde...

— Absolument seule... Je n'ai plus à Venise ni un parent ni un ami...

— Votre père y a laissé un associé...

— Carini. Il m'a demandée en mariage trois fois depuis que mon père s'est fixé à Murano ; trois fois j'ai refusé.

— Oserai-je vous prier de me dire pourquoi ?

— Parce que je ne m'appartenais plus ;... je m'étais vouée,... comme se vouent les chevaliers de Malte... Vous le savez depuis longtemps, Monsieur le chevalier ;... je vous l'ai dit à Siphnos,... je vous l'ai dit encore à Murano,... et si je ne vous l'ai pas redit à Paris, c'est que, en nous autorisant, mon père et moi, à nous embarquer sur le vaisseau qu'il vous destinait, M. Colbert nous avait défendu de nous montrer à vous.

— Mais ce message que j'ai reçu chez M. d'Hocquincourt ?

— Quand je vous ai écrit pour vous engager à vous présenter chez le duc de Vivonne et chez le duc de Beaufort, je n'avais pas encore vu M. Colbert... C'est ma Mauresque Fatma qui vous a remis ma lettre.

— Elle vous est dévouée, Fatma, et... elle vous reste.

— Non,... elle nous a accompagnés jusqu'à Toulon. Là, avant de lier à jamais notre destinée à la vôtre, mon père a voulu assurer son sort. Il lui a rendu la liberté, il l'a dotée et il l'a renvoyée dans son pays, à Alger, où elle servira peut-être un jour la France, car maintenant elle est chrétienne. Vous voyez bien, Monsieur le chevalier, que je suis seule au monde. »

Tourville s'était trompé encore une fois, et il commençait à désespérer de faire entendre raison à cette inspirée.

Elle ne pleurait pas ; ses beaux yeux regardaient le ciel ; la foi rayonnait sur son visage. Au temps des Césars, les jeunes martyres devaient être ainsi en marchant au supplice.

« Mon père est avec Dieu, reprit-elle d'une voix vibrante. Il est mort pour sa religion et pour sa patrie. Je suis prête à mourir comme lui, et je ne regretterai pas la vie, si je puis espérer que vous ferez triompher notre sainte cause.

— Vous vivrez! s'écria Tourville, profondément remué par ce fier langage ;... vous vivrez, et Dieu nous donnera la victoire, mais, je vous en supplie,

« Ils l'ont tué. Vous le vengerez! »

renoncez à me suivre ;... contentez-vous de prier Dieu pour le succès de nos armes...

— Pendant que vous combattrez, vous! pendant que vous exposerez votre vie, cent fois plus précieuse que la mienne! Non! non! je ne vous quitterai pas.

— La place d'une femme n'est pas sur un champ de bataille.

— La vôtre est à bord de votre vaisseau, Monsieur le chevalier, et cependant, cette nuit, vous serez aux côtés de M. de Beaufort quand il mènera ses soldats à l'attaque.

— M. le duc est généralissime des armées de terre et de mer de Sa Majesté le roi de France. Je suis donc sous ses ordres, et je dois lui obéir. Il a daigné m'appeler au conseil de guerre, et j'y ai assisté; mais je n'ai pas de commandement de troupes, et il se peut que la flotte prenne part à l'action en canonnant les ouvrages turcs, pendant que M. de Navailles leur donnera l'assaut... S'il en est ainsi, je me ferai ramener à mon poste, qui sera sur la dunette du *Croissant*... Et je vais de ce pas chez M. Morosini ; j'y trouverai M. de Beaufort, et, quand je saurai comment il va disposer de moi, je reviendrai vous le dire. »

Andronique réfléchit un instant avant de répondre :

« Puisque vous le voulez, Monsieur le chevalier, je vous attendrai ici. »

Était-elle sincère en promettant de rester? Tourville en doutait un peu, mais il comptait prendre ses mesures pour l'empêcher de sortir. Provisoirement, il lui suffisait qu'elle consentît à ne pas l'accompagner jusqu'à la maison du provéditeur.

« Je ne vous laisserai pas seule, reprit-il. Marcouf se tiendra dans la salle où il est en ce moment, pendant que vous prendrez ici un repos qui vous est très nécessaire. Vous le connaissez,... vous savez qu'il est d'une bravoure et d'un dévouement à toute épreuve. Je le mets à vos ordres, et il veillera à votre sûreté. A mon retour, Mademoiselle, nous reprendrons cet entretien.

— J'y compte, Monsieur le chevalier, » dit simplement l'héroïque orpheline.

Tourville, cette fois, crut l'avoir convertie à des idées plus sages, et il se hâta de la quitter pour aller donner ses instructions à Marcouf.

Il commença par mettre dans la main du cabaretier quatre pièces d'or pour payer la dépense faite et à faire par son valet et ses matelots, qui devaient passer la nuit à la taverne des *Sept Bombes*. La Lanterne comprenait à demi-mot. En remerciant le chevalier, il l'assura que personne n'entrerait chez lui tant que ces gens y seraient, et en disant « ces gens », il entendait certainement parler aussi du jeune homme qui occupait sa chambre.

Tourville emmena Marcouf dans la rue et lui tint ce discours impératif et net :

« Tu sais maintenant qui est Vacili. Je te charge de la garder. Tu ne bougeras d'ici, sous aucun prétexte, jusqu'à ce que je vienne te relever de faction, et tu l'empêcheras de sortir, quoi qu'il arrive.

— L'empêcher. Comment? murmura Marcouf.

— Par la force, s'il le faut. Je t'y autorise, et tu me réponds de lui. »

Marcouf avait sur les lèvres bien d'autres questions, mais son maître n'attendit pas qu'il les lui adressât, et Marcouf, tout penaud, rentra dans la taverne en se demandant comment il allait s'y prendre pour remplir la mission difficile que M. le chevalier lui imposait.

XIX

AVANT LE COMBAT

XIX

A TRAVERS LE DÉSERT

XIX

AVANT LE COMBAT

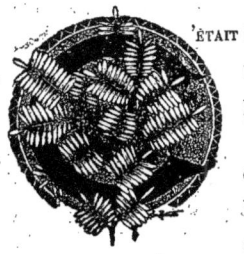'ÉTAIT la nuit du 24 au 25 juin, une des plus courtes de l'année, et sous le ciel étoilé de Candie les nuits d'été sont plus claires que le crépuscule de nos climats brumeux.

A deux heures, toutes les troupes étaient sur pied, et à la lueur incertaine de l'aube naissante on voyait briller les armes des soldats qui marchaient silencieusement vers l'esplanade du fort Dimitri.

A la dernière réunion chez le provéditeur, rien n'avait été changé au plan bâclé par le duc de Navailles et adopté sans examen par le duc de Beaufort. Le sort en était jeté. On allait jouer sur un coup de dés la délivrance de Candie. Il n'y avait plus qu'à engager l'action décisive, et chacun se préparait à bien faire.

Tous les officiers français étaient pleins d'ardeur et d'espoir. Leurs soldats n'étaient pas enthousiastes. Détachés de divers régiments, ils se connaissaient à peine et ils n'avaient pas encore appris à se sentir les coudes, comme on dit militairement. Les fatigues de la traversée, une nourriture insuffisante et une nuit sans sommeil les avaient mis en mauvaise condition pour combattre.

Le courage ne leur faisait pas défaut, mais ils étaient nerveux.

Le vieux Navailles, qui le savait bien, comptait pour les entraîner sur l'exemple des corps d'élite : mousquetaires et compagnies des gardes destinés à former les têtes de colonnes.

Les Esclavons de M. Morosini n'auraient pas été de trop pour éclairer la marche, et Navailles regrettait que M. de Beaufort eût rejeté par gloriole l'offre de ce prudent Vénitien.

La nuit qui s'achevait avait été calme. Les Turcs, pris en écharpe par le feu du bastion, s'étaient hâtés d'évacuer le fossé où ils ne laissaient pas un homme vivant. Les soldats du régiment de Lorraine s'y étaient établis, après avoir enfin réussi à abattre la poterne, et l'ennemi n'avait pas essayé de les en déloger.

Tourville avait rendu compte au conseil de cette fâcheuse affaire, et le duc de Beaufort, toujours optimiste, s'était efforcé de démontrer qu'il fallait s'en réjouir, attendu que les Turcs, satisfaits d'avoir coupé quelques têtes, n'allaient pas manquer de s'endormir sur ce succès sans importance.

On aurait pu croire qu'il avait deviné, car on n'entendait pas un bruit dans leurs camps, pas plus du côté du fort Saint-André que du côté de la Sablonnière. Leur artillerie aussi se taisait. C'est à peine si quelques bombes, lancées à de longs intervalles, étaient venues s'abattre sur la ville, sans faire grand mal aux soldats abrités.

Et, bien entendu, la taverne blindée du sergent La Lanterne n'en avait souffert aucun dommage.

Le chevalier ne l'oubliait pas, cette bienheureuse taverne où il avait laissé Andronique à la garde de Marcouf, et il se félicitait d'autant plus d'avoir pris ce parti que le duc venait de lui annoncer qu'il comptait l'emmener au feu et charger à côté de lui.

Le cheval que devait monter Tourville attendait à la porte de la maison du provéditeur : un cheval bai, presque aussi beau que l'illustre Phœbus, le grand courtaud noir qui avait l'honneur de porter, les jours de bataille, le petit-fils du vainqueur d'Ivry.

Tourville n'avait garde de refuser une telle occasion, et la présence de son secrétaire sur le terrain du combat l'aurait fort gêné.

Aussi comptait-il absolument sur Marcouf pour le préserver de ce grave embarras.

L'heure s'avançait, et les troupes attendaient leurs généraux, rangées en bataille sur l'esplanade, devant la terrasse où grimaçaient encore les têtes coupées qu'on n'avait pas pris la peine d'enterrer, pas plus que les corps décapités qui gisaient au fond du fossé.

L'infanterie s'était formée d'abord : cinq cents hommes du régiment des gardes du roi, en uniforme gris-blanc, galonné d'argent, avec des chausses écarlates et un panache rouge et blanc sur un chapeau bordé.

En seconde ligne, les détachements des autres régiments, et, plus en arrière, les troupes de la marine, en justaucorps blancs à larges parements bleus.

Puis étaient venus s'aligner les deux cents mousquetaires de la maison du roi, tous montés sur des chevaux gris-blanc, chaussés de hautes bottes noires et portant par-dessus leurs cuirasses des casaques blanches galonnées d'or et brodées d'une croix d'argent sur la poitrine.

Les officiers étaient en justaucorps écarlates, de la même couleur que les housses de leurs selles.

C'était un imposant tableau que présentaient les masses guerrières de ces vaillants venus de France pour combattre l'infidèle, comme au temps lointain des croisades.

Et pour qui aurait pu voir en même temps les Turcs dans leurs tranchées, le contraste eût été saisissant : chez eux pas de broderies, pas d'uniformes, pas d'autres signes distinctifs que le haut bonnet du corps privilégié des janissaires ; des officiers vêtus comme leurs soldats, et leur chef suprême, le glorieux vizir Achmet Kuprili, sous son cafetan de soie tout uni, et son turban sans ornements d'aucune sorte.

L'aigrette ne brille qu'au front du Commandeur des croyants, et Achmet le

Victorieux, Achmet le bâtisseur de ponts, — Kuprili, — le plus grand ministre qui ait jamais gouverné l'empire, Achmet n'est que le très humble esclave du sultan Mahomet IV, dix-neuvième successeur d'Othman, fondateur de la dynastie qui règne à Stamboul.

Les assiégés de Candie étincellent d'or. Les assiégeants n'ont que du fer, et le dernier d'entre eux est prêt à mourir pour la cause de l'Islam, comme nos gentilshommes pour le roi.

Ces comparaisons n'étaient pas faites pour entrer dans la cervelle de M. de Beaufort, qui prenait les Turcs pour des sauvages incapables de tenir contre une charge vigoureusement poussée par des chevaliers français.

Tourville ne partageait pas ces illusions; mais Tourville était de ceux qui ne comptent jamais avec le danger, et qui s'interdisent à eux-mêmes de réfléchir avant de faire leur devoir.

Et au moment d'aborder l'ennemi, il s'efforçait de chasser le souvenir d'Andronique, pour ne plus penser qu'à combattre.

Il n'y réussissait pas autant qu'il le souhaitait, et l'image de l'héroïne de Siphnos lui revenait à l'esprit plus souvent qu'il n'aurait voulu.

Il espérait qu'elle ne courrait aucun risque, grâce aux précautions qu'il avait prises; mais s'il était tué, lui, qui la protégerait? Et si personne ne la protégeait, elle ne serait pas plus en sûreté sur un vaisseau que dans Candie encombrée de soldats mal disciplinés.

Tourville en était à regretter de ne pas l'avoir recommandée au duc de Beaufort, en cas de malheur.

M. Morosini avait princièrement traité chez lui les généraux et leurs états-majors. A sa table somptueuse, on ne se serait pas douté qu'on était dans une ville assiégée, et le dîner avait été largement arrosé des meilleurs vins de l'île. Les convives n'en avaient pas abusé, mais à leur bravoure naturelle s'ajoutait une pointe d'excitation, et M. de Beaufort, qui buvait sec, débordait d'entrain.

Il n'avait jamais douté de vaincre, mais maintenant il ne parlait que de jeter les Turcs à la mer et d'envoyer le grand vizir à Versailles, enfermé dans une cage de fer.

Le chevalier s'affligeait un peu de ces rodomontades, mais il était bien obligé de les subir, et il lui tardait qu'on partît.

L'heure était venue de qu'tter le quartier général, et, de la salle du festin, on entendait piaffer dans la rue les chevaux qui attendaient à la porte.

Avant de sortir, le duc s'appuya familièrement sur l'épaule de Tourville et lui dit :

« Mon *biau* chevalier, ce m'est une fête de me trouver botte à botte avec

Puis étaient venus les deux cents mousquetaires du roi.

vous pour tailler ces Turquins en pièces... Car nous allons les hacher menu comme chair à pâté. Il y a si longtemps que j'entends parler de votre bravoure que je meurs d'envie de vous voir charger...

— Monseigneur, ce sera la première fois de ma vie, dit modestement Tourville; je n'ai jamais été au feu que sur un vaisseau.

— C'est pourtant vrai ! vous n'avez pas encore servi à terre... C'est tout le contraire de moi, qui n'ai été marin que par hasard, et qui, à vingt ans, sabrais déjà les Espagnols devant Corbie,... en 1636; vous n'étiez pas encore né;... ça ne me rajeunit pas. Eh bien, mon cher Tourville, croyez-en un vieux routier, un combat naval n'est rien au prix d'une bataille en terre ferme... Quand j'ai l'épée à la main et Phœbus entre les jambes, je me sens vivre;... on tape, on taille, on pique,... c'est un plaisir des dieux... Tandis que l'autre jour à

43

bord du *Monarque,* sur mon château de poupe où j'entendais ronfler à mes oreilles les boulets de pierre de ces mécréants,... je n'avais pas peur, non;... mais j'aurais mieux aimé galoper contre tous les escadrons du Grand Turc, et contre ceux du sophi de Perse, par-dessus le marché. Ils sont braves pourtant, les maudits.

— Très braves, Monseigneur.

— Pas plus que ce renégat que j'ai fait pendre tantôt. Il est allé à la mort comme d'autres vont au bal... Mais, à propos de ce coquin, *translucidez*-moi donc ce qu'il a voulu dire quand il vous a demandé si vous aviez amené avec vous la belle Andronique... Quel oiseau est-ce là? une frégate ou une haquenée! »

Tourville tressaillit. Il ne s'attendait guère à cette question, que le duc ne lui avait pas adressée sur l'esplanade, au moment où Cruvillier venait de l'apostropher méchamment.

« Je m'étais promis de vous le demander, reprit Beaufort, et puis j'ai oublié... Andronique, n'est-ce pas le nom de cette nymphe qu'on avait attachée sur un rocher pour la faire dévorer par un monstre marin? »

En toute autre occasion, Tourville aurait ri de la méprise du ci-devant roi des Halles, qui confondait Andronique avec Andromède; mais il ne pensa qu'à profiter de cette occasion de recommander l'orpheline à la protection du généralissime.

« Monseigneur, dit-il sans hésiter, je vous ai parlé du secrétaire et du médecin que M. Colbert m'a envoyés...

— Une belle idée qu'il a eue là, ce robin!... Eh bien?

— Eh bien, Monseigneur, ce secrétaire est une femme,... une Grecque,... et elle se nomme Andronique. Le médecin était son père. Il vient d'être égorgé par les Turcs dans le fossé de l'esplanade.

— Une femme! s'écria le duc en éclatant de rire; une femme à votre bord!... Ah! mon *biau* chevalier, vous ne vous étiez pas vanté de ce manque au règlement.

— Monseigneur, Andronique est une jeune fille digne de tous les respects. Elle est noble, elle est riche, elle est vertueuse. C'est avec l'autorisation du ministre qu'elle s'est embarquée, et nous lui devons de ne pas être tombés dans les pièges que nous tendait ce misérable Cruvillier. J'allais m'y laisser prendre. C'est elle qui l'a reconnu.

— Elle le connaissait donc?

— Il l'avait enlevée jadis à Siphnos pour la vendre aux Turcs...

— Où ça se trouve-t-il, Siphnos? -

— C'est une île de l'Archipel où son père, qui était un chirurgien des plus habiles, me soigna et me guérit des blessures que j'avais reçues dans un combat contre des corsaires tripolitains. Cruvillier, qu'il avait soigné aussi plus d'une fois, lui prit sa fille par force. Je fus assez heureux pour la tirer de ses griffes,... et ce bandit ne m'a jamais pardonné de la lui avoir arrachée.

— Je comprends ça, dit Beaufort en goguenardant un peu ; mais je ne m'attendais guère à voir M. Colbert en cette affaire. De quoi diable se mêle-t-il?

— Monseigneur, Andronique et son père sont venus, de Venise où ils s'étaient réfugiés, le trouver à Paris et lui offrir de mettre leurs personnes et leurs biens au service du roi pour contribuer à secourir Candie. M. Colbert a accepté, et il les a envoyés sur mon vaisseau. Depuis le débarquement de l'armée, le père était aux tranchées, où il pansait nos blessés et où il est mort en faisant son devoir...

— Et la fille vous est restée sur les bras... Par la *sambieu!* chevalier, vous voilà mal embâté!

— Pas tant que vous pourriez le croire, Monseigneur. Aujourd'hui, elle est descendue à terre avec moi et elle n'a qu'une pensée, c'est de prendre part à la sortie de cette nuit...

— Peste! quelle *Rhadamante!* »

Le bon duc avait sans doute voulu dire *Bradamante;* car si Andronique ressemblait à l'héroïne du poème de l'Arioste, elle n'avait assurément rien de commun avec un des trois juges des Enfers mythologiques...

« Alors, elle veut charger avec nous, comme un homme?... Voilà qui serait curieux à voir, et je gagerais qu'elle ferait merveille... Quand les femmes s'en mêlent, elles sont enragées.

— Celle-là ne craint rien au monde, et elle n'aspire qu'à mourir pour sa religion et pour son pays. J'ai dû prendre des mesures pour l'empêcher de courir au feu.

— Vous l'avez renvoyée à votre bord?

— Non!... elle aurait refusé de s'y laisser conduire. J'ai dû recourir à la ruse. Je l'ai laissée dans une taverne près de l'esplanade, sous la garde d'un valet à moi qui m'est très dévoué et qui a l'ordre de l'empêcher d'en sortir, Elle était brisée de fatigue... J'espère qu'elle dort à cette heure et qu'elle ne se réveillera pas avant le moment où nous attaquerons.

— Et si le canon la réveille, elle ne pourra pas nous rattraper. Elle arriverait quand la danse serait finie. Bien joué, chevalier!... Vous voilà l'esprit en repos.

— Pour cette nuit, oui,... à peu près. Mais si je suis tué, qu'adviendra-t-il d'elle?

— De quoi vous inquiétez-vous là?... Les femmes se tirent toujours d'affaire,... et vous venez de me dire que cette infante n'a peur de rien...

— Moi, j'ai peur pour elle, Monseigneur, et je vous demande en grâce de la prendre sous votre protection, si je ne reviens pas du combat que nous allons livrer...

— Vous en reviendrez, morbleu!... Si quelqu'un doit y rester, ce sera moi!... »

Et comme Tourville allait se récrier :

« Croyez-vous aux présages?... Moi, j'y crois!... Entendez-vous hurler mon grand lévrier *Brise-l'air?... Cheux* nous, dans le pays de défunte M⁵ᵉ ma mère, on dit: *De chien qui hurle, la mort est proche;...* et puis, quand j'étais tout petit, une Bohémienne m'a prédit que je n'aurais jamais cinquante-quatre ans;... or, j'en ai cinquante-trois, bien sonnés...

— Chassez, Monseigneur, ces tristes idées.

— Oh! elles ne m'empêcheront pas d'aller de bon cœur à la bataille, et si j'en reviens, je vous promets de vous aider à mettre la belle en sûreté. Que pourrait-on bien faire pour elle?

— L'envoyer à Venise, Monseigneur,... ou, si elle refusait de s'y rendre, la ramener en France. M. Colbert ne l'abandonnera pas, lorsqu'il saura que son père est mort au service du roi.

— Voilà une mission que je n'accepterais pas, si je n'avais la barbe grise! s'écria gaiement le duc; mais à mon âge on peut rapatrier une jeune fille sans la compromettre. Comptez sur moi, chevalier. Seulement, je vous le répète, et rappelez-vous ce que je vous dis,... c'est vous qui reconduirez votre Andronique en pays chrétien. Maintenant, mon brave Tourville, en selle!... Phœbus s'impatiente, le vieux Navailles est déjà perché sur son gris-pommelé. Tout beau, *Brise-l'air!*... tout beau, mon bon chien! ne crie plus,... je t'emmène,... tu mordras les Turquins tout à l'heure. »

Le lévrier favori du roi des Halles se calma. On eût dit qu'il comprenait les paroles de son maître.

Le duc s'était attardé en causant avec le chevalier; son état-major était réuni dans la rue, et M. de Navailles ne l'avait pas attendu pour enfourcher son cheval, qui portait, ce jour-là, un poids exceptionnel, car le vieux soldat avait endossé par-dessus son buffle une cuirasse d'acier, et il avait chaussé de lourdes bottes, à l'ancienne mode : des bottes garnies de lames de fer qui constituaient une véritable armure défensive. Il s'était coiffé d'un casque solide, et un large sabre pendait à son baudrier.

Ses officiers avaient revêtu comme lui le harnais de guerre. Ceux de M. de Beaufort étaient armés aussi, mais plus légèrement.

Quant au duc, il n'avait mis qu'une cuirasse dorée et un chapeau à plumes blanches, peut-être en souvenir de son aïeul Henri IV.

Tourville était habillé comme il l'était à son bord les jours de combat, et en ce temps-là la tenue de bataille des officiers de marine ne différait pas sensiblement de celle des officiers de cavalerie.

Le marquis de Saint-André, commandant des troupes vénitiennes, n'étant pas encore en état de combattre à cause de sa blessure, devait assister à la bataille du haut du rempart, et il avait pris les devants pour s'y rendre à pied.

M. Morosini, qui devait l'y rejoindre, restait provisoirement à son quartier général pour y attendre des nouvelles de l'action et pour donner les ordres que pourraient nécessiter des incidents imprévus.

On avait renoncé à l'idée d'une diversion du côté de l'ouest. Le sort de Candie allait se décider en avant du fort de la Sablonnière et du fort Dimitri, qui appuieraient l'attaque.

« Marchons, Messieurs !... il est temps, » dit le duc de Beaufort.

Trois heures sonnaient au clocher de l'église Saint-Marc, le seul que les bombes eussent laissé debout dans la ville en ruine.

M. de Navailles passa le premier avec son état-major.

La rue n'était pas large, et trois cavaliers n'auraient pas pu marcher de front.

Le duc suivit, entouré de ses officiers : le chevalier de Villarceaux, le marquis de Schomberg, le comte de Keroualle, et bien d'autres gentilshommes, la fleur de la noblesse française, qui s'étaient disputé l'honneur de prendre part à la nouvelle croisade.

Tourville chevauchait à la gauche de M. de Beaufort, qui l'avait appelé près de lui et qui prenait plaisir à lui expliquer les qualités et les défauts du cheval bai qu'il lui avait prêté.

« Il a du fond et de la vitesse, lui disait-il, seulement il est sujet à s'emporter, et je vous conseille de l'avoir toujours dans la main et dans les jambes, car s'il prenait le mors aux dents, il ne s'arrêterait qu'à la tente du pacha,... à moins qu'il ne sautât par-dessus. »

Tourville, excellent cavalier, n'avait rien de pareil à craindre, et il rassura le duc, qui n'avait fait que plaisanter, car il savait que le chevalier avait été un des meilleurs élèves de l'académie de la rue Vieille-du-Temple.

Tourville y pensait en ce moment, à cette académie où il avait passé trois années de sa jeunesse et où Mlle de Renocourt s'était éprise de lui, sans toucher son cœur. Dix ans avaient passé sur cette histoire ; le chevalier en était toujours

Tourville chevauchait à la gauche de M. de Beaufort.

à n'aimer que la gloire, et il se disait que la fille du médecin de Siphnos n'aurait peut-être pas un sort plus heureux que la fille du digne gentilhomme qui lui avait enseigné l'équitation.

Il espérait du moins que la pauvre Andronique ne finirait pas comme son père, puisqu'elle n'irait pas au feu ; et la promesse de M. de Beaufort l'avait presque rassuré sur l'avenir.

La taverne où Andronique était gardée par Marcouf se trouvait sur le chemin que suivaient les généraux, et Tourville ne manqua point d'y donner un coup d'œil en passant. Il fut tout surpris de voir, planté devant la porte, Marcouf, qui semblait l'attendre pour lui parler, car il s'avança, le chapeau à la main.

Le duc devina que c'était là le gardien d'Andronique, et il arrêta Phœbus pour donner à Tourville le temps de l'interroger.

« Eh bien! demanda Tourville, et Vacili?

— Monsieur le chevalier, répondit Marcouf, votre secrétaire n'a pas bougé depuis que vous êtes parti de la taverne. Je crois qu'il dort, mais je n'ai pas osé entrer dans la chambre où vous l'avez laissé.

— Garde-t'en bien! S'il se réveillait, tu lui dirais que tu m'as vu, que je reviendrai dans une heure et que je le prie de ne pas sortir avant mon retour. Les marins du *Croissant* sont là?

— Oui, Monsieur le chevalier, et ils boivent toujours... S'ils continuent, ils rouleront sous la table. Ils ont déjà lampé une douzaine de bouteilles.

— Tu vas, de ma part, défendre au cabaretier de leur en servir d'autres. J'ai besoin d'eux pour ramener Vacili à bord. Tu as compris?

— Oui, Monsieur le chevalier,... mais moi?...

— Eh bien! tu vas m'attendre, et tu sais ce que tu as à faire.

— Alors, vous ne m'emmenez pas avec vous?

— Je n'ai pas besoin de toi.

— Quand ce ne serait que pour vous tenir l'étrier, Monsieur le chevalier, murmura Marcouf d'un air si piteux que le duc de Beaufort se mit à rire de bon cœur.

— Par la *sambieu!* chevalier, vous avez là un valet qui vous est fort attaché. Traitez-le bien, car l'espèce s'en perd. »

Et s'adressant à Marcouf:

« De quoi te plains-tu, mon gars?... Ton maître et moi nous allons de ce pas en un lieu où il n'y a que des horions à attraper.

— C'est pour ça que je voudrais m'y trouver, Monseigneur,... pour défendre M. le chevalier, que je n'ai jamais quitté...

— Tais-toi, petit!... et tiens-toi en repos. Les Turcs te mangeraient tout cru.

— J'aimerais mieux ça que d'apprendre qu'ils ont donné à M. le chevalier un mauvais coup que j'aurais pu recevoir à sa place.

— Voilà un brave gars!... et j'ai bonne envie de lui permettre de nous suivre. Qu'en dites-vous, chevalier?

— Monseigneur, je vous supplie de n'en rien faire. Vous savez pourquoi je veux qu'il reste dans cette taverne, tant que durera l'action.

— Oui,... oui,... je sais,... la belle *Rhadamante*;... je n'y songeais plus,... vous avez raison,... elle nous gênerait, là-bas, quand nous serons aux prises avec ces chiens de Turcs...

— Assez, Guillaumet! dit impérieusement Tourville. Je t'ai assigné un poste; je t'ordonne d'y rester et de ne pas quitter un seul instant Vacili. »

Marcouf se tut, mais ce ne fut pas sans un serrement de cœur qu'il vit le chevalier rendre la main à son cheval et continuer son chemin avec le duc.

« Çà! reprit Beaufort, oublions les dames, mon cher Tourville. Nous approchons de l'esplanade. Navailles y est déjà. Donc, c'est dit;... vous allez m'aider à conduire les troupes de la marine...

— Je serai sous vos ordres, Monsieur le duc.

— Oh! des ordres!... m'est avis que je ne vous en donnerai pas beaucoup... Il ne s'agit pas ici de manœuvrer comme les fameux généraux allemands, du temps de la guerre de Trente ans... Je n'entends rien à ce jeu-là, et nous avons affaire à des gens qui n'y entendent rien non plus... Nous allons tout bonnement nous placer en tête de notre infanterie... Maulevrier, qui commande en second, se chargera d'entraîner les hommes, et nous pousserons droit devant nous...

44

— Il me semble, Monseigneur, que nous devrons aussi nous préoccuper de la marche de la colonne qui opérera sur la droite,... et tâcher d'arriver sur l'ennemi en même temps que l'avant-garde de M. de Dampierre... Les deux attaques doivent, pour réussir, être exécutées simultanément...

— Comment dites-vous ce mot-là? demanda Beaufort.

— J'entends qu'il faut que la droite et la gauche tombent en même temps sur les Turcs, pour les empêcher de se réunir et d'accabler une des colonnes avant que l'autre soit à portée de la secourir.

— Bon! vous y veillerez, Tourville. Mais trottons, s'il vous plaît. Les troupes sont en ligne, et, avant d'ouvrir le bal, je veux les *z'haranguer* un brin. »

Tourville ne demandait qu'à marcher; d'abord, parce qu'il lui tardait d'aborder l'ennemi, et aussi parce qu'il craignait toujours qu'en dépit de ses promesses Marcouf laissât Andronique s'échapper de la taverne des *Sept Bombes* avant que l'action s'engageât.

Un temps de trot amena le duc de Beaufort et ses officiers sur l'esplanade où les troupes étaient déjà en bataille, partagées en deux groupes : d'un côté, l'avant-garde, le centre et la réserve du corps principal que devait commander M. de Navailles; de l'autre, les deux mille soldats de marine que M. de Beaufort allait mener à l'assaut.

Le soleil venait de paraître à l'orient, mais les collines au pied desquelles étaient campés les assiégeants le cachaient encore. Leurs sommets se dessinaient nettement sur le ciel; leurs bases restaient dans l'ombre, et un ri---- de brume voilait les terrains en pente douce qui s'élevaient entre les remparts de la ville et le camp des Turcs.

Le silence était profond. Le moment était solennel.

M. de Navailles, à cheval, attendait le général en chef pour donner le signal de l'attaque.

Beaufort, au lieu d'aller à lui, vint se planter devant le front de son infanterie de marine, tira son sabre, se dressa sur ses étriers et lança de toute la force de ses poumons cette étrange allocution :

« Assez, Guillaumet! » dit impérieusement Tourville.

« Ah! çà, *m's* enfants, nous allons nous *harpailler* chaudement... Le mot de ralliement est : *Louis et en avant!* Il n'y a que les lâches qui sont tués... Ne vous inquiétez pas de vos membres... Si vous les perdez, vous les retrouverez après... Tapez fort et poussez dru!... Vive le roi! »

Ce discours décousu n'était assurément pas un modèle d'éloquence militaire, mais il fit plus d'effet que de belles phrases, et les soldats y auraient répondu par des acclamations, s'ils n'avaient pas reçu de M. de Maulevrier,

Du haut de son grand cheval noir, il était superbe.

qui les commandait en second, la consigne de se taire, afin de ne pas donner l'éveil à l'ennemi qu'on voulait surprendre.

Du haut de son grand cheval noir, avec son grand geste, il était superbe, ce duc populacier, ce général ignare. Un souffle d'héroïsme l'avait transfiguré. Il ressemblait maintenant à Godefroy de Bouillon lançant les croisés contre les Sarrasins.

Et Tourville se demandait si ce sabreur ne valait pas mieux qu'un savant tacticien pour enlever les troupes.

Il ne restait plus qu'à sortir, mais pour déboucher des remparts il fallait suivre un chemin creux qui conduisait au fossé par la poterne que les soldats du régiment de Lorraine avaient abattue, et, ce chemin n'étant pas large, le défilé devait être long.

Le corps d'armée aux ordres de M. de Navailles ouvrit la marche, les mousquetaires en tête et le général au centre.

Il franchit le fossé, non sans peine, car le revers était escarpé, et il continua, formé en colonne serrée, pour gagner, sur la hauteur, une petite plaine où il pourrait se déployer, avant d'attaquer de flanc les Turcs, en tournant leurs retranchements.

Vint ensuite le corps de M. de Beaufort, qui, n'ayant pas le même objectif, puisqu'il devait attaquer devant le fort de la Sablonnière, obliqua immédiatement à gauche en sortant du fossé.

Le duc et le chevalier marchaient côte à côte, en tête de leurs soldats, et bientôt un pli de terrain leur cacha le rempart de l'esplanade et les bastions du fort Dimitri.

Avant de les perdre de vue, Tourville, poursuivi par une idée fixe, s'était retourné plusieurs fois pour s'assurer que Vacili ne se montrait pas, mêlé aux traînards et cherchant à le rejoindre.

Les promesses de Marcouf n'avaient pas complètement rassuré le chevalier, qui savait ce dont était capable la fille exaltée du malheureux Jani.

Pendant que la colonne de gauche avançait lentement sur un terrain difficile, la colonne de droite atteignait, sans rencontrer d'obstacles, le plateau où elle devait se former en bataille avant d'appuyer encore plus à droite pour charger.

Au moment où elle y arrivait, le soleil émergeait au-dessus des montagnes, juste à point pour éclairer la scène, et inondait de lumière les armes éclatantes et les uniformes brodés d'or.

L'avant-garde, commandée par M. Dampierre, avait déjà commencé son mouvement et elle venait de disparaître derrière une colline qui s'élevait entre les premiers ouvrages turcs et le terrain plat où le centre et la réserve se massaient.

XX

LE VŒU D'ANDRONIQUE

LE VŒU D'ANDRONIQUE

AVAILLES, entouré de ses officiers, droit et ferme sur sa selle, attendait froidement que le combat s'engageât et prêtait l'oreille aux bruits qu'allait lui apporter le vent qui venait de se lever en même temps que le soleil.

Le vieux soldat tira sa montre, regarda l'heure et dit gravement :

« Messieurs, M. de Dampierre va attaquer. Que Dieu bénisse les armes du roi! »

Il parlait encore quand éclatèrent coup sur coup plusieurs décharges de mousqueterie, accompagnées par le bruit lointain des tambours battant la charge et par le son aigu des fifres.

On put croire un instant que l'avant-garde avait surpris les Turcs; mais bientôt on vit s'élever un épais nuage de fumée blanche, on entendit le tonnerre de l'artillerie et le roulement des timbales.

« Ils étaient sur leurs gardes, et ils se défendent ferme, » dit M. de Navailles, qui guettait le moment de faire appuyer M. de Dampierre.

Presque aussitôt une autre canonnade gronda sur la gauche. Le fort de la Sablonnière tirait pour préparer l'attaque de M. de Beaufort.

Cinq minutes après, le feu se ralentit sur la droite; les canons se turent, et on n'entendit plus que des mousquetades isolées, qui cessèrent bientôt tout à fait.

« La tranchée est enlevée, murmura le général, et nos mousquetaires en finissent à l'arme blanche. Tout va bien, Messieurs!... et pour peu que l'attaque de M. le duc de Beaufort ait réussi, la journée est à nous. »

On ne voyait pas le combat; la colline le masquait. M. de Navailles fit faire quelques pas à son cheval vers un détachement qu'il destinait à repousser, le cas échéant, une attaque des Turcs, arrivant du camp de l'ouest pour reprendre les ouvrages que les chrétiens venaient d'enlever.

Ce détachement, commandé par M. Le Bret, n'attendait qu'un ordre pour se porter en avant, et cet ordre, M. de Navailles allait le donner, lorsque, au sommet de la colline, parut un cavalier qui accourait bride abattue et que, à son écharpe orange, on reconnut pour être un officier de la compagnie de Choiseul.

Quelles nouvelles apportait-il? On le sut bientôt, car il arrêta son cheval en agitant son chapeau à plumes et en criant : « Victoire! »

« Parlez, Monsieur!... Que s'est-il passé? lui demanda froidement le vieux général, qui ne s'enflammait jamais. Et d'abord, qui vous envoie?

— M. de Dampierre, Monseigneur. Les soldats du régiment du roi ont chassé les ennemis de leurs retranchements et pris douze pièces de canon. Nous sommes maîtres aussi d'une autre batterie toute pleine de munitions.

— Les Turcs ont donc été surpris?

— Ils étaient encore un peu engourdis par le sommeil, mais ils se sont bien défendus. Nous avons perdu une quarantaine d'hommes, parmi lesquels, malheureusement, plusieurs officiers... M. de Castellan est blessé... M. de la Galissonnière a été tué à côté de moi.

— Comment se sont comportés nos gens?

— Très bravement, Monseigneur. Ils ne se sont pas laissé effrayer par les hurlements des Turcs. Notre cavalerie n'a pas été engagée, mais elle fera tout aussi bien que l'infanterie.

— Allons, Messieurs, Dieu est pour nous! » dit Navailles.

Et à l'officier de la compagnie de Choiseul :

« Retournez près de M. de Dampierre. Complimentez-le de ma part et dites-lui de tenir ferme dans la redoute qu'il a prise. Je le ferai soutenir, s'il y est attaqué. »

Un cavalier accourait bride abattue.

L'officier salua, tourna bride, piqua des deux et disparut dans un nuage de poussière.

« Tout va bien, Messieurs, reprit le duc de Navailles. Nous tenons la clef de la position... M. de Dampierre a assez de monde pour la garder...

« Et tenez! ajouta-t-il en prêtant l'oreille au bruit d'une fusillade qui pétillait à gauche, voici M. de Beaufort qui entre en action devant le fort de la Sablonnière... Nous n'avons plus rien à craindre de ce côté, puisqu'il y commande. »

Une agitation qui se produisit parmi les soldats alignés derrière lui attira l'attention du vieux général, et il demanda à un de ses aides de camp :

« Qu'y a-t-il donc?... Monsieur de la Roche-Courbon, allez voir d'où provient ce désordre. »

L'aide de camp n'eut pas besoin de se déranger. Un groupe de soldats sortis des rangs arriva, poussant un jeune homme vêtu de noir et criant :

« C'est un espion qui a forcé les lignes... Il vient de la ville... Les Vénitiens trahissent... Il faut le pendre...

— Amenez-le-moi, que je l'interroge, » dit M. de Navailles.

Et au prisonnier :

« Qui êtes-vous?

— Je suis le secrétaire de M. le chevalier de Tourville.

— Pourquoi êtes-vous venu ici?

— Pour l'y chercher.

— Allez au diable! M. de Tourville n'a que faire de vous, en ce moment.

— Monseigneur, ce garçon ne ment pas, dit M. de la Roche-Courbon. Je le reconnais pour l'avoir vu plusieurs fois à la suite de M. le chevalier.

— Qu'on l'emmène! qu'on le garde à vue,... et qu'on lui casse la tête s'il bouge. Je n'ai pas le temps d'écouter les secrétaires de M. de Tourville. »

Les soldats entraînèrent la pauvre Andronique et la maintinrent en la serrant de près. Ils ne s'étaient pas aperçus que le prétendu espion était une femme, et ils n'auraient pas hésité à exécuter l'ordre du général, si elle eût fait mine de chercher à s'échapper.

Son histoire était bien simple. Elle n'avait rien promis à Tourville, et elle s'était juré à elle-même d'aller le rejoindre sur le champ de bataille. Son plan était fait. La chambre du sergent La Lanterne avait une fenêtre qui s'ouvrait sur une ruelle. Le bon Marcouf n'y avait pas pris garde, et, pendant qu'il veillait dans la salle du cabaret, Andronique, qu'il croyait endormie, se tenait prête à fuir par cette fenêtre. Elle avait entendu défiler les troupes; après le défilé, elle s'était glissée dehors, sans que Marcouf s'en aperçût, et elle avait couru

Un groupe de soldats arriva, poussant un jeune homme habillé de noir.

tout droit à l'esplanade du fort Dimitri. Elle savait que l'armée sortirait par la poterne qu'elle ne connaissait que trop, mais elle ignorait les dispositions prises, et elle croyait que, les troupes ne formant qu'un seul corps conduit par le général en chef, elle n'aurait, pour rejoindre Tourville, qu'à rattraper la tête de la colonne. Elle s'était donc jetée au milieu des traînards, qui l'avaient laissée passer, et elle était arrivée jusqu'à M. de Navailles, au moment où venait de cesser la canonnade qu'elle avait entendue en grimpant vers les soldats massés au haut du coteau.

En voyant que Tourville n'était pas là, elle n'avait pas douté qu'il ne fût à l'avant-garde, aux prises avec les Turcs, et elle y aurait couru. Maintenant elle était prise, et si elle se fût avisée d'interroger les soldats qui la tenaient, ils ne lui auraient pas répondu.

M. de Navailles et son officier ne songeaient plus à elle.

Et pendant qu'elle priait Dieu pour Tourville, il tombait peut-être, loin d'elle, sous les coups des Turcs.

La malheureuse jeune fille allait bientôt savoir à quoi s'en tenir.

Une épouvantable explosion fit trembler la terre.

« Une mine qui aura joué dans la redoute ! s'écria M. de Navailles, en ramenant son cheval, qui avait failli se dérober sous lui ; pourvu que nos soldats ne prennent pas peur !...

— Je vois des fuyards qui descendent le versant de la colline, dit un des aides de camp.

— Des fuyards !... c'est impossible... Ce sont des blessés qui se retirent...

— Monseigneur, des blessés ne courraient pas si vite... Ce sont des soldats du régiment des gardes...

— Et voici des cavaliers de M. de Choiseul, s'écria un autre officier.

— Une déroute !... murmura le général consterné. Ah ! les lâches !... Allez, Messieurs,... tâchez de les rallier,... et s'ils refusent de vous obéir, tuez-les sans merci.

— Monseigneur, cria un maître qui accourait de l'extrême droite, M. Le Bret m'envoie vous dire qu'il voit des bannières turques qui arrivent du côté de Saint-André pour nous tourner... »

C'était bien une déroute, et la panique menaçait de gagner les troupes rangées en bataille derrière M. de Navailles.

« Préparez-vous à combattre, Messieurs, dit-il en s'adressant aux mousquetaires à cheval. Il s'agit de montrer à ces poltrons ce que vaut la noblesse française. Et au surplus, rien n'est encore désespéré... M. le duc de Beaufort aura eu meilleure fortune, et il va nous soutenir... M. de Maulevrier et M. de Tourville sont avec lui... »

Les soldats qui gardaient Andronique s'étaient écartés; personne ne s'occupait plus d'elle, et elle avait pu s'approcher de M. de Navailles assez pour entendre le nom de Tourville qu'il venait de prononcer.

Elle savait maintenant que le chevalier n'était pas de cette désastreuse attaque de la redoute et elle pouvait espérer qu'elle allait le voir.

Il ne s'agissait peut-être que de l'attendre, car s'il revenait appuyer le mouvement des mousquetaires, il devait forcément passer par le chemin qu'ils allaient prendre pour courir à l'ennemi.

La débandade continuait ; elle s'accentuait même, car les fuyards criaient : « Tout est miné!... Sauve qui peut! »

Il y en avait de toutes les armes : des fantassins qui jetaient leurs fusils, des cavaliers sans chapeau et aussi des chevaux sans cavaliers.

Les mousquetaires de M. de Dampierre résistaient encore. On les apercevait, sur la droite, au bas de la colline, enveloppés par d'innombrables cavaliers turcs, armés de petits boucliers de peau, coiffés de turbans rouges à flammes vertes et montés sur des petits chevaux à hautes selles.

Les combattants avaient commencé par échanger des coups de pistolet : ils n'échangeaient plus que des coups de sabre, mais la mêlée n'en était pas moins bruyante, car les Français criaient : « Vive le roi! » et les Turcs hurlaient : « Allah! Allah! »

« En avant, Messieurs ! pour Dieu et pour le roi ! » dit M. de Navailles en éperonnant son cheval.

Entraînés par l'exemple, les mousquetaires chargèrent à fond.

Andronique, à pied, ne pouvait pas les suivre. Elle resta sur cette étroite plaine avec les fantassins, que leurs officiers avaient beaucoup de peine à maintenir en ligne.

On voyait déjà des soldats courir, affolés, sur le plateau. D'autres se dérobaient sans vergogne.

Les chefs eux-mêmes désespéraient. Ils étaient résolus à se faire tuer, mais ils se croyaient perdus.

Andronique, indifférente au danger, n'avait qu'une pensée : sauver le chevalier de Tourville ou mourir avec lui. Et elle regardait du côté du fort de la Sablonnière, où le combat semblait avoir cessé, car on ne tirait plus.

Elle vit accourir Marcouf qui arrivait hors d'haleine et qui, en l'apercevant, lui cria de loin :

« Enfin !... je vous retrouve !... Ah ! Mademoiselle, vous serez cause que mon maître me chassera...

— Où est-il ? interrompit la jeune fille.

— Si je le savais, je ne serais pas ici... Je le cherche... Je l'ai vu passer avec M. le duc de Beaufort, devant la taverne des *Sept Bombes,*... il m'a commandé d'y rester et il ne m'a pas dit où il allait... J'aurais dû lui désobéir puisque je n'ai pas pu vous garder... Je n'avais pas pensé à la fenêtre... A présent, il est trop tard... Je ne le rejoindrai pas... Il est mort ou grièvement blessé,... et pas un de nous n'échappera.

— Que la volonté de Dieu soit faite !... J'attendrai la mort à cette place... Fuyez, si vous avez peur... Le chemin des remparts est encore libre...

— Eh ! qui vous parle de fuir !... Je ne veux pas survivre à mon maître... Ne me quittez pas, Mademoiselle... Je vous défendrai tant que j'aurai la force de tenir mon épée... Ces chiens vont nous tomber dessus, mais j'en tuerai plus d'un avant qu'ils vous touchent. »

46

Le sinistre pronostic de Marcouf semblait devoir se vérifier à très bref délai ; la vaillante troupe que M. de Navailles avait menée à la charge perdait du terrain, et on voyait arriver du côté de l'ouest des nuées de cavaliers turcs. Les Français allaient inévitablement succomber sous le nombre, car les régiments qui n'avaient pas encore donné n'auraient pas rétabli le combat, et leurs officiers hésitaient à les engager, maintenant que le sort de la journée était décidé.

Tout à coup, des cris partirent des rangs :

« Le duc de Beaufort!... voilà le duc! »

Il venait de la Sablonnière et il montait la côte à fond de train, suivi de quelques gentilshommes.

Son cheval Phœbus était blessé au poitrail, sa cuirasse était faussée en dix endroits ; son panache blanc, abattu par les balles, pendait sur son chapeau, son visage était noir de poudre.

« Dieu soit béni! s'écria Marcouf; mon maître est avec lui. »

C'était vrai. Tourville galopait à côté du glorieux vaincu, et il ne s'était pas épargné ; ses habits étaient tachés de sang et il ne tenait plus dans sa main qu'un tronçon de son épée, qu'il avait brisée dans le corps d'un janissaire. Mais il ne paraissait pas qu'il fût blessé, et il se possédait parfaitement, car, en débouchant sur le plateau, il avisa du premier coup d'œil Andronique et Marcouf.

Le duc avait arrêté son cheval et disait aux officiers d'infanterie qui lui demandaient des nouvelles de l'attaque de gauche qu'il venait de diriger :

« Les troupes de la marine ont lâché pied,... ces coquins se sauvent comme des moutons,... les Turcs les poursuivent le sabre dans les reins. Et, par la *sambieu!* Messieurs, il me semble que de ce côté-ci la bataille ne prend pas une meilleure tournure. Où est M. de Navailles? »

Pendant que le colonel de l'un des régiments du corps de réserve expliquait la situation à M. de Beaufort, Tourville mit pied à terre, jeta la bride de son cheval à Marcouf et dit rudement à Andronique :

« Est-ce ainsi que vous tenez votre parole? Que venez-vous faire ici?

— Mourir avec vous, répondit simplement la jeune fille.

— Je vous le défends, et je vous ordonne de rentrer à l'instant dans la ville... Marcouf va vous y accompagner et vous conduire au canot, qui va vous ramener à bord du *Croissant*... Vous avez entendu? voulez-vous obéir?

— Oui, si vous venez avec moi.

— Êtes-vous folle?... Vous savez bien que je ne vais pas abandonner mon général au feu et déserter devant l'ennemi !

— Votre place est sur votre vaisseau.

— Ma place est où l'on se bat.

— Dites donc : où l'on meurt, puisque tout est perdu.

— Qu'importe ! j'aurai fait mon devoir.

— Vous le ferez en menant un jour à la victoire la flotte de votre roi... Je ne veux pas que vous mouriez.

— Et moi je veux que vous viviez... Partez, vous dis-je!... ne m'obligez pas à employer la force pour vous éloigner de ce plateau maudit, où les Turcs seront dans quelques instants. Voyez!... voici M. de Navailles qui revient au galop... Il va demander à M. le duc de tenter une dernière charge... J'en veux être... »

Tourville ne se trompait pas.

« Monseigneur, dit M. de Navailles, nous sommes repoussés partout. Sauvons l'honneur !

— Mon cheval ! » cria Tourville, qui n'avait plus que tout juste le temps de se remettre en selle.

Andronique y sauta d'un seul bond, arracha les rênes des mains de Marcouf qui les tenait et piqua des deux, au moment où le duc criait, en levant son épée :

« Bien dit, Navailles!... En avant pour l'honneur ! Qui m'aime me suive ! »

M. de Beaufort enfonça ses éperons dans le ventre de Phœbus, et le noble animal vint d'un seul élan se placer à la hauteur de son camarade d'écurie, qui, après avoir porté Tourville à l'assaut, emportait Andronique au plus fort de la sanglante mêlée d'où bien peu devaient revenir.

M. de Navailles galopait derrière eux.

Tout s'était fait si vite que Tourville n'avait pas eu le temps d'arrêter Andronique, et maintenant qu'il était démonté il ne pouvait plus courir après elle.

Les derniers mousquetaires s'étaient lancés à la charge avec les deux généraux, et parmi les officiers d'infanterie restés à la tête de leurs troupes, pas un n'aurait consenti à céder son cheval à un capitaine de vaisseau, qui, à terre, n'exerçait aucun commandement.

Tourville se voyait donc condamné à attendre sur place l'issue de ce combat suprême. Il était au désespoir, et il maudissait Andronique de l'avoir, en lui prenant son cheval, empêché de charger à côté du duc de Beaufort.

C'était la première fois de sa vie que l'intrépide marin restait en arrière au moment du danger, et son juste orgueil souffrait cruellement de la situation presque ridicule où l'avait mis l'héroïque folie d'Andronique.

Elle en était venue à ses fins, la noble fille. Elle allait mourir, mais son chevalier vivrait, et il combattrait encore pour la Grèce.

Touchante illusion d'une exaltée qui ne pouvait prévoir que le roi de France allait bientôt se désintéresser des affaires d'un peuple opprimé, et tourner ses armes contre des ennemis plus pressants et plus redoutables que les infidèles.

Tourville, lui, tourna sa colère contre Marcouf.

« C'est ta faute, lui dit-il; si tu l'avais mieux gardée, elle serait en sûreté. »

Il ajouta entre ses dents :

« Et moi je serais avec les gentilshommes qui vont mourir pour l'honneur.

— Oui, Monsieur le chevalier, je suis coupable, murmura le pauvre gars, et je n'ai plus qu'à me faire tuer... Je n'ai pas de cheval, mais j'ai de bonnes jambes et une bonne épée,... je vais courir aux Turcs,... je ne reviendrai pas, et vous me pardonnerez peut-être...

— Je te défends de bouger, dit Tourville en l'arrêtant par le bras, au moment où il allait se lancer sur les traces des cavaliers qui venaient de disparaître derrière la colline. Reste ici. J'aurai besoin de toi. »

Maintenant, le maître et le valet étaient presque seuls sur le plateau. Voyant s'avancer sur sa droite et sur sa gauche des corps turcs qui manœuvraient pour lui couper la retraite, M. Le Bret s'était décidé à leur barrer le passage, et ses troupes, partagées en deux détachements, marchaient à l'ennemi, qu'il s'agissait avant tout d'arrêter, afin de conserver libres les communications avec la ville, si la dernière charge de M. de Navailles était repoussée.

Dans la redoute, la bataille continuait furieuse, et tout annonçait qu'elle allait mal finir.

On voyait revenir des fantassins et des cavaliers qui se traînaient péniblement, quand ils ne tombaient pas pour ne plus se relever.

« Là-bas!... regardez, Monsieur le chevalier, dit tout à coup Marcouf; ce cheval, je le reconnais,... c'est celui que vous montiez,... et il ramène...

— Andronique! s'écria Tourville, oui, c'est elle,... elle a abandonné les rênes et elle se cramponne à la selle... Dieu soit loué!... Elle est sortie vivante de cette affreuse mêlée,... et elle vient droit à nous... Aide-moi à l'arrêter.

— Laissez-moi faire, Monsieur le chevalier... »

Le duc de Beaufort, prêtant son cheval à Tourville, l'avait averti que ce bel animal avait le grave défaut de s'emporter quand il n'était pas gouverné par une main ferme. Il venait de prendre le mors aux dents, et c'était un miracle qu'il n'eût pas emmené au plus épais des masses ennemies l'imprudente jeune fille qui le montait.

Il s'agissait de mettre fin à cette course furieuse.

Marcouf, en sa première jeunesse, avait beaucoup pratiqué les chevaux. Le Cotentin était déjà un pays d'élevage, et le gars y avait appris comment on peut se rendre maître d'une bête affolée.

Il alla se placer, un peu de côté, sur son passage, et, au moment où elle arrivait à portée de son bras, avant qu'elle eût le temps de faire un écart, il l'empoigna par les naseaux avec une telle vigueur qu'il lui fit plier les jarrets. Elle l'entraîna, mais il ne lâcha pas prise, et le chevalier accourut assez tôt pour recevoir Andronique dans ses bras, où elle s'affaissa. Elle serait tombée, si

Marcouf n'était pas venu aider son maître à la soutenir, comme la veille, lorsqu'elle s'était évanouie en voyant la tête de Jani.

Cette fois, hélas! elle était blessée à mort. La zagaie d'un janissaire lui avait troué la poitrine, et sa vie s'en allait avec son sang.

Elle eut encore la force de dire d'une voix qui s'éteignait :

« J'avais souhaité de mourir pour mon pays... Dieu m'a exaucée,... je le bénis... Vivez, mon chevalier!... Nous ne nous reverrons plus en ce monde... Je prierai pour vous, là-haut... Pensez quelquefois à moi... Souvenez-vous que mon dernier vœu a été pour la Grèce... et pour vous qui... »

Elle n'acheva pas. Ses beaux yeux se fermèrent, sa belle tête s'inclina sur sa poitrine ensanglantée, et son âme si pure s'envola vers Dieu.

Le bon ange était remonté au ciel.

Tourville emporta dans ses bras le corps inanimé de la noble fille de l'héroïque médecin de Siphnos.

Il échapperait du moins aux mutilations des barbares infidèles, ce corps d'une martyre de la foi, et il reposerait en terre sainte.

Il n'y avait pas une minute à perdre, car les derniers défenseurs de Candie étaient repoussés, et de tous les côtés les Turcs s'avançaient en masses profondes.

Qu'importait maintenant à Tourville de s'éloigner de ce champ de carnage où il ne pouvait plus combattre, car il n'avait même pas à sa disposition le cheval que Marcouf venait de laisser échapper après l'avoir arrêté?

Il n'aurait pu que se faire tuer inutilement. Mieux valait sauver le corps d'Andronique.

La pauvre enfant ne pesait guère, et Tourville eut tôt fait de porter son lugubre fardeau jusqu'au fort Dimitri, où il trouva le marquis de Saint-André et le provéditeur Morosini.

Il n'eut pas besoin de leur raconter ce qu'il avait fait.

Armés d'excellentes lunettes, ils avaient suivi de loin tous les mouvements des troupes, et ils connaissaient les incidents de la sortie mieux que le chevalier qui y avait pris part.

Il l'empoigna par les naseaux avec une telle vigueur qu'il lui fît plier les jarrets.

M. Morosini, toujours bien renseigné, savait aussi l'histoire du médecin et du secrétaire de M. de Tourville. Il était trop galant homme pour le questionner à ce sujet, et il donna aussitôt des ordres pour que le corps fût déposé dans l'église Saint-Marc; des moines catholiques le veilleraient, en attendant qu'on pût lui faire des funérailles décentes.

Tourville chargea Marcouf d'accompagner les Esclavons qui l'y portèrent.

Il resta sur le bastion avec le provéditeur et le général, fort affairés à tout disposer pour recueillir dans le fort Dimitri les survivants de l'assaut et pour empêcher les ennemis d'y pénétrer avec eux.

Les canonniers étaient à leurs pièces, prêts à tirer sur les Turcs s'ils osaient approcher, et la poterne était gardée par des troupes vénitiennes qui ne laissaient passer que les fuyards chrétiens.

Du haut du rempart, on voyait les soldats chassés de la redoute se replier lentement; on distinguait même M. de Navailles, à cheval, à l'extrême arrière-garde, et s'arrêtant souvent pour repousser les Turcs quand ils le serraient de trop près.

Les débris de l'infanterie de la marine que M. de Beaufort avait menée au feu et qui s'était débandée la première étaient rentrés dans le fort de la Sablonnière.

Sur la droite, M. Le Bret reculait en disputant le terrain aux vainqueurs, qui s'avançaient tambours battant, trompettes sonnant et bannières au vent.

On ne voyait pas M. de Beaufort, si facile à reconnaître de loin, à cause de sa haute taille. Il combattait sans doute encore aux derniers rangs des braves qui soutenaient la retraite.

En revanche, ils étaient nombreux les officiers qui arrivaient au fort, isolément et presque tous mis hors de combat par de graves blessures.

Il en vint un que Tourville connaissait, un enseigne du régiment des gardes de la compagnie de M. de Castellan. Il était couvert de sang et il descendit péniblement de cheval à l'entrée du bastion. Tourville voulut l'interroger et lui demanda s'il avait vu le duc.

« Hélas! Monsieur, répondit le blessé, je crois bien que les Turcs l'ont égorgé.

— Que dites-vous? s'écria Tourville; ce n'est pas possible... Il ne s'est pas laissé tuer sans se défendre, et on l'aurait secouru...

— Je ne me suis pas trouvé près de lui dans la mêlée,... je venais d'être blessé,... je me soutenais à peine en selle et je pressais mon cheval pour me retirer du combat, lorsque, tout près de l'entrée de la redoute que les mousquetaires venaient d'évacuer, j'ai vu... M. le duc ne portait-il pas une cuirasse dorée et à son chapeau un panache blanc?

— Oui,... et un buffle sous sa cuirasse.

— J'ai vu un officier ainsi vêtu qui était couché par terre, à plat ventre, appuyé sur ses mains, et qui faisait des efforts pour se relever... Il m'a semblé qu'il m'appelait,... j'ai poussé vers lui, quoique j'eusse à mes trousses cinq ou six cavaliers qui me poursuivaient... D'autres Turcs m'ont coupé le chemin et se sont rués sur lui,... je ne pouvais pas le sauver... J'ai piqué des deux et je leur ai échappé, grâce à la vitesse de mon cheval... Je me suis retourné sur ma selle pour regarder en arrière... Ces coquins entouraient le blessé et s'acharnaient sur lui comme une meute sur un noble cerf aux abois... J'ai entendu leurs cris féroces et le hurlement d'un chien...

— Le lévrier favori de M. le duc!... Il n'y a plus de doute... M. le duc est mort.

— Le roi de France perd un vaillant soldat, » dit M. Morosini.

Il pensait sans doute que Venise, elle, ne perdait rien à la mort d'un général qui n'avait pour unique mérite que sa bravoure, mais il s'abstint d'exprimer cette pensée, par égard pour le chevalier, qu'il voyait sincèrement affligé.

Ce fut toute l'oraison funèbre du roi des Halles, et le petit-fils de Henri IV, le généralissime des armées de terre et de mer de Louis XIV, n'eut pas même une sépulture.

Le lendemain de cette sortie funeste, M. de Navailles envoya un parlementaire au vizir pour savoir si M. de Beaufort n'avait pas été pris et, en ce cas, pour traiter de sa rançon.

Achmet-pacha reçut courtoisement l'officier chargé de cette mission, lui dit qu'il avait défendu à ses soldats de faire des prisonniers, fit vider devant lui de grands sacs remplis de têtes déjà salées pour les expédier à Stamboul, et l'invita à chercher celle du grand prince qu'il réclamait, jurant par sa barbe qu'elle ne pouvait être ailleurs.

« Ces coquins entouraient le blessé et s'acharnaient sur lui. »

Elle n'y était pas, — ou l'envoyé ne la reconnut pas, — et on n'entendit plus jamais parler de M. le duc de Beaufort,... jamais !... jamais !... jamais !...

Vingt-cinq officiers de tout grade avaient péri ; trente-neuf étaient blessés.

Les pertes en soldats étaient proportionnées à celles de l'état-major.

La journée coûtait cher à la France. Et pour quel résultat !...

Le surlendemain, arrivait, saluée par l'artillerie des forts, l'escadre commandée par M. le duc de Vivonne : seize galères du roi, cinq du pape et sept de Malte, en tout vingt-huit, lesquelles pendant quelques semaines firent des démonstrations navales contre les Turcs, qui n'en souffrirent guère.

On tenta sans plus de succès des simulacres de sortie.

Il fallut y renoncer. Les troupes, réduites de sept mille hommes à deux mille, furent embarquées sur la flotte, qui appareilla le 31 août. Elle entra heureusement dans le port de Toulon, le 16 septembre.

Trois jours après l'appareillage, Candie se rendait aux Turcs, qui l'assiégeaient depuis un quart de siècle.

La République de Venise avait pris ses sûretés. Le traité lui concédait dans l'île l'occupation de quelques places sans importance, qu'elle ne conserva pas longtemps.

La Crète, arrosée du sang de tant de braves, redevint turque.

Elle l'est encore.

Le duc de Beaufort avait payé de sa vie ses imprudences folles. M. de Navailles, rentré en France, fut destitué de son commandement et exilé dans ses terres.

Candie portait malheur.

Le chevalier de Tourville ne fut pas disgracié. Il ne pouvait pas l'être, car il s'était toujours vaillamment comporté, et s'il avait quitté son bord pour combattre à terre, son amiral le lui avait permis.

Il n'était, du reste, pas le seul officier de marine qui eût chargé malheureusement avec M. de Beaufort.

M. de Vandières, capitaine de vaisseau, et M. de Villarceaux, enseigne, étaient tombés devant le bastion de la Sablonnière.

Mais Tourville avait perdu son bon ange.

L'héroïne de Siphnos reposait sous les dalles du chœur de l'église Saint-Marc, et il semblait qu'on y eût enterré avec elle le bonheur et la jeunesse de son chevalier.

Il avait vingt-sept ans : l'âge où s'envolent les illusions de la jeunesse et où l'avenir se montre déjà sous de moins riantes couleurs.

Une brillante carrière s'ouvrait devant lui. Il pouvait aspirer aux plus hautes dignités de l'État, et pourtant il se sentait découragé. Il s'imaginait que la fortune allait l'abandonner, depuis qu'il avait laissé périr la noble fille qui s'était sacrifiée pour qu'il vécût.

Il n'oublia jamais la morte.

Pendant plus de vingt ans, les jours de bataille, il crut voir Andronique lui montrer du haut du ciel le chemin de la victoire, et quand vint la fatale journée qu'il nous reste à raconter, Andronique lui apparut encore pour lui annoncer que notre patrie se relèverait de ce désastre, car Dieu protège la France.

XXI

ORDRE DU ROI

ORDRE DU ROI

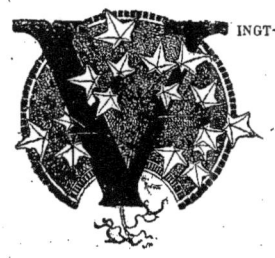 INGT-TROIS ans se sont passés depuis le siège de Candie.

Hilarion de Tourville, cadet d'une vieille famille normande, est devenu le comte de Tourville. Il a été relevé de ses vœux de chevalier de Malte, et il commande en chef, pour le roi Louis XIV, la flotte de l'Océan, composée de quarante-quatre vaisseaux.

Quelle fortune et que de gloire!

Chacune des années qui ont suivi le désastre de 1669 a été marquée par des victoires.

De 70 à 74, encore simple capitaine de vaisseau, sous les ordres du duc d'Estrées, Tourville a battu dix fois les Hollandais.

En 75, dans le détroit de Messine, il a pris et brûlé une frégate plus forte que la sienne, sous le feu du fort de Réggio de Calabre, à la vue de dix vaisseaux ennemis, et après ce fait d'armes il a été nommé chef d'escadre.

En 76, il a été de trois grandes batailles contre l'illustre amiral Ruyter, qui fut tué à la dernière, et il a pris part, sur terre, au siège de quatre places, les plus fortes et les mieux défendues de la Sicile.

En 81, il a bombardé Tripoli. En 82 et 83, il a bombardé Alger et forcé partout les Barbaresques à rendre les esclaves.

En 84, il a bombardé l'orgueilleuse Gênes et obligé le doge à venir implorer la paix à Versailles.

En 85, encore Tripoli; en 87 et 88, encore Alger.

Et il a reçu, en récompense de tant d'exploits, le titre plus honorifique qu'effectif de grand amiral du Levant.

En 89 et 90, il bat les Anglais par le travers de l'île de Wight, et il leur brûle douze vaisseaux dans la baie de Teignmouth.

Enfin, en 91, il est appelé à commander, à Brest, la plus grande armée navale que la France ait encore rassemblée pour combattre l'ennemie héréditaire, l'Angleterre, reine des mers.

Et la fortune l'a suivi partout.

Il compte maintenant à la cour, lui qu'on y connaissait à peine.

Dès 1670, au retour de la funeste expédition de Candie, il a accompagné le roi, visitant triomphalement ses conquêtes en Flandre. Il a eu avec lui de longs entretiens sur la marine, et Sa Majesté a dit à ses familiers qu'elle n'avait jamais trouvé personne dont la conversation lui eût fait plus de plaisir et qui eût l'esprit plus juste que le chevalier de Tourville.

En 1675, le roi, en le nommant chef d'escadre, a fait huit maréchaux de France. M. de Vivonne, qui était de la promotion et qui n'aimait pas beaucoup l'ancien commandant du *Croissant,* lui a dit en propres termes : « Je souhaite de pouvoir vous faire un jour un pareil compliment, et je ne désespère pas de le faire; car par votre mérite vous obtiendrez immanquablement cette dignité, puisqu'on commence enfin à en récompenser les officiers de marine. »

En 1676, il a subi un passe-droit : on a donné à M. de Château-Renaud un commandement qui aurait dû lui revenir. Mais la défaveur n'a pas été de longue durée, car on l'a promptement rappelé à Versailles, et, en 1680, il a été du voyage à Dunkerque, où il a reçu le roi et la cour sur son vaisseau, qui leur a donné en spectacle le simulacre d'un combat naval : exercices, manœuvres pour gagner l'avantage du vent, canonnades prolongées et finalement l'abordage.

Tourville tenait lui-même la barre, tant que le roi fut à son bord.

L'année suivante, on l'a fait lieutenant général.

Pendant qu'il réduisait Alger, en 1683, son protecteur, Colbert, est mort, mais son fils, Seignelay, l'a remplacé au ministère et il s'est pris pour Tourville d'une amitié particulière, à te les enseignes que, par faveur spéciale, il a autorisé les deux neveux du nouvel amiral à servir sous leur oncle comme volontaires, sans passer par l'école des gardes-marine.

En 1686, aux grandes fêtes données à Versailles pour célébrer le rétablissement du roi, après une grave opération, Tourville a figuré au carrousel, dans le quadrille du duc de Bourbon, et il s'y est distingué entre tous par sa grâce et par son adresse.

Le petit Hilarion avait encore fait des progrès en équitation, depuis le jour où il avait enfourché par surprise le cheval de son beau-frère, M. le comte de Gouville.

Enfin, en 1690, M. de Seignelay l'a marié, un peu malgré lui, à Louise-Françoise Langois, fille de Jacques Langois, seigneur d'Imbercout, fermier général, et richissime veuve de Jacques Darot, marquis de la Popelinière.

L'année suivante, il lui est né un fils que M. le comte de Toulouse, grand amiral de France, a tenu sur es fonts baptismaux.

Seignelay est mort, sept ans après son illustre père. M. de Pontchartrain l'a remplacé et est aussitôt devenu le protecteur et l'ami de Tourville, qu'il a désigné au choix du roi pour commander en chef la flotte destinée à opérer dans la Manche.

On est en 1692. Tout lui présage de nouvelles victoires, et, pour comble de bonheur, depuis qu'il a quitté, à quinze ans, le château de Tourville, en Cotentin, il n'a perdu, de toute sa famille, qu'un de ses frères, en 1674.

Beaucoup des chefs et des compagnons de ses premières armes ne sont plus de ce monde.

Le chevalier d'Hocquincourt a été tué, en 1675, à l'armée du Rhin, où il servait sous Turenne, emporté, quelques jours après, par un boulet de canon.

Le vieux Navailles, rentré en grâce, est mort maréchal de France, en 1684, et, en 1688, le duc de Vivonne a fini doucement, comme il avait vécu, en épicurien philosophe.

Le comte de Tourville a cinquante ans. Il semble en avoir trente, car il a conservé toute sa vigueur, tout son esprit, et il est toujours aussi beau.

Il ne lui manque rien pour être heureux; rien que son bon ange qui a quitté la terre et qui semble le protéger encore, puisque tout a réussi au chevalier depuis la catastrophe de Candie.

Andronique, à Siphnos, lui avait prédit des victoires et des revers. Il a eu les victoires. Les revers ne sont pas venus.

Elle lui a prédit aussi qu'il mourrait jeune. Il a dépassé la cinquantaine et il est bâti pour vivre cent ans.

Mais il n'a pas oublié la prédiction et il ne se croit pas quitte avec la destinée, car il n'a pas encore *purgé la fatalité*, — l'expression est de Napoléon, qui fut peut-être le plus superstitieux des grands hommes, — et Tourville aurait pu dire comme César, qui ne le fut pas moins que Napoléon : « Les ides de mars ne sont point encore passées. »

Il s'est enquis à Murano et il a appris que Jani et sa fille ont légué par testament tous leurs biens à la République de Venise, à charge par elle d'armer des vaisseaux pour délivrer la Grèce. Et le legs a été employé conformément à leur volonté, car les vaisseaux ont aidé Morosini à conquérir le Péloponèse, où, plus heureux qu'à Candie, il se maintient encore.

La Mauresque Fatma a eu une triste fin, et c'est presque un remords pour Tourville.

Retirée à Alger, quand elle avait su que le chevalier commandait un des vaisseaux de l'escadre qui bloquait la ville, elle était venue le voir à son bord pour lui offrir ses services. Les Algériens avaient mal pris cette démarche imprudente et avaient attaché la pauvre femme à la bouche d'un canon.

Si Tourville avait pu perdre le souvenir de l'héroïne de Siphnos, Marcouf le lui aurait rappelé, car Marcouf n'a jamais quitté son maître.

Seulement, il n'est plus valet.

Tourville l'a mis à l'école de timonerie. Le gars est devenu un excellent pilote, et il a le grade de maître dans la marine du roi.

La fortune de Tourville était donc à son apogée, au commencement de

Les Algériens avaient attaché la pauvre femme à la bouche d'un canon.

l'année 1692, et, en dépit des prédictions et des pressentiments, rien n'annonçait qu'elle dût changer, lorsque la superbe flotte qu'il commandait sortit de la rade de Brest pour aller chercher les Anglais dans la Manche.

La dernière campagne n'avait pas été marquée par d'éclatants succès, mais cette flotte avait tenu la mer pendant cinquante jours, pris un convoi à l'ennemi et assuré le passage à l'escadre française rentrant à Brest avec les troupes revenant de la malencontreuse expédition d'Irlande.

Tourville avait fait des prodiges d'habileté pour éviter des rencontres avec des forces très supérieures, et à Versailles il s'était trouvé des gens pour blâmer d'avoir été trop prudent ce héros qui péchait plutôt par l'excès contraire.

Il le savait et il en souffrait, quoique le roi l'eût hautement approuvé et quoique le ministre, Pontchartrain, lui eût écrit pour le féliciter. Il n'aspirait donc qu'à combattre, et il avait de bonnes raisons de croire que, cette fois encore, le roi l'approuverait.

Depuis que Jacques II avait été détrôné en Angleterre par la révolution de 1688, son allié Louis XIV n'avait pas cessé de le soutenir sur terre comme sur mer, et la guerre était partout. Mais il tardait à Louis de terminer une lutte qui épuisait son royaume, et il comptait sur Tourville pour en finir d'un seul coup.

Et Tourville, entré dans la Manche, n'attendait qu'une occasion, lorsque, le jeudi 29 mai, la flotte, faisant route au nord-est, se trouva par le travers et à sept lieues au large de la presqu'île du Cotentin, qui fait face à la côte méridionale de l'Angleterre.

Le soleil se levait et dissipait peu à peu la brume qui voilait l'horizon. Quand ce brouillard matinal eut disparu, on vit à trois lieues au nord-est les vaisseaux ennemis et on put les compter.

Ils étaient quatre-vingt-huit, dont dix-neuf à trois ponts, sans compter les frégates et les brûlots.

Tourville en avait quarante-quatre.

Les Anglais, réunis aux Hollandais, étaient plus de deux contre un, et les Français pouvaient éviter le combat, puisqu'ils avait l'avantage du vent.

Tourville fit mettre en panne et appela à son bord ses lieutenants, qui avec lui représentaient l'élite de notre marine.

Il y avait là le vieux Gabaret, l'illustre compagnon du grand Duquesne; le brave Coëtlogon, l'ami et le frère d'armes de Tourville, de Villette, de Relingue, Langeron, Pannetier, d'Amfreville, tous éprouvés dans vingt batailles et tous pleins de vaillance et d'ardeur.

Tourville, calme et grave comme toujours au moment du danger, leur fit signe de prendre place autour de la table du conseil, dans la chambre de poupe du *Soleil Royal,* et leur dit, sans s'asseoir :

« Messieurs, je vous ai mandés pour m'éclairer de vos avis. L'ennemi a quatre-vingt-huit vaisseaux ; nous en avons quarante-quatre. Faut-il combattre ou bien nous retirer, tandis qu'il en est encore temps ?

« Opinez, Messieurs. J'opinerai après vous. »

Et il se mit à se promener de long en large, les mains croisées derrière le dos.

Par les fenêtres ouvertes, on voyait la flotte ennemie qui avait mis en panne, elle aussi, et qui tirait le canon, quoiqu'elle fût hors de portée, comme pour défier les Français d'avancer.

Il y avait de quoi enflammer de colère tous ces braves et influer sur leur décision.

Et pourtant, le plus brave peut-être et le plus autorisé, M. de Gabaret, qui parla le premier, dit que livrer bataille ce serait s'exposer à une défaite certaine, qui ruinerait pour de longues années la marine de France.

Et, les larmes aux yeux, il conclut par ces mots : « En mon âme et conscience, mon avis est qu'il ne faut pas combattre. »

Tous les capitaines, successivement, conclurent comme M. de Gabaret.

Il ne restait plus à connaître que l'avis de l'amiral.

Tourville se redressa fièrement, son noble visage s'empourpra, ses grands yeux bleus étincelèrent.

Ce n'était plus le Tourville mûri et calmé par trente années de guerre ; c'était le Tourville de Candie, avec tout le feu de sa glorieuse jeunesse.

En cet instant solennel, il dut penser à Andronique, et, si elle eût été là, elle eût été fière d'entendre son héros dire d'une voix grave et sonore :

« En mon âme et conscience, Messieurs, mon avis est qu'il faut combattre. »

Et les membres du conseil avaient en lui une telle confiance qu'ils répétèrent : « Il faut combattre. »

Tourville n'attendait pas moins de tous ces vaillants. Il savait bien qu'ils le suivraient partout où il leur commanderait de le suivre. Il lui restait à leur montrer pourquoi il avait pris ce parti désespéré.

« Voici, Messieurs, une lettre écrite de la main du roi », dit-il.

Tous les amiraux se levèrent comme si le roi eût été là, et Tourville leur lut l'ordre, signé : Louis, qui lui commandait d'*attaquer l'ennemi, fort ou faible, et quoi qu'il en pût arriver*.

Tous crièrent : « Vive le roi ! » Il n'y avait plus qu'à obéir.

Et la manœuvre était simple, puisqu'il ne s'agissait que d'arriver vent en arrière sur la flotte anglo-hollandaise, déployée en bataille et prête à écraser de tous ses feux les vaisseaux de la France.

Chaque capitaine regagna son bord, et aussitôt monta au grand mât du *Soleil Royal* le signal décisif.

Une demi-heure après, l'action s'engageait sur toute la ligne.

L'histoire nous a transmis le récit de cette sanglante et funeste bataille, mais on en connaît beaucoup moins les détails que les désastreux résultats.

Elle fut glorieuse pour la France, qui ne pouvait pas vaincre, et elle eut malheureusement plusieurs phases.

Engagée à six heures du matin, elle ne cessa qu'à dix heures du soir, et à la fin de cette première journée, malgré l'écrasante disproportion du nombre, nous n'avions pas perdu un seul vaisseau, tandis que les ennemis en avaient perdu deux.

Mais les nôtres avaient été tellement maltraités, l'amiral surtout, que Tourville dut songer à les mettre en sûreté. Les incidents d'un si long combat les avaient dispersés, et quand il donna le signal de la retraite il n'en restait plus que huit dans les eaux du *Soleil Royal* qu'il montait. M. d'Amfreville en ramena douze, et M. de Villette quinze, qui rallièrent l'amiral pendant la nuit.

Le 30 mai au matin, Tourville en avait donc trente-cinq.

Des neuf qui manquaient, six, commandés par M. de Nesmond, s'étaient dirigés vers Barfleur. Les trois autres, *le Souverain*, *le Merveilleux* et *l'Illustre*, s'étaient élevés au nord pour tâcher de regagner Brest.

On avait une lieue d'avance sur l'ennemi, mais le vent tomba, et il fallut jeter l'ancre devant Cherbourg, où il n'existait alors ni fortifications ni digue à l'entrée de la rade.

On ne pouvait pas penser à recommencer le combat. Tourville résolut d'essayer de passer par le raz Blanchard, entre le cap de la Hague et l'île anglaise d'Aurigny.

Le *Soleil Royal* qu'il montait avait été si maltraité qu'il retardait la marche

« En mon âme et conscience, Messieurs, mon avis est qu'il faut combattre. »

de tous les autres. Tourville le quitta et se transporta sur l'*Ambitieux,* que commandait M. de Villette.

À onze heures du soir, on appareilla; à cinq heures du matin, vingt de nos vaisseaux franchirent le raz; les autres manquèrent la passe, et celui qui portait Tourville fut de ceux-là. Il fallut rebrousser chemin, laisser à Cherbourg le *Soleil Royal,* l'*Admirable* et le *Triomphant* et doubler avec le reste la pointe de Barfleur, pour venir mouiller, le 31 mai au soir, après bien des peines, dans la mauvaise rade de Saint-Waast-la-Hougue.

Les ennemis s'étaient partagés en trois divisions pour donner la chasse aux débris de la flotte française. Ceux de nos vaisseaux qui avaient pris la route du raz échappèrent à la poursuite et gagnèrent Saint-Malo. Ceux qui étaient rentrés à Cherbourg furent brûlés dès le lendemain par les Anglais, pendant que les quarante vaisseaux de leur troisième division suivaient beaupré sur poupe les douze qui restaient à Tourville et les bloquaient dans la rade de la Hougue, où ils s'étaient réfugiés, sous les canons des forts de l'îlot de Tatihou qui protège le petit port de Saint-Waast.

Marcouf y était né, à Saint-Wast, et Tourville s'y était embarqué jadis avec lui pour sa première navigation d'enfant.

Du haut des mâts de son vaisseau, l'amiral vaincu aurait pu apercevoir les tours du château de ses pères.

En ce douloureux moment, il ne songeait pas aux jours heureux de sa jeunesse. Il songeait, non pas à sauver ses vaisseaux, mais à empêcher les Anglais de les brûler. Il les avait échoués près des forts, et il espérait que l'ennemi n'oserait pas en approcher. Il oubliait que, le premier, il avait réussi à brûler des vaisseaux sous des forteresses, à Barletta et à Brindisi dans l'Adriatique, à Reggio en Calabre, à Sous en Afrique, à Chio dans le Levant, à Stromboli en Sicile. Les Anglais tentèrent le coup.

Le 2 juin, à la marée du soir, ils en brûlèrent six; le 3 juin, à la marée du matin, ils brûlèrent les autres, quoique Tourville eût armé pour les défendre une flottille de chaloupes qu'il commanda lui-même.

Quand le soleil du 4 juin se leva, il ne resta plus de la superbe armée navale du grand roi que des débris fumants, qu'on distingue encore de nos jours au fond de la mer, par les temps calmes.

Sur cette désastreuse affaire, on ne trouve aux archives de France qu'un rapport anonyme dont l'auteur, qui avait certainement pris part à la bataille, termine ainsi le récit :

« Telles ont été les suites d'une action dont les commencements avaient été si beaux et que j'oserais dire la plus glorieuse qui se soit jamais passée en

L'action s'engageait sur toute la ligne...

mer, si les événements n'en avaient été si malheureux. J'espère que le roy, qui a un discernement toujours sûr et toujours juste, voudra bien démêler ce qui est en cela de notre faute ou de celle du hasard et de la fortune, et qu'aimant la gloire comme il fait, celle que sa marine s'est acquise en cette occasion le consolera des pertes qu'elle a essuyées. »

On ne pouvait pas mieux dire, et, dé nos jours, les pièces officielles ne sont plus écrites de ce style.

Et il faut rendre cette justice à Louis XIV qu'il approuva la conclusion de l'auteur inconnu du rapport.

Le roi s'était trompé, ou plutôt on l'avait trompé en l'assurant qu'une moitié de la flotte anglaise, gagnée au parti de Jacques II, ferait cause commune avec la nôtre, à la première rencontre.

Il eut l'équité de ne pas rendre responsable de la défaite Tourville, qui en engageant le combat avait obéi à un ordre formel, et il le fit voir, aussitôt qu'il reçut la nouvelle du désastre.

Son premier mot fut : « L'amiral de Tourville est-il vivant? » Et comme le ministre Pontchartrain répondit qu'il n'avait pas même été blessé :

« Oh! bien donc, dit Louis, qui, ce jour-là, fut véritablement Louis le Grand, tout peut se réparer. Ma flotte est détruite. J'en ferai construire une autre. Je n'aurais pas pu remplacer M. dé Tourville. »

Et il ajouta, avec plus de philosophie qu'on ne pouvait en attendre d'un roi toujours victorieux jusqu'alors :

« Je ne commande point aux vents; j'ai fait ce qui dépendait de moi. Dieu n'a pas voulu le rétablissement du roi d'Angleterre sur son trône; il faut espérer qu'il le réserve pour un autre temps. »

Tel n'était pas l'avis de l'infortuné Jacques II, qui écrivit à son puissant allié une lettre amère où il y avait ce passage navrant : « Je suis inconsolable d'avoir été là cause des grandes pertes que vos flottes ont subies. C'est ma malheureuse étoile qui a attiré sur elles ce désastre. Cela me fait voir clairement que je ne mérite pas plus longtemps les secours d'un si grand monarque, *qui*

est sûr de vaincre quand il combat pour lui-même et d'être battu quand il com-
bat pour nos intérêts. »

Il y avait comme un reproche sous cette phrase, mais ce reproche n'atteignait pas l'amiral, et quand le glorieux vaincu revint à Versailles, le roi lui fit
ce compliment aussi noble qu'habile :

« Comte de Tourville, j'ai eu plus de joie d'apprendre qu'avec quarante-
quatre de mes vaisseaux vous en avez battu pendant un jour entier quatre-
vingt-dix de mes ennemis, que je ne sens de chagrin de la perte de ma flotte. »

C'était faire royalement contre fortune bon cœur, et en parlant ainsi
Louis XIV était sincère, car il admirait la conduite de Tourville et il ne lui
gardait pas rancune d'un échec immérité, qui était inévitable.

Le comte reçut d'autres compliments, dont le plus flatteur lui vint des
ennemis qu'il avait combattus. Les officiers de la flotte hollandaise lui écrivirent
une lettre pour lui exprimer leur admiration et lui dire que l'amiral anglais, sir
Edward Russel, avait déclaré, en leur présence, ne s'être jamais vu en si grand
danger de perdre une bataille.

Une récompense éclatante vint bientôt attester en quelle estime le roi tenait
le vaincu de la Hougue.

Le 17 mars 1693, Sa Majesté nomma sept maréchaux de France, et Tourville fut du nombre.

Vivonne avait eu raison de lui écrire, en 1675, qu'il serait compris dans
la prochaine promotion.

Ainsi se vérifiaient aussi des prédictions beaucoup plus anciennes qui lui
avaient été faites quand il n'était que simple chevalier, officier volontaire sur
l'*Étoile de Diane,* et même dès sa première jeunesse.

Le comte de Château-Renaud et lui s'étaient promis que le premier d'entre
eux qui serait élevé à cette dignité recevrait de l'autre un présent. Le comte
tint parole en faisant cadeau d'un diamant au nouveau maréchal, qui ne l'ac-
cepta qu'à condition de le lui rendre le jour où, lui aussi, il serait appelé au
maréchalat, qui lui fut conféré, en effet, dix ans plus tard.

Le revers annoncé par Andronique était venu : *la fatalité était purgée*. Et maintenant, la fortune, après l'avoir abandonné un jour, s'attachait à lui de nouveau.

Elle ne devait plus le quitter, et la faveur du roi ne lui fit jamais défaut.

Nommé, la même année, au commandement d'une escadre destinée à agir sur les côtes d'Espagne et de Portugal, il se couvrit de gloire à Lagos et à Malaga, où il prit et brûla quantité de bâtiments anglais et hollandais. Il y courut de sa personne les plus grands dangers, en se tenant constamment sous le feu le plus vif, et il ne reçut pas même une égratignure.

On eût dit que les boulets le respectaient... Ils le connaissaient depuis si longtemps !

Il relâcha ensuite à Toulon, où il tint une véritable cour, composée de plus de trois mille officiers de marine.

Il y avait soixante-dix mille marins et soldats dans la ville, festoyant comme leurs officiers, et cent quarante voiles dans le port : tout cela aux ordres du vaillant cadet de Normandie que sa bravoure et son génie militaire avaient fait maréchal de France.

Candie était bien loin, mais le souvenir du bon ange était toujours présent à la pensée de Tourville.

Il alla désarmer à Brest et passa l'hiver en famille à Paris, en se montrant souvent à Versailles pour y faire sa cour au roi : non qu'il eût de nouvelles faveurs à demander ni à attendre, mais afin que Sa Majesté ne le crût pas hors d'état de servir encore.

Il avait résolu de combattre pour la France jusqu'au dernier jour de sa vie, comme la pauvre Andronique avait juré jadis de combattre pour la Grèce.

Il aurait cependant bien eu le droit de se reposer, après trente-cinq ans de guerres, et sa santé commençait à se ressentir des fatigues qu'il avait essuyées et des blessures qu'il avait reçues.

Mais il lui fallait la vie et les dangers du soldat. L'oisiveté l'aurait tué.

De 1694 à 1696, il eut successivement le commandement des côtes de Provence et de Languedoc, où il établit des corps de garde et des tours de signaux qui existent encore; puis le commandement des côtes de Saintonge, où il apporta de grandes améliorations au port de Rochefort, récemment créé, et dont il mit les approches à l'abri d'une attaque par mer.

En 1697, le roi le fit appeler pour le consulter sur une entreprise contre Carthagène. Tourville en montra les difficultés, indiqua les moyens de les surmonter et contribua beaucoup par ses sages conseils au succès de l'expédition, qui fut menée à bonne fin par M. de Pointis.

Cette année, il eut une grande affliction. Son frère aîné mourut, le 16 août, en Cotentin. Il avait été colonel d'un régiment de cavalerie, et Tourville l'aimait tendrement, quoiqu'il ne le vît pas souvent, ce frère étant alité depuis plus de vingt ans, au château où ils étaient nés tous les deux.

Ses neveux étaient morts; deux de ses sœurs étaient religieuses. Son beau-frère, le marquis de Gouville, passait presque toute l'année dans ses terres. Sa mère vivait encore, mais l'âge et de cruelles infirmités la retenaient en Cotentin.

Le maréchal n'était plus entouré que de sa femme et de ses enfants. Après lui avoir donné un fils, qui avait six ans, elle lui avait donné une fille, qui était encore au berceau; mais, si bon père et si bon époux qu'il fût, la vie qu'il menait ne lui convenait guère.

Il se plaisait beaucoup mieux dans les ports où il commandait que dans son hôtel à Paris.

Et il espérait toujours être appelé à servir activement sur mer.

La paix de Ryswick, signée le 21 septembre, vint mettre à néant cet espoir.

La France n'était plus en guerre avec aucune puissance. Tourville se trouvait donc réduit à l'inaction. Il prévoyait bien que cette paix ne serait pas de longue durée, et en effet la succession de Charles II, roi d'Espagne, ne tarda guère à mettre l'Europe en feu. Mais Tourville n'avait pas le temps d'attendre, car s'il avait conservé toute son énergie, ses forces déclinaient chaque jour.

Il vécut encore près de quatre ans, et il les employa à se recueillir et à se préparer à la mort, qu'il avait tant de fois bravée sur les champs de bataille et qu'il était condamné à attendre dans son lit.

Marcouf avait honorablement quitté la marine, et il était revenu près de son maître, qui le traitait plutôt en ami qu'en serviteur.

Avec lui seulement, le maréchal pouvait parler du passé à cœur ouvert,

Le maréchal n'était plus entouré que de sa femme et de ses enfants.

car ils étaient morts, tous ceux qui auraient pu se rappeler la pauvre Andronique.

Marcouf avait été mêlé à cette dramatique et douloureuse aventure, depuis le jour où la fille de Jani avait été enlevée à Siphnos par l'affreux Cruvillier, jusqu'au jour funeste où elle était tombée héroïquement à Candie.

Marcouf l'avait connue; Marcouf savait quels nobles sentiments l'inspiraient quand elle était venue, sous un costume masculin, s'embarquer pour la croisade; il savait aussi combien était pure l'affection que le chevalier de Tourville avait pour elle.

Et le chevalier, parvenu aux plus hautes dignités de l'État, se plaisait à évoquer le souvenir de ce roman si chaste et si tragiquement dénoué.

Il n'avait pas à en rougir, mais il ne s'en ouvrait qu'à Marcouf, car tout était changé dans sa vie. Tourville, marié, n'était pas tout à fait libre de parler de cette touchante histoire de sa jeunesse, mais il avait bien le droit de ne pas l'oublier.

Quand la mort le prit, il était tout à Dieu.

Il expira la nuit du 27 au 28 mai 1701, neuf ans, presque jour pour jour, après la bataille de la Hougue, regretté de la France entière.

Toute la marine prit le deuil. Elle perdait un grand homme, le plus grand peut-être qu'elle ait jamais eu, si on considère l'ensemble des qualités d'un chef d'armée navale.

Duguay-Trouin et Jean Bart furent aussi braves, Duquesne aussi brave et aussi savant.

Aucun amiral ne réunit au même degré que Tourville l'intrépidité, la science des manœuvres, la fermeté qui fait surmonter tous les obstacles et la constante application à tous ses devoirs.

Ainsi parla Pontchartrain, ministre de la marine, en annonçant au roi la nouvelle de sa mort.

Et le roi, après avoir exprimé chaleureusement les regrets que lui causait cette perte irréparable, déclara qu'il se chargeait de l'avenir des enfants du maréchal.

La fille fut mariée, en 1714, à Guillaume-Alexandre de Galard, de Béarn, comte de Brassac, et cette noble famille n'est pas éteinte.

Le fils, Louis-Hilarion de Tourville, colonel d'infanterie, était tombé glorieusement sur le champ de bataille de Denain, où l'armée sauva la France, le 27 juillet 1712.

Il n'avait pas vingt et un ans.

Marcouf ne survécut guère à son maître. Il mourut l'année suivante, à

Saint-Waast, en Cotentin, au bord de cette mer qui avait englouti les derniers vaisseaux de Tourville.

Comme son chevalier, Andronique avait aimé par-dessus tout la gloire et la patrie.

Quand Dieu le rappela à lui, le maréchal avait assez fait pour la France, et il ne regretta pas la vie, car il allait au ciel retrouver son bon ange.

FIN

TABLE DES CHAPITRES

TABLE DES CHAPITRES

17878-11-24

IMPRIMERIE DELAGRAVE
VILLEFRANCHE-DE-ROUERGUE

www.ingramcontent.com/pod-product-compliance
Lightning Source LLC
Chambersburg PA
CBHW050311030726
47505CB00003B/658